Nitocris

Du même auteur
aux éditions Albin Michel

IMHOTEP
Le Mage du Nil
roman

Pierre Montlaur

NITOCRIS

La Dame de Memphis

ROMAN

Albin Michel

22, rue Huyghens, 75014 Paris

ISBN 2-226-02274-0

A ma femme, Pierrette

Première partie

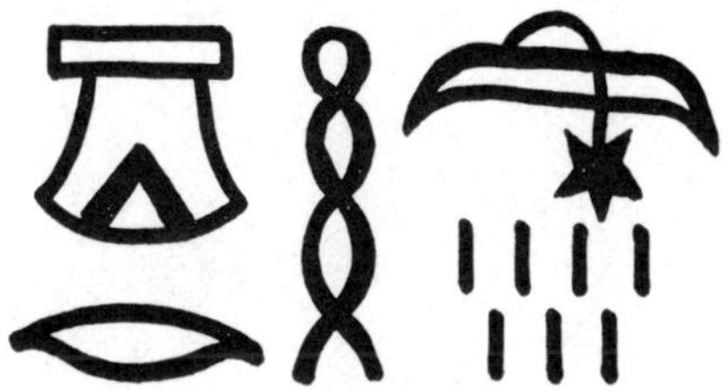

Les sept nocturnes

PREMIER NOCTURNE

Il ne manquait personne. Nous étions tous là, soixante-dix compagnons, âgés de vingt à trente ans, ambitieux, fanatiques, prêts à tout.

Nous marchions, dans le plus grand silence, les uns derrière les autres, rasant en longue file la gigantesque muraille à redans qui ceinture le complexe funéraire du pharaon Djoser. Le plateau de Saqqarah, cimetière des rois et des nobles, était désert à cette heure tardive : les prêtres de la Cité des Morts dormaient, les gardiens aussi. Nous progressions, à tâtons, dans l'obscurité, et nos pieds nus s'écorchaient parfois aux cailloux du chemin...

Lorsque la lune apparut, tout à coup, à l'angle de la première pyramide, nous éprouvâmes tous un véritable soulagement : sa lumière allait probablement faciliter notre avance. En vérité, sa froide lueur ne fit qu'aggraver nos difficultés. Elle accrochait des ombres fantastiques au ras de chaque pierre. Insidieusement, la peur s'empara de notre groupe. Je vis l'homme qui me précédait s'essuyer le front d'un revers de main. Il respirait avec peine. J'entendis claquer les dents de celui qui me suivait. Malgré la douceur de cette nuit d'été et les bouffées d'air chaud envoyées par le désert de l'ouest, je sentis descendre un frisson tout le long de mon dos. Je dus avaler plusieurs fois ma salive pour tenter de dénouer ma gorge. D'où venait cette angoisse ? Je disposais pourtant d'une longue habitude de la nécropole royale. J'avais déjà parcouru en tous sens ses alignements de tombeaux ! Anxieux, je levai les yeux vers le ciel pour implorer un réconfort de la déesse Nout. Au-dessus de nos têtes se dressait la masse énorme de la pyramide à degrés construite cinq siècles plus tôt par Imhotep. Son ombre impressionnante nous menaçait d'écrasement. J'avais beau savoir qu'elle avait été bâtie pour l'éternité par le génial architecte, je ne pus m'empêcher de trembler. Sans aucun doute, approcher sous le soleil les monuments démesurés de nos souverains-dieux et les côtoyer dans l'intimité de la pénombre, c'était autre chose ! Soudain, à quelques pas devant nous une chouette ulula. Son cri familier aurait dû nous laisser indifférents, et cependant il nous glaça de terreur.

C'est alors que Mériptah, notre chef, qui marchait en tête de la colonne, prit conscience de notre trouble. Il s'arrêta brusquement, près d'un cénotaphe, puis, agitant les bras en l'air, nous fit signe d'effectuer un rassemblement autour de lui.

— Obliquons vers l'est ! ordonna-t-il à voix basse, et longeons la chaussée d'Ounas ! Elle descend vers la vallée jusqu'au temple.

Surpris par cette décision brutale qui modifiait notre itinéraire et paraissait contrarier nos plans, je l'interrogeai :

— Pourquoi donc ce détour ?

Il répliqua vertement :

— A cause de votre peur ! Il faut rejoindre le Nil pour reprendre courage.

Regroupés et serrés les uns contre les autres, nous étions déjà moins inquiets. Mériptah nous dévisagea avec insistance. Que voulait-il ? Nous rendre confiance ? Nous imposer sa volonté ? L'un et l'autre, peut-être ? Depuis nos premières rencontres, ce prêtre du Dieu Ptah avait subjugué tout le groupe. A présent, il récidivait ! Il venait de choisir le chemin le plus malaisé et pourtant nul ne soufflait mot... A part moi ! Tandis qu'il poursuivait son exercice d'autorité, je détaillais son aspect en harmonie directe avec sa suffisance. Son crâne rasé — selon les obligations de sa charge — ne faisait qu'un avec sa nuque épaisse et l'ensemble pivotait d'un côté ou de l'autre en même temps que ses épaules. Son regard flamboyait sous d'épais sourcils noirs. Son menton, fendu d'une profonde ride verticale, pointait vers l'avant, poussé par une solide mâchoire.

— Pressons le pas ! commanda-t-il sur le ton sec qui lui était familier. Nous devons parvenir avant l'aube au rendez-vous de justice et de vérité.

Silencieusement, nous reprîmes notre marche dans la nouvelle direction. Le sentier était assez cahoteux, encombré de matériaux de construction. Il descendait progressivement vers le fleuve en longeant les sépultures des privilégiés, édifiées depuis plus de cinq cents ans, sans beaucoup d'ordre, autour des tombeaux des rois d'Egypte. Au fur et à mesure de notre avance, la nuit se peuplait de bruits familiers. Droit devant nous, nous entendions, de plus en plus distinctement, le coassement continu de milliers de grenouilles. Ce concert nocturne saluait la crue annuelle d'Hâpy. L'inondation gagnait toute la vallée et les eaux fertilisantes venaient à présent lécher les berges de la Cité des Morts. Du haut de la falaise, qui dominait la rive, nous pûmes admirer le Nil tout proche. Il était calme, comme un immense lac noir scintillant sous un rayon de lune. Une bouffée de vent fit bruisser les palmiers dans la plaine. Elle venait du nord, toute chargée de la fraîcheur des marais du Delta. J'en remplis mes poumons, comme tous mes compagnons. Mériptah avait vu juste en nous faisant effectuer le détour par le fleuve ; d'un seul coup, l'odeur de la vie avait réussi à chasser nos angoisses.

Notre chef, campé sur un éperon rocheux, nous regroupa à nouveau. Très sûr de lui, bombant le torse, il désigna un alignement de pyramides en direction du désert.

— Les voici !

Il nomma, successivement, les monuments funéraires du pharaon Pépi Premier, de son fils aîné Mérenrê Premier, et, au-delà, de son second fils Néferkarê-Pépi. Ce dernier roi était mort l'année précédente, presque centenaire, après avoir régné quatre-vingt-quatorze ans. Le peuple l'appelait familièrement « le Vieux ». Nous le haïssions tous.

— Nous allons chez le Vieux ! Si quelqu'un parmi vous hésite encore, qu'il s'enfuie vite ! Pour ceux qui veulent poursuivre il n'y aura désormais aucun choix possible : nous irons tous ensemble jusqu'au bout, de gré ou de force.

Personne ne broncha à cette injonction de Mériptah. Je vis un imperceptible sourire se dessiner sur ses lèvres serrées. Il semblait fier des paroles qu'il venait de prononcer, et content de l'effet qu'elles avaient produit. Je me trouvais, à ce moment-là, tout près de lui. Il se pencha vers moi et me dit à voix basse :

— Scribe Nakht, note bien ceci : « Ceux qui ont fait basculer le destin du pays de Kémi étaient soixante-dix ! » C'est ainsi que commence l'histoire que tu dois écrire pour les générations à venir.

Ces mots me rendirent perplexe. Etait-ce un ordre ? Etait-ce un conseil ? De toute façon je n'aimais pas du tout le ton emphatique qu'employait ce prêtre de Ptah. J'acquiesçai cependant, approuvant ses paroles d'un léger hochement de tête et d'un battement de paupières, selon la façon de faire des gens de ma profession. Etant scribe royal et connaissant bien mon métier, je pouvais aisément me passer des conseils de Mériptah pour rédiger un texte. D'autant plus que je savais bien, tout au fond de mon cœur, à quel point mon rapport serait scrupuleusement exact.

Quittant le fleuve, nous repartîmes d'un pas assuré en direction du désert. Nous traversâmes, à bonne allure, une zone aplanie pour de futures tombes, puis nous nous engageâmes dans un chemin bien tracé, qui nous conduisit, après un long cheminement, jusqu'à la pyramide de Pépi le Vieux. Au pied du mur d'enceinte, notre chef, au crâne rasé, distribua des ordres à mi-voix :

— Nous volerons du matériel sur le chantier de construction, situé à l'angle sud-ouest. Emportez chacun trois outils : pic, burin, marteau. Munissez-vous aussi de pelles et de couffins. Je vous rappelle qu'il est indispensable de respecter un silence rigoureux en raison de la présence éventuelle de veilleurs.

Je dus reconnaître, dans mon for intérieur, que Mériptah avait bien monté l'opération. Il avait repéré les jours précédents un atelier de finition du monument et avait évalué rapidement la quantité d'instruments dont nous pourrions disposer pour creuser un tunnel. Son talent d'organisateur devenait incontestable aux yeux de tous les compagnons.

Nous venions d'accéder au temple sacré de la pyramide de Néferkarê-Pépi. Dans le long couloir de service, c'était l'obscurité la plus complète. Nous étions tous serrés au coude à coude, soucieux de nous rassurer mutuellement.

— Ne refermez pas la porte ! ordonna Mériptah. Avant toute chose nous allons chasser les serviteurs funéraires qui vivent ici. Laissons-leur cette issue pour s'enfuir. Par contre, afin que personne ne puisse entrer après nous, que les dix derniers descendent jusqu'au temple d'en bas et vérifient la fermeture des grands portails.

A ce moment précis, je laissai, volontairement, tomber tous les outils qui encombraient mes mains. Cette fausse maladresse me permit de rester avec le gros de la troupe. Tandis que je me baissais pour les ramasser, les autres passèrent en courant devant moi, pressés d'exécuter les consignes.

— Nous faisons beaucoup trop de bruit ! gronda Mériptah. Les prêtres seront probablement réveillés. Il faut agir très vite maintenant. Suivez-moi, et n'hésitez pas à cogner dès que nous les rencontrerons !

Toute la bande se précipita à l'aveuglette derrière lui. Nous parcourûmes ainsi une bonne cinquantaine de pas dans l'obscurité totale, les bras tendus en avant, palpant les parois, tâtant des épaules, accrochant par hasard des têtes ou des mains. Une idée fixe s'était emparée de nous tous : émerger le plus vite possible hors de ce corridor du néant !

Heureusement cette galerie noire n'était pas très longue. Elle débouchait dans une vaste cour intérieure à ciel ouvert, dont le dallage d'albâtre nous parut étrangement lactescent. Il réfléchissait, en effet, la pâle lueur de l'aube ; le jour allait bientôt se lever.

Reprenant mes esprits, je m'aperçus avec étonnement que je connaissais ces lieux. J'y étais déjà venu un an plus tôt comme porteur d'offrandes, lors de la cérémonie d'enterrement du vieux pharaon. Mais cette fois-là, il faisait grand soleil et nous étions rentrés en procession par le temple du bas, en remontant la galerie à la lueur des torches. Nous n'étions pas allés plus avant ; à partir de cette cour commençait la zone sacrée directement adossée à la pyramide. Seuls les prêtres funéraires de Pépi le Vieux avaient le droit d'y pénétrer. Pour toute autre personne, c'était un sacrilège.

Sans hésiter, Mériptah s'engagea sous le porche d'entrée et grimpa les quelques marches qui conduisaient à la partie principale.

— Pour mener à bien notre entreprise, déclara-t-il à haute voix, nous allons d'abord expulser tous ceux qui habitent ici. Ensuite, nous nous barricaderons à l'intérieur, afin de travailler en paix. Notre rêve se réalise ! En avant !

A peine le seuil franchi, le groupe tout entier s'arrêta, pétrifié. Cinq statues de cuivre rouge, images colossales de la puissance du pharaon défunt, nous dévisageaient, debout, dans cinq niches de granit. Leurs grands yeux de cristal scintillaient dans la pénombre. Ils nous scrutaient avec une effrayante intensité. Une survie magique paraissait luire dans ces prunelles. Quels maléfices extraordinaires allaient-elles lancer sur nos destins ?

Après quelques instants de stupeur, ce fut une panique indescriptible. Nous nous engouffrâmes dans un large couloir, s'ouvrant sur notre gauche, éclairé par des lampes à huile. Si les gardiens du Vieux nous avaient attaqués à ce moment-là, ils auraient pu faire un carnage. Mais personne ne s'était encore manifesté. Tout semblait vide. Lorsque nous nous retrouvâmes, entassés un peu plus loin dans une curieuse pièce carrée, au plafond à claire-voie, Mériptah reprit énergiquement ses troupes en main. Il nous traita de couards, stigmatisant notre comportement moutonnier, puis réorganisant notre progression, il nous obligea à faire consciencieusement le tour d'une colonne centrale surmontée du « signe de la stabilité », avant de nous diriger, sur une seule file, vers un étroit passage aux parois de basalte. Nous dûmes baisser la tête, puis nous courber en deux pendant quelques coudées, pour déboucher en plein cœur du sanctuaire.

Ils étaient là ! Oui ! Ils étaient là, tous les prêtres de Néferkarê-Pépi, priant à plat ventre devant la stèle du roi. Pas un ne leva la tête. Pas un ne se retourna vers nous. Ils tremblaient de peur dans leurs peaux de léopard. Ils nous avaient probablement entendus depuis notre entrée dans la galerie et s'étaient regroupés au fond du temple pour se conforter les uns les autres, sans chercher à s'opposer à leurs envahisseurs. Ce comportement insolite — inespéré pour nous — nous aida instantanément à retrouver notre sang-froid.

— Dehors ! Tous dehors ! hurla Mériptah. Fuyez vite par le portillon, ou nous vous massacrons sans pitié !

Quelle débandade ! Quel affolement ! Terrorisés, ils se sauvèrent à toutes jambes, comme des lâches. Peut-être nous prenaient-ils pour des démons ? Nous nous sentîmes courageux devant leur épouvante. Certains, parmi nous, les poursuivirent à coups de pied en riant aux éclats. Débordement complet ! Finies les affres des tombeaux ! Oubliées les sueurs froides de la Cité des Morts ! La vie reprenait ses droits. Quelqu'un s'écria :

— Mangeons ! La table d'offrandes est chargée de victuailles !

Et nous fîmes ripaille avec les mets rituels offerts au pharaon défunt. Qui aurait pu imaginer pareil défoulement ? En quelques instants, le carcan de stricte observance et de discipline rigoureuse que nous avait imposé le passé vola en éclats, réduisant à néant des siècles de tradition.

Mériptah, les lèvres encore grasses d'un caneton qu'il venait de dévorer goulûment, nous ramena à la réalité :

— A présent, nous allons tout fouiller dans les moindres recoins. Je veux être sûr qu'il ne reste plus aucun gardien dans ces lieux. Tout en cherchant, nous effectuerons l'inventaire des nourritures et des boissons contenues dans les entrepôts du temple car nous risquons d'être bientôt assiégés.

Au moment même où nous allions nous disperser, il nous rappela :

— Attention ! souvenez-vous bien de ceci : il faut tout respecter ! pas de pillage ! pas de vols ! tous les objets, même les plus précieux doivent rester en place : ils appartiennent à l'Egypte tout entière. Le peuple ne doit pas voler le peuple !

Nous exécutâmes scrupuleusement ces consignes. Mériptah nous les dictait d'autant plus aisément qu'elles émanaient, en réalité, de nous-mêmes. Il avait pris cette habitude de s'emparer de nos décisions pour les faire siennes. Il pouvait ainsi faire semblant de les imposer. C'était grâce à cette méthode, simple mais efficace, qu'il s'était placé à notre tête.

A la mi-journée, après avoir longuement inspecté chaque couloir et chaque pièce, nous décidâmes de murer toutes les issues. Nous avions un long travail à accomplir pour parvenir à nos fins et nous ne voulions pas être dérangés. Nous barricadâmes donc les entrées en dépavant le dallage. Les pavés, accumulés sur plusieurs coudées d'épaisseur, transformèrent peu à peu l'enceinte sacrée en camp retranché. Cette précaution nous mit à l'abri d'une extermination certaine. En effet, comme nous l'apprîmes par la suite, les prêtres funéraires de Pépi, enfin remis de leurs frayeurs, avaient alerté les autorités et obtenu un jugement immédiat, nous condamnant tous à mort. Aussitôt, le général Sisené et son armée étaient venus prendre position sur le plateau de Saqqarah. Nous étions encerclés par cinq mille soldats, prêts à venger dans le sang notre sacrilège. Quant à nous, dans l'ignorance complète de ces événements extérieurs, nous poursuivîmes notre quête, volontairement prisonniers du roi défunt.

C'est par une cour latérale du temple, en contournant les trois bassins rectangulaires ayant servi à la momification du Vieux, que nous atteignîmes la paroi nord de la pyramide de Néferkarê-Pépi. Là, sous le sol d'une petite chapelle accolée au monument, débutait la descenderie, profonde galerie en pente, conduisant aux salles souterraines du sarcophage.

Elle était obstruée par d'énormes pierres, liées entre elles au mortier d'argile. Cette disposition aurait dû garantir l'inviolabilité de la tombe, mais, comme nous étions décidés à franchir tous les obstacles, nous nous lançâmes sans hésiter dans le déblaiement systématique de ce conduit.

Le chantier de forage avait été remarquablement organisé par Nenki. C'était un jeune architecte, à peine âgé de dix-huit ans. Ayant participé comme conducteur de travaux à la construction de cette même pyramide, il était certainement le plus qualifié de nous tous pour diriger le creusement.

En permanence un « homme de pointe » attaquait au burin les rocs entassés dans la galerie; un compagnon l'éclairait avec une lampe à huile; un autre enlevait tout bloc détaché, et le passait au suivant. Il fallait travailler dans une situation inconfortable, courbé en deux, avec des mouvements de faible amplitude. Dès le moindre signe de fatigue, les outils changeaient de mains : le porteur de lumière remplaçant le piqueur de front qui remontait à l'extérieur pour se reposer un peu. Nenki était partout à la fois, surveillant le bon fonctionnement et l'efficacité de cette incessante rotation des soixante-dix hommes. Pour la circonstance, Mériptah s'était provisoirement dessaisi du commandement à son profit.

Les magasins d'offrandes que nous avions découverts de part et d'autre des statues du roi ne nous avaient procuré qu'assez peu de nourriture et de réserves d'eau. Nous ne pouvions pas tenir longtemps, sans manger ni boire, en travaillant à ce rythme infernal. Pour atteindre le cœur de la pyramide, nous ne disposions, au mieux, que d'une nuit. Désormais, chaque heure qui allait s'écouler pèserait un peu plus sur nos têtes, tout comme ces énormes pierres que nous remontions, de main à main, des profondeurs du monument.

J'étais en train de me reposer, après ma phase de labeur, lorsque je vis le jeune architecte venir vers moi, un fragment de roche à la main.

— Que lis-tu dans ce caillou ? demandai-je pour engager une conversation.

— Nous avons franchi un premier manchon de granit sous la pyramide, répondit-il en souriant.

— Et de combien avons-nous progressé ?

— De vingt coudées environ.

— Pas plus ?

— C'est déjà satisfaisant. Mais d'après mes calculs, il en reste soixante.

— Parviendrons-nous jamais au but ? fis-je assez tristement.

— Comment, scribe Nakht ? Ta foi vacillerait-elle à présent ? N'est-ce pas toi qui nous as convaincus qu'Osiris, le Grand Dieu, nous guiderait tout le long de notre entreprise ?

J'admirai la spontanéité de Nenki et je lui expliquai que mon découragement apparent n'était imputable qu'à ma fatigue. Le transfert incessant de ces lourdes pierres m'épuisait. Mes mains de scribe, à la peau trop tendre étaient meurtries par ce rude travail. Ma tête semblait vidée par la répétition permanente des mêmes gestes. Le temps n'en finissait plus de s'écouler, avec une désespérante monotonie.

— Mériptah ! Je veux voir Mériptah !

L'un des nôtres surgit, en grand état d'excitation. Il avait été placé, par précaution supplémentaire, en faction auprès des entrées barricadées. Mais abandonnant son poste, il était revenu au plus vite par les sombres couloirs du temple pour nous prévenir d'un danger.

— Mériptah ! cria-t-il à nouveau. Où est-il ? Il faut qu'il voie ceci !

Il brandissait au-dessus de sa tête une feuille de papyrus.

— Ils ont lancé ce message par une lucarne !

Notre chef, aussitôt averti, émergea hors de la galerie souterraine. Je fis semblant d'y pénétrer à mon tour, afin de me placer à ses côtés. Je voulais savoir ce qui se passait. Mériptah se saisit du billet et lut à haute voix :

« *Ordre du général Sisené. Profanateurs, quittez immédiatement le temple sacré ! Ne touchez à rien ! N'emportez rien ! Vingt rangées de soldats entourent le monument. Vous n'avez aucune possibilité de fuir. Si vous obéissez tout de suite, vous sauverez peut-être votre vie, mais si vous tardez trop, vos cœurs impurs iront inexorablement pourrir au grand soleil. Sortez !* »

Cette déclaration retentissante ne provoqua aucun affolement dans nos rangs. Nous étions perdus, prisonniers, enterrés, sans espoir de sortir vivants de ce piège où nous nous étions murés nous-mêmes, tandis qu'autour de nous une armée montait la garde, prête à nous massacrer sans pitié. Et pourtant Mériptah éclata de rire. Immédiatement, j'en fis autant et tous ceux qui avaient entendu la sentence firent de même. C'était le signataire de ce commandement qui provoquait notre hilarité : Sisené ! Le général Sisené ! Ce vieillard, gros et flasque, n'avait vraiment rien d'un fier guerrier. Il ne possédait même pas ce semblant d'autorité qu'aurait pu lui conférer son grade élevé. C'était une vieille baderne efféminée et ridicule.

Nous savions qu'il s'était fortement compromis par des relations intimes avec ce pharaon gâteux dans la tombe duquel nous allions pénétrer.

— Pourquoi ose-t-il nous donner des ordres, cet ignoble inverti ? grogna soudain Mériptah. Nous prend-il réellement pour des détrousseurs de momies ? Prépare ton écritoire, scribe Nakht, je vais te dicter une réponse qui va faire trembler ce général de pacotille.

Je m'accroupis devant lui, prêt à écrire, le regard tendu dans sa direction pour ne pas perdre un mot. Il me dévisagea sans rien dire, et ses sourcils noirs, froncés sur ses pupilles vertes me firent une désagréable impression de cruauté. Il parla lentement, en pesant chaque phrase :

— Siséné, nous avons reçu ton message. Voici notre réponse : Nous tenons en otage la dépouille mortelle du roi Néferkarê-Pépi. Si tu nous laisses en paix, nous la respecterons. Par contre, si tu tentes quoi que ce soit contre nous, elle sera soumise aux pires abominations. Nous dégagerons sa tête hors des bandelettes qui l'entourent pour remplir sa bouche d'urine et d'excréments, après quoi nous arracherons ses membres pour les disperser aux quatre vents. Réfléchis bien, Siséné, et choisis !

J'interpellai notre chef :

— Je réprouve formellement l'ouverture du sarcophage et la profanation de la momie du Vieux. Je ne serai pas ton complice, Mériptah !

Il me regarda en souriant, bizarrement.

— Rassure-toi, scribe Nakht, ce n'est pas ce que je veux. Je menace seulement Siséné pour obtenir un sursis. Nous avons besoin de quelques heures encore pour creuser la descenderie et pour atteindre notre vrai but.

— Et si le général ne prend pas ce chantage au sérieux, que ferons-nous ?

— Dans ce cas-là, nous aurons tout perdu ! Mais ne connais-tu pas Siséné ?

Je dus baisser la tête car Mériptah avait raison. Siséné n'attaquerait pas. Il attendrait patiemment que la faim et la soif nous fassent sortir de la pyramide.

Le travail reprit à la galerie souterraine. Des couffins, remplis de gravats, circulèrent de main en main. Nenki me donna quelques explications. Nous étions en train de percer un tunnel dans la paroi latérale de la descenderie. Trois énormes herses de granit brut barraient, en effet, le passage. Comme il était absolument impossible avec les outils dont nous disposions de les perforer, ou, à plus forte raison, de les enlever, le jeune architecte avait décidé de les laisser en place et de les contourner.

Je l'interrogeai afin d'apprécier nos chances de réussite :

— D'après tes calculs, combien reste-t-il de distance à parcourir ?

— Trente coudées environ. Mais nous pouvons aboutir très vite car derrière les herses le passage est peut-être libre.

— A quelle vitesse avançons-nous ?

— Impossible à juger. Tout dépend de l'ardeur des compagnons !

Le calcaire que nous creusions était tendre ; sous les coups de burin, il se délitait en faisant énormément de poussière. Les gorges étaient sèches. Nous commencions à manquer de boisson et Mériptah dut instaurer un sévère rationnement.

Nous fouillâmes le temple, Mériptah et moi, à la recherche d'une éventuelle réserve d'eau oubliée. En repassant devant les effrayantes statues de cuivre rouge du pharaon, mon compagnon s'arrêta soudain. Je le vis chanceler et s'éponger le front. Il me parut victime d'un grave malaise. Quelques rapides grimaces déformèrent ses traits. Ses yeux se révulsèrent. Son regard blanchit comme celui d'un vieil aveugle. Sa mâchoire inférieure se mit à trembler spasmodiquement ; il mâchonna la salive qui s'écoulait en mousse blanchâtre de la commissure des lèvres. Ses bras battirent l'air ; il s'écroula d'un seul coup, heurtant le dallage.

Je regardai, fasciné, son corps parcouru de soubresauts et sa tête renversée vers l'arrière dans une terrible crispation de la nuque. Les pupilles tournaient en une course folle. Les contractions de son dos et de ses membres étaient si violentes que je percevais le craquement des articulations.

Les mouvements désordonnés s'affaiblirent progressivement, se transformant en quelques spasmes, pour cesser tout à coup. Il était comme mort, prostré et les muscles flasques. Je restai cloué sur place. Etait-ce la vengeance du pharaon ?

Il suffisait de réfléchir calmement pour découvrir la cause du mal : Mériptah était épileptique ! Je connaissais cette affection nerveuse, présumée divine, qui frappe toujours avec prédilection les magiciens ou les grands initiés. Tout compte fait, il ne me parut pas très étonnant que le prêtre de Ptah en fût atteint.

En se relevant, il s'approcha de moi à pas lents. Son regard était différent, altéré.

— Le dieu m'a visité, dit-il dans un souffle.

— J'ai vu cela. Puis-je faire quelque chose pour t'aider ?

— Le dieu m'a visité, te dis-je. Pourquoi n'es-tu pas atteint par sa manifestation ? D'habitude, les témoins sont bouleversés lorsqu'il s'empare de mon corps.

Je répondis posément, pour essayer de le calmer :

— Mon père est médecin. Dès mon enfance je l'ai vu soigner des gens atteints par cette maladie.

— Ce n'est pas une maladie. Je suis en excellente santé. C'est le dieu qui vient m'habiter.

— Le dieu ? Que dis-tu là, Mériptah ? Quel dieu ?

Il baissa le front, très contrarié par ma question.

— Je ne sais pas encore. Ce visiteur divin n'a jamais voulu dire son nom.

Cet aveu le transforma. Lui, si dur, si cassant avec ses compagnons, devint tout à coup doux et implorant. Quelle métamorphose ! Il répéta tout bas :

— C'est un secret. C'est un secret. Nakht, mon ami, promets-moi de garder mon secret. C'est un dieu inconnu qui me persécute.

Brutalement je compris que Mériptah n'était plus mon chef. Je ne croyais pas à l'histoire de son dieu ; il le savait d'ailleurs fort bien. Je l'avais surpris involontairement dans un moment de grande faiblesse ; il ne voulait pas que cela se sache.

En silence, nous rejoignîmes le chantier sous la pyramide. Nos compagnons paraissaient exténués. Nenki l'architecte les exhortait, sans arrêt, pour soutenir leur effort. Mériptah rentra aussitôt dans la galerie, en me faisant signe de suivre. Que me voulait-il ? Il me parut difficile de me dérober ; je pris une lampe à huile, près de l'entrée et je m'engageai résolument dans le tunnel, sur ses talons.

Parvenu au front de taille, je levai la lampe pour l'éclairer. Il s'empara alors d'un marteau et frappa sur le burin à coups redoublés, de toutes ses forces. Sans s'arrêter, muscles tendus, sans fatigue apparente, il creusa. Pendant des heures il conserva son poste de travail. Immobile auprès de lui, j'attendais en vain qu'il me tende ses outils pour effectuer la relève. Il n'arrêtait pas de cogner, rageusement. La chaleur était accablante. La sueur, qui s'écoulait de son crâne rasé, traçait des sillons noirs dans la couche de poussière adhérant à sa peau. Nous étions si près l'un de l'autre que nos haleines se mêlaient. Je voyais sourdre les gouttes de transpiration de ses tempes fiévreuses. Inexorablement il creusait. La puissance de ses coups de marteau était telle que la roche attaquée volait en éclats sur ma figure, m'obligeant souvent à fermer les paupières pour me protéger. J'avais l'impression que tous ces chocs résonnaient dans ma poitrine.

Le bruit changea tout à coup. Nous entendîmes distinctement l'écho du vide. Mériptah s'arrêta de frapper et me regarda fixement.

— Le but est atteint. Nous y sommes enfin.

Il me tendit les instruments avec un sourire triomphant.

— A toi de terminer ! Je vais t'éclairer.

Je pris sa place, mais étant plus maladroit que lui, le burin m'échappa des mains dès le premier coup. J'écarquillai les yeux. L'outil était tombé dans un trou béant de la paroi effondrée. Nenki, averti par les autres de la tournure des événements, vint nous rejoindre en rampant. Il m'écarta résolument du bras et plongea la tête dans l'orifice.

— Nous avons contourné la troisième herse de granit.

— Qu'y a-t-il derrière ? demanda Mériptah.

— Plus rien. La galerie est libre. Agrandissons le passage et nous pourrons entrer.

Nenki s'empara d'un marteau. En quelques coups habiles, il découpa une large ouverture. Il poussa même le goût du travail bien fait jusqu'à entailler en un rectangle régulier le passage vers la tombe.

Sidéré, je le regardais travailler sans pouvoir l'aider en quoi que ce soit. Un trouble indicible me serrait la gorge. Pouvais-je croire une chose pareille ? Devant nous, par cette noire ouverture, je voyais apparaître sous le burin la sépulture du souverain-dieu, la *demeure d'éternité* de Néferkarê-Pépi, roi de Haute et Basse-Egypte.

De bouche à oreille, la nouvelle circula dans la galerie. Des cris de joie résonnèrent aussitôt, puis très rapidement ce fut le silence... l'émotion...

Mériptah s'avança lentement, la lampe tendue à bout de bras. Derrière lui, le groupe parcourut une vingtaine de pas environ, le long de la descenderie retrouvée, pour aboutir, en tournant à angle droit, dans une chambre vide, aux murs nus. La déception fut intense, mais de courte durée. Mériptah chuchota quelques mots :

— Nous sommes dans l'antichambre. Pas de découragement ! Poursuivons la progression !

Nenki l'interpella :

— En te baissant un peu, Mériptah, tu devrais trouver, devant toi, l'entrée au ras du dallage.

Elle était à l'endroit indiqué. Nous dûmes courber l'échine, et nous humilier involontairement devant le pharaon défunt, pour pénétrer, en nous redressant, dans sa crypte funéraire.

Sous un plafond à voûte triangulaire, constellé d'étoiles peintes en jaune sur fond bleu, nous vîmes une salle de dimensions modestes, avec, sur les parois, *des signes gravés*, partout, de haut en bas, en alignements réguliers, du plafond jusqu'au sol.

Ils étaient là ! *Ils* étaient à notre portée, comme un livre magique, déroulés contre la paroi, sous nos regards incrédules. Texte des pyramides ! Signes d'éternité ! Paroles de l'au-delà !

Je levai ma lampe à huile pour mieux voir et je lus à haute voix :

« *Debout pour moi, mon père ! Debout pour moi Osiris-Néferkarê ! Moi, je suis ton fils. Je suis Horus. Je suis venu à toi. Je t'ai lavé. Je t'ai purifié. Je t'ai fait vivre, ô père Néferkarê. J'ai rassemblé tes os. J'ai rejoint tes chairs. J'ai réuni tes morceaux !*

Car je suis Horus qui venge son père. J'ai frappé pour toi celui qui te frappa. Je t'ai vengé, ô père Osiris, de celui qui t'a fait mal. »

Nous pouvions les lire, ces hiéroglyphes sacro-saints qui donnent la vie éternelle. Nous possédions les formules magiques. Nous avions conquis ces textes mystérieux que les grands prêtres d'Osiris avaient jalousement conservés pour nos rois.

Je me déplaçai de quelques pas, et je lus encore :

« *Osiris Néferkarê-Pépi ! Prends pour toi ceux qui se sont révoltés contre toi.* »

— Avez-vous entendu ? Le vieux roi est avec nous !

C'était Mériptah qui venait de prendre la parole. Il était tout au fond de la crypte, adossé au caveau de granit rouge du pharaon défunt. Des murmures confus parcoururent l'assistance.

— Ecoutez-moi ! ordonna-t-il en haussant le ton, un bras tendu vers nous. Il ne sert à rien de détenir ces formules secrètes, si nous devons mourir sans avoir pu les communiquer au peuple de Kémi. A quoi aura servi notre folle entreprise si elle reste inconnue ? Demain, les prêtres funéraires reboucheront cette descenderie que nous avons déblayée, tandis que nos corps déchiquetés pourriront au soleil. Il faut que nous sortions de ce tombeau vivants, libres et puissants. Ecoutez donc ce que vient de lire le scribe Nakht : « *Osiris Néferkarê-Pépi ! Prends pour toi ceux qui se sont révoltés contre toi.* » Qu'est-ce que cela veut dire ? Que nous allons prendre Pépi avec nous ! Ouvrons son cercueil. Respectueusement, emportons la momie royale. Tant qu'elle sera avec nous, nous resterons invulnérables. Grâce à elle, et grâce à nous, le peuple possédera les secrets de la vie éternelle. Plus tard, notre mission accomplie, nous ramènerons la dépouille à sa demeure d'éternité, et comme ce texte gravé sur ce mur nous l'indique, nous aurons la certitude d'être pardonnés dans l'au-delà.

Habile homme ! A peine Mériptah avait-il fini de parler que les burins, les marteaux et les pics attaquaient le sarcophage.

DEUXIEME NOCTURNE

A la tombée du jour, toute l'armée du pharaon Mérenrê, fils de Pépi le Vieux, placée sous le commandement du général Siséné, reçut l'ordre d'avancer autour de la pyramide, jusqu'à cinquante pas des murailles. Un officier, s'étant rendu compte que l'on démolissait de l'intérieur le mur qui barricadait le portillon de service, avait donné l'alerte. Les archers, placés sur deux rangs, en quinconce, se tinrent prêts à tirer, genou à terre et flèche posée sur la corde. Puis des soldats allumèrent de grands feux afin de faciliter la surveillance.

Par quel miracle ne m'ont-ils pas criblé de traits, lorsque, le passage étant suffisamment déblayé, je bondis au-dehors en agitant les bras au-dessus de la tête ? Pourquoi m'ont-ils écouté, en abaissant leurs armes, lorsque je hurlai à pleins poumons : « Ne tirez pas ! ne tirez pas ! je veux parler au général ! » Avaient-ils en réalité reçu la consigne de me capturer vivant ? Je ne le saurai jamais.

Mériptah, dès qu'il était entré en possession des hiéroglyphes et de la momie du Vieux, avait décidé de m'envoyer à l'extérieur pour négocier, avec les autorités militaires, les conditions de notre départ et de notre sauvegarde. Cette mission, il aurait pu l'accomplir lui-même, mais, prétextant une meilleure efficacité en demeurant à l'intérieur pour diriger le groupe, il m'avait désigné sans aucune hésitation :

— Le scribe Nakht sera notre porte-parole. Sa langue est habile. Il a l'habitude de parler aux princes. Acceptera-t-il de sortir le premier pour aller parlementer avec Siséné ?

Tout étonné de ne pas avoir encore reçu de flèche dans la poitrine, clignant des paupières sous l'éclat des flammes qui m'éblouissaient, je restai sur place, agitant mes mains en l'air sans oser faire un seul pas en avant. Je n'eus pas à attendre longtemps. Un groupe de soldats brandissant des lances et des cordes se précipita sur moi et me jeta au sol. Ils me suspendirent à un joug, pour me transporter, comme un fauve captif, les poignets attachés derrière le dos et reliés aux chevilles entravées. Dans cette inconfortable position et malgré la douleur, je me sentis étrangement rassuré : pour l'instant, j'avais la vie sauve et l'on m'amenait selon mon désir vers un officier, ou peut-être même vers le général Siséné. Cependant, mes muscles se fatiguèrent très vite. Chaque secousse de la marche cadencée des porteurs, en étirant progressivement mes membres, finit par m'arracher des gémissements. La nuque me fit bientôt atrocement mal. Puis je sentis mon cœur battre de plus en plus fort. Chaque pulsation résonnait dans mon crâne comme un coup de marteau. Après de vains efforts pour redresser ma tête trop lourde, je dus m'avouer vaincu. Je perdis connaissance.

C'est un seau d'eau froide lancé à la volée sur mon visage qui me rendit ma lucidité. En ouvrant les yeux, je découvris à quelques mètres devant moi un nabot difforme, aux jambes torses, semblable à ces orfèvres qui, dans les ateliers du pharaon, forgent avec talent des bijoux d'or et de pierres précieuses. Ces nains aux doigts habiles sont serviteurs du dieu Ptah. Ils sont souvent très intelligents ; certains occupent un rang élevé dans la hiérarchie des fonctionnaires royaux et j'ai eu l'occasion de les rencontrer dans mon travail de scribe au palais de la reine. Mais celui qui me dévisageait, en balançant son récipient vide à bout de bras, était d'une autre espèce. Son regard stupide, ses oreilles énormes, rouges et décollées, sa lèvre inférieure pendante, tout en lui trahissait le débile mental. En riant aux éclats, il m'aida à m'agenouiller puis m'administra une retentissante paire de gifles, avant de tourner les talons pour disparaître dans l'obscurité environnante.

Ces claques eurent le mérite de me faire récupérer rapidement tous mes esprits. Mes mains et mes pieds étant libres, j'inspectai les lieux, à la lueur d'une maigre lampe à huile abandonnée par mon gardien. Je découvris une salle carrée, sans aucune ouverture. Dans un angle du plafond, à trois hauteurs d'homme au-dessus de moi, une trappe à claire-voie était le seul accès à ma prison. Le nabot avait dû sortir par là en retirant l'échelle qui permettait de l'atteindre. D'après la disposition du cachot, j'étais probablement enfermé au dernier sous-sol d'une grande bâtisse, demeure d'un noble ou d'un prince, dans l'enceinte de la capitale. On m'avait donc transporté, sans connaissance, du plateau de Saqqarah, où l'armée assiégeait la pyramide de Pépi, jusqu'à la ville de Memphis où résidait le roi de Haute et Basse-Egypte, Mérenrê, fils de ce même Pépi, et surnommé le Faible. Encore une fois, j'éprouvai une impression de soulagement en constatant que, malgré les dangers vers lesquels m'avait lancé Mériptah, j'étais toujours vivant. Comme pour confirmer aussitôt cette sensation rassurante la trappe s'ouvrit au-dessus de ma tête et un panier d'osier, contenant boisson et nourriture, descendit au bout d'une corde.

A peine avais-je fini de me restaurer que l'échelle commençait à descendre à son tour. Le nain fut bientôt à mes côtés, porteur d'un seau d'eau chaude, d'une serviette, d'un pagne neuf et d'une perruque, semblable à celle que portent les scribes, mais avec des cheveux plus longs que d'habitude. Ce détail attira mon attention. Etait-ce simple coïncidence, ou bien celui qui avait envoyé cette parure connaissait-il mes préférences ?

Par une mimique expressive de sourd-muet, mon geôlier me fit comprendre qu'il souhaitait me voir grimper vers l'extérieur. Ayant rapidement fait ma toilette et changé de vêtements, je le suivis hors du cachot. Le nabot trottinant devant moi, je parcourus dans la pénombre un labyrinthe d'étroites galeries le long desquelles s'ouvraient des trappes semblables à celle de ma cellule.

Ma surprise fut grande lorsque, après avoir franchi quelques marches et poussé une porte à deux battants, je débouchai dans un endroit que je connaissais fort bien. C'était « la salle aux fleurs », une antichambre du palais, proche des appartements royaux. Elle portait ce nom en raison des fresques de lotus et de papyrus qui ornaient toute la surface des murs. Ainsi donc il y avait une prison sous la demeure du pharaon, et disposée de telle sorte qu'elle permettait de faire disparaître, avec toute la discrétion désirable, n'importe quel visiteur !

Le nain était reparti, fermant derrière lui les vantaux dissimulés par le décor végétal.

— Es-tu vraiment le scribe Nakht ?

Plus que l'interpellation imprévue, le timbre de la voix me fit sursauter. Cette voix de femme, qui posait la question dans mon dos, je l'aurais reconnue entre mille. Il n'y avait aucun doute possible. En pivotant sur mes talons, je me prosternai sur le sol, le front dans la poussière.

— Relève-toi, scribe Nakht ! Je veux te regarder bien en face !

Tremblant d'émotion, je me mis à genoux. Nitocris, la Grande Epouse Royale venait d'entrer par une porte secrète ; elle s'avançait vers moi, majestueuse dans sa robe de lin immaculée, ceinturée d'or et de turquoises, belle comme Isis la divine.

— C'est bien toi ! dit-elle, en posant sa main sur ma tête. Serais-tu devenu muet ?

Je tentai de balbutier les quelques phrases banales prescrites par l'étiquette de cour. Ce fut en vain, ma gorge resta nouée. Terrible épreuve ! J'aurais mieux aimé être piétiné par le général Sisené ou bien être fouetté à mort par Shémaï, le Grand Maître, ou pis encore être égorgé aux pieds du roi Mérenrê le Faible. Mais comparaître en coupable devant Nitocris, quelle humiliation !

— Ainsi, dit-elle sans se préoccuper de mon trouble, mon scribe préféré n'est plus, maintenant, qu'un ignoble voleur.

Les mains tendues, j'esquissai un geste de protestation. Elle me lança un tel regard que je me sentis, à l'instant, ridiculement lamentable. Puis, toujours debout, à quelques pas devant moi, les bras ramenés en croix sur la poitrine, figée comme une statue dans un temple, elle parla longuement, et peu à peu, malgré leur sévérité, ses paroles apaisèrent mon cœur.

— Ingrat, me dit-elle, pourquoi t'es-tu conduit de la sorte ? Qu'allais-tu chercher dans la demeure d'éternité de mon père ? De l'or ? Tu en avais tant que tu voulais, autour de toi, dans mes propres appartements où je t'avais logé afin que tu recopies les anciens textes. Pourquoi n'as-tu donc pas dérobé mes bijoux ? Ils ont toujours traîné un peu partout, sur les tables, sur les coffres, à la portée de ta main. Une vraie fortune ! Avec elle, tu aurais pu t'offrir toutes les femmes, tous les plaisirs qu'un homme désire. Ah ! bien sûr, après ce vol, il aurait fallu fuir, quitter le Nil, aller se mettre à l'abri de la justice chez les oasiens. C'était peut-être trop dur pour toi, n'est-ce pas ? Alors tu as choisi de rester dans notre cher pays de Kémi, en dérobant de l'or à l'insu de tous, en compagnie de mécréants de ton espèce.

Tandis qu'elle parlait, emportée par cette colère qui me versait un baume au cœur, en raison de sa totale erreur de jugement, je récupérais, peu à peu, mes esprits. Tout en conservant une attitude déférente, je me mis debout et relevai la tête. Surprise par mon comportement, elle recula de quelques pas en disant :

— Tu ne regrettes rien, je suppose. Eh bien, parle ! Mais parle donc ! Explique-toi !

— J'attendais que tu m'en donnes l'ordre, ô Grande Epouse, dis-je en inclinant le buste.

— Exprime-toi simplement ! Nous ne sommes pas en audience publique, fit-elle avec un mouvement d'humeur.

Elle se mit à marcher de long en large. Sur un ton ferme, que ma sincérité rendait plus convaincant, je déclarai :

— Je ne suis pas entré dans la pyramide pour voler de l'or. Je ne me suis pas introduit dans le temple sacré pour le profaner. Je n'ai aucune honte de ce que j'ai fait.

— Voilà qui change tout, annonça une voix rude derrière moi.

Je fis volte-face pour identifier le nouvel arrivant et je me prosternai aussitôt, selon la coutume, devant le Grand Maître Shémaï. C'était un vieil homme, grand et maigre. Il avait beau teinter de noir ses sourcils et porter perruque à longs cheveux pour dissimuler ses tempes blanches, la peau plissée de mille rides autour de son cou, les traits marqués à la commissure des lèvres, les poches soulignant ses yeux ne pouvaient faire illusion. C'était encore un vieillard, qui, après le pharaon Pépi, gouvernait notre pays.

— Relève-toi, scribe Nakht, donne-nous les raisons de ta conduite, dit-il en se plaçant à côté de Nitocris.

J'étais enfin devant le seul interlocuteur valable pour négocier la sortie et la survie de mes compagnons. Shémaï tenait tout le pouvoir dans ses mains. Il s'en était emparé depuis longtemps, profitant d'une part du gâtisme du Vieux et d'autre part de l'incapacité de Mérenrê, le pharaon régnant, qui, malgré ses cinquante ans, ne savait rien faire. Seule, Nitocris, la jeune femme et demi-sœur du Faible — on la disait fille de Pépi — s'occupait des affaires du pays de Kémi. Cette rencontre avec le Grand Maître était une chance inespérée. Il me connaissait bien, et, au ton de son interpellation, je savais qu'il allait m'écouter. Les paroles de Nitocris, dont j'avais décelé l'indulgente sympathie à travers les invectives, me donnaient aussi le courage de défendre ma cause.

— Mon cœur est pur, et je méprise l'or, déclarai-je.

— L'or est la chair des Dieux, répliqua Shémaï. C'est ce que prétendent les prêtres de Ptah.

Surpris, j'avalai ma salive. Le Grand Maître avait-il lancé ce trait par hasard, ou bien connaissait-il Mériptah ? Décidé, malgré tout, à placer mon plaidoyer, je repris aussitôt :

— Je méprise plutôt toute cupidité. Si nous sommes entrés, mes compagnons et moi, dans la demeure d'éternité de notre bien-aimé pharaon défunt — que lui soient données vie, force et santé éternellement — c'est pour une tout autre raison que le pillage de ses richesses ou la curiosité morbide. Nous voulions conquérir les secrets de l'immortalité. Osiris ouvre les portes de l'autre vie à ceux qui les détiennent.

Je prononçai très fort ces derniers mots. Nitocris sursauta.

— C'est vrai, fit-elle à mi-voix, en inclinant la tête, mon royal époux a toujours soutenu que tout homme avait droit à la vie éternelle.

Shémaï, courroucé par l'appui qu'elle venait de m'accorder, tenta de redresser la situation en sa faveur.

— La tradition est sacrée, déclara-t-il sèchement, et tout le monde doit la respecter !

Il n'eut pas le temps d'en ajouter davantage. Nitocris, furieuse, pointa son index vers lui, puis vers moi :

— La tradition s'incarne dans le pharaon, dit-elle. Ce qu'il faut respecter d'abord, c'est sa volonté. Il n'a de leçon à recevoir de personne, ni de toi, Shémaï, prince de Koptos, ni de toi, Nakht, fils du peuple. Au moment où Sa Majesté décidera de donner les hiéroglyphes sacrés à tous les Egyptiens, et à ce moment-là seulement, tout rentrera dans l'ordre et la justice de la déesse Maât.

— Belle déclaration, fit Shémaï, sans manifester la moindre émotion. Cependant, je suis obligé de vous rappeler, ô Grande Epouse, que des mécréants sont actuellement dans la pyramide, possesseurs des textes cachés et surtout de la dépouille mortelle d'un souverain. Qu'allons-nous faire de Nakht ? Le considérer comme un criminel et l'abattre ? Ou le prendre comme intermédiaire, en négociant avec lui ?

Mon destin dépendait de la réponse de la reine, alors que j'avais toujours cru être à la merci de Shémaï. Cela me donna soudain du courage et j'intervins :

— N'en déplaise au Grand Maître, nous ne sommes pas des mécréants, mais des fidèles. Seule notre profonde foi en Osiris a dicté notre conduite.

— La foi ne conduit pas au sacrilège ! coupa Shémaï, sur un ton sans réplique.

— Continue, scribe Nakht, plaide ta cause ! ordonna Nitocris.

Manifestement, elle prenait parti en ma faveur. Elle me regarda, droit dans les yeux, attendant mes explications, avant de répondre à Shémaï, pour décider de mon sort. Je soutins son regard.

— Puisque Osiris, dis-je, accepte dans sa demeure notre bien-aimé pharaon, il nous a paru souhaitable qu'il accueille aussi tous les gens de Kémi. Ils resteront ainsi ses serviteurs dans l'autre monde.

— Tu oses parler de serviteurs ! hurla Shémaï hors de lui. Vous avez transgressé un interdit ! Vous avez profané un temple ! Vous avez violé une sépulture ! Croyez-vous être, encore, de bons et loyaux serviteurs ?

— Je le crois ! Certes, nous avons pris en otage la momie de Néferkarê, mais il nous a semblé indispensable de nous placer de cette façon à l'abri de toute violence.

— Tu l'as entendu, Grande Epouse, en ta présence il vient d'avouer son forfait !

— Je n'avoue aucun crime. Nous n'en avons pas commis. Nous espérons replacer la dépouille mortelle de Pépi dans son sarcophage, à condition que Siséné cesse de nous assiéger. Que l'armée quitte la Cité des Morts ! Qu'elle nous laisse sortir de la pyramide en hommes libres !

— Holà, dévoué serviteur, dictes-tu des ordres, à présent ?

— J'exprime seulement des souhaits, ô Grand Maître, dis-je en m'inclinant devant lui. Un scribe royal ne sait donner des ordres qu'à ses subordonnés.

Je crus surprendre un sourire fugitif sur les lèvres de la reine. Shémaï, décontenancé par mes répliques, se tourna vers elle.

— Les négociations ont déjà commencé, semble-t-il ? Qu'allons-nous proposer, Majesté ?

— Je condamne les méthodes mises en œuvre, déclara Nitocris, mais je prends acte des intentions généreuses de Nakht. Je propose, en conséquence, un retour à la normale acceptable pour tous. Bien entendu, j'exige que le corps de Néferkarê-Pépi, justifié devant les dieux, reste dans la pyramide. Les rouleaux où sont recopiés les hiéroglyphes d'éternité seront déposés aux pieds du pharaon Mérenrê. En échange de cette remise en ordre, la reine s'engage à faire déposer les textes sacrés dans les Maisons de Vie afin qu'ils soient diffusés par les scribes. Quant au général Siséné, il ramènera l'armée dans la capitale, de telle sorte que la Ville des Morts soit totalement dégagée de tout soldat.

— Votre indulgence n'a d'égale que votre sagesse, fit Shémaï d'un air mécontent. Dans cet arrangement, que vont devenir les profanateurs ?

— Ils seront libres.

— Quel sera le garant de cette liberté ? dis-je en surveillant le Grand Maître du coin de l'œil.

— Leur anonymat suffira. Quant à toi, scribe Nakht, ajouta Nitocris, je t'accorde ma protection. Acceptes-tu la solution que je propose ?

Je me prosternai, troublé à la fois par sa beauté sereine et par son généreux pardon.

— Relève-toi, dit-elle. Ne bouge pas d'ici ! Mes gardes viendront te prendre pour t'escorter jusqu'au plateau de Saqqarah afin que tu puisses rejoindre tes compagnons. Je t'attendrai, à l'audience du roi, pour la remise des papyrus.

TROISIEME NOCTURNE

« *Selon la tradition,*
je laisserai tomber les deux premières gouttes d'encre, en l'honneur d'Imhotep, maître des scribes. Puis ma plume tracera les hiéroglyphes parfaits qui chanteront ta gloire, ô Nitocris, ô ma reine !
Et moi, Nakht, scribe zélé parmi les scribes, accroupi à tes pieds pour accueillir, avec amour, tes ordres, ou tes caprices,
je célébrerai ta beauté,
ô divine maîtresse du pays de Kémi ! »

Il se passe vraiment des choses extraordinaires. Ma main n'a tracé aucun signe et pourtant, ce texte, que je viens de lire et de relire, est écrit devant moi. Par quelle étrange magie ces mots sont-ils apparus, en se groupant les uns auprès des autres, pour exprimer mes sentiments les plus secrets ?

Tandis que mon esprit s'attarde sur cette énigme, j'entends une lancinante musique de harpe qui résonne bizarrement dans mon cœur. Le musicien invisible ne touche que deux cordes, mais il les fait vibrer de curieuse façon... Puis il casse le rythme, en frappant trois sons discordants... Ma poitrine éclate !

Par quel stupéfiant sortilège suis-je, tout à coup, transporté dans la chambre de la reine ? Qui m'a amené là à la vitesse de l'éclair ? Et pourquoi suis-je ligoté sur un grabat, mains et pieds liés dans le dos par des lanières de lin ?

Là-bas, lointaine, à l'autre bout de la pièce, la reine Nitocris en personne vient de soulever une tenture pourpre. Elle s'avance vers moi, éblouissante. D'un coffret de nacre et d'ébène, elle sort, à bout de bras, des poignées de bijoux.

— Nitocris, maîtresse bien-aimée, à quoi bon ces richesses ? Tu sais bien qu'elles ne me tentent pas. Pourquoi passes-tu autour de mon cou ce pectoral d'or massif ? Je ne veux rien... rien d'autre que toi !

Cette interjection a jailli de ma bouche presque malgré moi. La reine me regarde avec bonté, malgré mon impudence. Elle recule de quelques pas, irréelle, puis s'approche à nouveau, tournant autour de mon corps entravé, en faisant voltiger sa robe sur ma tête.

— Honte à toi ! Prosterne-toi, scribe Nakht ! Humilie-toi devant Nitocris. Lèche la poussière de ses sandales. Tu mérites la mort.

Ce n'est pas elle qui a parlé. C'est moi-même ! Les mots se bousculent dans ma gorge qui hésite à les prononcer. Stupéfaction ! Elle rit en entendant mes paroles, et mon âme meurtrie boit ce rire sur ses lèvres.

Soudain tout change. La douce musique de la harpe fait place au sifflement d'une flûte, sur une tonalité suraiguë, à la limite du supportable. La reine dégrafe lentement ses vêtements. Avec des gestes ralentis, elle détache sa ceinture. Elle laisse glisser la fine toile sur ses seins et me montre leurs mamelons qu'elle a soulignés de rose. Sa robe s'ouvre toujours, comme une fleur de lotus. Je vois son nombril, son ventre lumineux, ses hanches et ses cuisses serrées sur son triangle noir. Je suis inondé de sueur. Je tremble de tous mes membres comme un fou. Nue ! elle danse nue devant moi ! Je hurle :

— Je t'aime, Nitocris, je t'aime !

Elle se penche vers moi...

Horreur ! Je ne peux plus distinguer son visage : il est enveloppé de linges sanglants ! Je ne vois que son corps adorable, sa jambe parfaite, son pied si blanc qui se pose avec lenteur sur ma figure. Elle me pousse en arrière, inexorablement, et... je tombe ! Je tombe dans un immense trou noir !...

Le contact assez rude du pavé de pierre m'ayant ramené d'un seul coup à la réalité, je regagnai ma couche, à l'aveuglette. Allongé dans l'obscurité complète, chassant de mes pensées l'émoi et l'atrocité du cauchemar, je fis le point sur ma nouvelle situation.

Ainsi, j'étais de retour dans la pyramide de Pépi, selon la volonté de Nitocris. Epuisé de fatigue, j'étais tombé sur le lit d'un prêtre, avant d'expliquer, dans un souffle, aux compagnons qui m'entouraient :

– J'ai réussi Nous pourrons sortir dans quelques heures, quand l'armée se sera retirée de la Cité des Morts.

— Repose-toi, avait dit Mériptah, nous attendrons la fin de ton sommeil, tout en surveillant le départ des troupes de Siséné.

J'entendis des pas dans le couloir. Mériptah, suivi de quelques compagnons équipés de lampes à huile, s'approcha de moi.

— C'est fait ! dit-il, les soldats sont enfin partis jusqu'au dernier. Le soleil vient de se coucher. Nous allons sortir d'ici aussi facilement que nous y sommes rentrés. Nous nous dirigerons, tout droit, vers le Nil. Je passerai devant avec les porteurs de la momie.

D'un bond, je fus sur pied.

— Il n'y aura pas de porteurs de momie. Le corps du Vieux doit rester ici !

J'avais prononcé ces mots avec un tel emportement que Mériptah recula d'un pas, interloqué. Il se reprit très vite et revint devant moi, en se frappant le front. Je m'attendis à une rude attaque.

— Serais-tu fou, scribe Nakht ? Ne sais-tu pas que le corps de Pépi est devenu pour nous un rempart invulnérable, et que...

Je lui coupai la parole :

— Ce mort n'a plus aucune utilité à présent, puisque nous pouvons sortir libres.

— Insensé ! reprit-il, nous pouvons sortir, oui ! Mais demain, dans la capitale, les gardes du roi nous poursuivront et nous massacreront l'un après l'autre. N'oublie pas ta propre aventure ! Si tu as pu revenir ici sain et sauf, c'est grâce au chantage des excréments dans la bouche du Vieux. Il a, certainement, fait trembler Siséné.

— Je n'ai pas vu le général, répliquai-je. J'ai rencontré le Grand Maître Shémaï. J'ai promis de ne pas emporter la momie, en échange de notre liberté.

La colère de Mériptah monta d'un cran. Il tapa du pied sur le sol, poings serrés, en criant :

— Promesse de sot ! Ecoute bien, scribe Nakht ! nous avons tous ensemble violé le sarcophage pour tenir ce cadavre en otage. Il n'est absolument pas question de l'abandonner ici.

J'étais perplexe. Que fallait-il faire ? Contrer le prêtre de Ptah jusqu'au bout, en le forçant à modifier ses projets ? Cela nécessitait l'appui inconditionnel de tous les compagnons, et je n'étais pas sûr de l'obtenir.

Comme s'il avait lu dans le cheminement de mes pensées durant mon long silence, Mériptah, soudain plus calme, vint à mon secours :

— Non, tu n'es pas si sot. Tu aurais promis n'importe quoi pour sauver ta peau, n'est-ce pas ?

— Je te remercie de ta perspicacité !

— Je me suis emporté devant ton entêtement, dit-il. Excuse ma vivacité et oublions tout cela.

Il me regardait, sourcils froncés, avec un sourire cruel. Une petite flamme de haine dansait dans ses prunelles.

La lune n'étant pas encore levée, notre sortie s'effectua sans encombre. Nous atteignîmes le fleuve. Quelques mariniers dormaient sur la berge auprès de feux presque éteints. Nous dûmes les réveiller, et les convaincre, poignard au poing, de nous conduire au plus vite jusqu'à Memphis.

Le Nil, au plus haut de l'inondation, n'était qu'une sombre surface. Les embarcations glissaient, côte à côte, en silence. Allongés sur le pont, nous devisions à voix basse, et les commentaires sur notre réussite étaient le sujet de toutes les conversations. Seul le clapotis de l'eau, contre les barques à fond plat, se mêlait à nos chuchotements.

C'est en mettant pied à terre, au débarcadère de la capitale, que Nenki, le jeune architecte, demanda à haute voix :

— Où est donc passé notre chef ?

— Il a embarqué le dernier, en compagnie de notre bagage encombrant, répondit Bébi, en riant.

C'était un grand gaillard au torse velu. Bébi était son surnom. Je ne connaissais ni son vrai nom, ni son métier. Certains le considéraient comme un simple d'esprit, mais je m'étais aperçu, à plusieurs reprises, qu'il était plus malin que ne le laissait croire son comportement.

— Nous voici arrivés à bon port, reprit Bébi, en gesticulant sans mesure. Nous sommes tous là ! Sauf notre chef ! C'est bizarre ! Il était à côté de moi lorsque nous avons embarqué.

Il entra dans l'eau jusqu'aux genoux et, plaçant ses mains en porte-voix, il hurla à tue-tête en direction de la Cité des Morts :

— Mériptah ! Hé ! Ho ! Mériptah ! Hé ! Ho !

J'intervins vivement :

— Ne crie pas aussi fort. Tu vas réveiller les vigiles !

— Bien ! dit-il calmement, que faut-il faire alors ? Partir à la nage pour mieux chercher ?

— Non ! Attends un peu !

J'étais indécis. Je ne savais plus quelle attitude adopter, face à cette situation imprévue. Mais Bébi voulut avoir le dernier mot :

— Ça ne sert à rien d'attendre ! Ou bien Mériptah s'est noyé, ou bien il est parti ailleurs, avec la momie du Vieux.

C'était l'évidence même. Des murmures confus parcoururent les rangs des compagnons et je crus entendre, à plusieurs reprises, le mot « trahison ».

— Que faut-il faire, Nakht ? insista Bébi.

— Ecoutez-moi, dis-je. Nous avons réussi jusqu'à présent. Il serait stupide de tout gâcher si près du but. Mériptah nous a quittés pour placer la momie en lieu sûr. Il a jugé souhaitable d'opérer ainsi, afin que le secret soit mieux gardé.

J'avais inventé cette explication. Elle paraissait assez crédible. Les questions fusèrent cependant, de tous côtés :

— Pourquoi n'a-t-il pas annoncé sa décision ?

— Pourquoi n'a-t-il pas laissé des consignes ?

— Quand nous rendra-t-il les hiéroglyphes qu'il a emportés avec lui ?

Cette dernière interrogation leva un dernier doute dans mon esprit : Mériptah détenait les copies des textes, et il ne serait pas facile de les lui arracher.

Soucieux de conserver l'unité et la force de notre groupe, je résolus de m'adjuger sa direction. Je renvoyai d'abord les mariniers, puis, escaladant une pile de bois qui encombrait le quai, je rassemblai tout le monde autour de moi.

— Je sais ce qui s'est passé ; Mériptah s'est méfié des marins qui vous ont conduits jusqu'ici. Il a donc décidé, au dernier moment, d'agir seul. Il m'a chargé de vous prévenir, et m'a demandé de prendre sa place.

Ce mensonge ramena le calme parmi les compagnons, en les sécurisant. J'avais besoin de disposer d'un peu de temps pour réfléchir. Je décidai donc de renvoyer à plus tard d'autres explications.

— Maintenant, ajoutai-je, nous devons nous disperser. Regagnez vos foyers pour prendre un repos bien mérité. Mais en rentrant chez vous, restez discrets : pas de bavardages intempestifs ! Et surtout ne racontez rien à vos femmes. Le secret de notre action est absolument nécessaire. Demain, à la tombée du jour, rassemblement à notre rendez-vous habituel.

Lorsqu'ils se furent éloignés, sans bruit, dans toutes les directions, il ne resta sur le quai vide que Nenki, Bébi et moi.

— Je ne sais où dormir, dit le jeune architecte. Je viens du village d'Ankhtoué et je n'ai pas d'habitation en ville.

Je lui proposai de partager ma chambre pour une nuit, dans la maison de mon père, le médecin Ankhma-Hor.

— Serais-tu vraiment le fils de cet homme célèbre ? demanda Bébi en roulant de grands yeux. Oh la la ! Oh la la ! Quelle catastrophe ! répéta-t-il plusieurs fois, la tête dans ses mains.

Et comme j'essayais de comprendre pourquoi il paraissait si troublé par mon origine, il poursuivit tout d'un trait :

— Comment pourrais-je solliciter ton hospitalité ? Impossible ! Toi, tu es trop riche ! Moi, je suis pauvre et sale ! Tant pis, je coucherai par terre, comme un mendiant.

Il était cocasse avec son air tout déconfit.

— Si j'ai bien compris les sous-entendus de tes propos, dis-je en riant, tu espérais, toi aussi, loger chez moi cette nuit !

Il approuva d'un hochement de tête.

— Eh bien, soit ! Au lieu de deux, nous serons trois ! Allons-y !

Je les pris chacun par le bras, pour les conduire dans le dédale des ruelles de la capitale jusqu'à la demeure de mon père. Elle n'était pas très loin du port. Nous nous arrêtâmes, bientôt devant la porte de ma maison. Je dus cogner plusieurs fois, et assez fort, avant de la voir s'ouvrir. La vieille servante, tirée du lit à cette heure tardive faillit la refermer aussitôt sur mon nez, lorsqu'elle s'aperçut que je n'étais pas seul.

— Mauvais fils ! C'est à présent que tu rentres ? dit-elle de sa voix criarde. Où étais-tu passé ? Ton père est furieux contre toi !

— Il sera plus satisfait que toi, de me revoir.

— Et que venez-vous faire ici ? demanda-t-elle agressivement à Nenki et à Bébi, en levant sa lampe à huile à hauteur de leurs visages.

— Ne t'occupe de rien ! Ce sont des amis. Ce soir, ils dormiront chez moi. Allons ! Va te coucher maintenant, donne-nous ton éclairage et ne nous importune plus !

Elle s'éloigna dans l'obscurité, en grommelant.

Le porche franchi, nous traversâmes le jardin par l'allée de sycomores, tout le long du bassin des lotus. Mon père habitait une grande maison, au premier étage ; il avait aménagé le rez-de-chaussée en salles de consultation et d'opération. C'était un chirurgien réputé qui avait longtemps soigné beaucoup de malades. Mais, avec l'âge, il avait pratiquement cessé toute activité et ne recevait plus guère que les gens de son quartier, quelques amis intimes, ou parfois des confrères venant quémander un conseil.

Pour ma part, je logeais dans une habitation plus petite, construite derrière la première et séparée d'elle par une cour sablée.

— C'est pas mal, chez toi ! fit Bébi en entrant dans ma chambre. Mais pourquoi, à ton âge, vis-tu encore chez tes parents ?

— Ma mère n'est pas ici, répondis-je, tête basse. Elle est partie... depuis longtemps... Quant à moi, j'ai toujours vécu dans cette demeure...

Puis, éprouvant le besoin de justifier mon niveau social élevé, j'expliquai à mes compagnons qu'étant célibataire, je n'avais aucune raison valable d'abandonner mon père Ankh-ma-Hor, car je l'aimais. Nous nous entendions bien, malgré l'écart d'âge, et probablement grâce à sa largeur d'esprit. De plus, j'appréciais beaucoup sa sûreté de jugement...

En grignotant des figues sèches et en buvant des pots de

bière que la vieille servante avait eu la bonne idée de déposer au pied de ma couche, nous bavardâmes un bon moment, avant de nous endormir. Bébi nous raconta ses malheurs : sa femme l'avait quitté, peu de temps auparavant pour aller vivre chez un officier de la garde royale. C'était une belle danseuse, venue du sud, avec une caravane d'oasiens. Il l'avait épousée depuis un an à peine.

— Huit jours après le mariage, la garce était déjà passée dans le lit de tous mes voisins ! Je l'ai supporté toute une année sans rien dire. Nous habitions dans les bas quartiers. Tant qu'elle m'a trompé avec des pauvres types, comme moi, j'ai fermé les yeux en faisant semblant d'être heureux.

Etait-ce l'émotion vraie, ou l'effet de la bière qu'il buvait goulûment ? Bébi s'arrêta de parler pour s'essuyer une larme au coin de l'œil.

— Mais lorsque j'ai appris qu'elle en pinçait pour l'aide de camp du général Siséné, je lui ai flanqué une trempe ! Croyez-moi ! Une sacrée trempe !

Il agita sa large main de façon si expressive que nous pûmes imaginer la puissance des coups qu'il avait administrés à l'épouse infidèle.

— Et finalement, conclut-il, elle m'a quitté pour aller vivre avec son militaire. Alors, pour tout oublier, j'ai foutu le feu à la baraque ! Voilà pourquoi je n'ai plus de maison.

Il éclata de rire, passant de la tristesse à la gaieté, avec une désarmante naïveté.

— Toi, mon cher Bébi, intervint Nenki en souriant, tu es rentré dans notre groupe parce que tu détestes les officiers, n'est-ce pas ?

— Probable ! répondit-il avec franchise. Lorsque j'en croise un, dans la rue, je n'ai qu'une envie : l'étrangler. Ces porcs profitent de leur bel uniforme pour séduire toutes nos femmes. Moi, je les hais aussi, parce que ce sont des salauds ! Ils rampent aux pieds des nobles pour monter en grade, pour devenir riches et puissants. Ils sont incapables de combattre aux frontières lorsqu'il faut refouler les Bédouins ; ils préfèrent patrouiller dans les rues de la ville, en faisant, soi-disant, la police. En réalité ils nous écrasent et nous cognent sur la tête !

— Quel est ton métier ? lui demandai-je. Es-tu vraiment aussi pauvre que tu le dis ?

— Je suis fabricant de briques crues et je ne sais rien faire d'autre de mes dix doigts. J'obtiens assez de nourriture, en contrepartie de mon travail. Mais qui voudrait offrir de l'or ou des objets précieux en échange de terre séchée ? Certainement pas celui-ci ! ajouta-t-il, en appliquant une claque amicale dans le dos de Nenki.

L'architecte ne répondit pas, se contentant d'un vague sourire. Manifestement, il ne voulait pas participer à notre conversation.

— Et toi, Nakht, demanda Bébi, pourquoi n'es-tu pas médecin, comme ton père ?

Pour me faire mieux connaître et tisser avec lui quelques liens d'amitié, je parlai longuement, donnant des détails sur mon enfance solitaire dans cette grande maison. Je décrivis mon existence terne d'adolescent perdu dans un milieu presque hostile peuplé de malades et d'éclopés, dégoûté de la médecine à force d'en supporter les inconvénients. J'insistai sur mes solides études, sur ma passion de l'écriture, sur mon acharnement pour franchir peu à peu tous les échelons de mon métier et m'élever au niveau envié de scribe royal. Afin de ne point choquer mes compagnons, je ne soufflai mot des relations très amicales qu'entretenait mon père avec les plus hauts dignitaires de la cour, et je m'abstins de dire quoi que ce soit au sujet de la Grande Epouse.

QUATRIEME NOCTURNE

A l'est du Nil, face à Memphis, on arrachait des dalles de calcaire fin, au cœur de la montagne, pour bâtir les tombeaux des riches dans la Ville des Morts. Cette carrière, où s'affairaient dans la journée des milliers d'ouvriers, devenait, à la nuit tombée, un lieu sinistre et désert dans lequel nul ne se hasardait. Nous avions trouvé là, au sein de ces vastes cavernes froides et inhospitalières, la tranquillité nécessaire aux réunions des soixante-dix.

J'étais arrivé le premier, aux dernières lueurs du crépuscule. Assis sur le rebord d'une banquette de pierre, les pieds dans le vide, j'attendais la venue de mes compagnons. Mériptah était au centre de mes soucis. Il allait certainement se montrer ce soir. Quel accueil recevrait-il après sa disparition subite de la veille ? Comment pourrait-il se justifier ?...

Au loin, dans la plaine inondée, la ville de Memphis s'apprêtait à passer la nuit. Je distinguais l'esplanade du temple de Ptah et la façade blanche du palais royal éclairées par les brasiers que les prêtres et les sentinelles entretenaient sans cesse devant les portes. Tout autour, les bâtiments administratifs, où personne ne séjournait après le travail, délimitaient une masse noire assez irrégulière, ceinturée par les quartiers populeux. Les feux des repas du soir ponctuaient d'auréoles lumineuses l'immense étendue sombre de la capitale. A l'articulation de la Vallée du Nil et du Delta, à la charnière de la Haute et de la Basse-Egypte, au centre de cette Balance des Deux-Terres, chère à Imhotep, l'antique cité des Murs Blancs devenue la belle Memphis constituait maintenant la plus grande concentration urbaine du monde.

Quatre dynasties de pharaons l'avaient bâtie. Composée de plusieurs villes agglomérées autour des résidences princières, il fallait trois heures de marche pour la traverser. Elle était le cœur du Double Pays. Elle en était aussi le ventre mou.

C'est à cet endroit que notre groupe avait choisi de frapper. En nous emparant des textes secrets de la nécropole, nous avions porté un rude coup au conservatisme des nantis de l'Egypte. J'estimais, pour ma part, qu'il restait encore à faire pression sur le pouvoir afin qu'il diffuse les formules sacrées à toute la population des faubourgs, par l'intermédiaire éventuel des scribes de la Maison de Vie.

J'en étais là, de mes réflexions, lorsqu'une bourrade dans le dos — qui faillit me précipiter cinquante pieds plus bas — accompagnée de jurons familiers m'apprit que Bébi venait d'arriver. De nombreux compagnons, une trentaine environ, étaient avec lui.

— Tu ferais un piètre guetteur, scribe Nakht ! dit-il en riant. Ne nous as-tu pas entendus approcher ?

— Mais si ! affirmai-je, pour faire bonne contenance, je vous ai vus progresser, au bas de la carrière.

— Mériptah viendra-t-il ? As-tu quelques nouvelles ?

— Je ne sais rien : j'ai consacré toute la journée au repos, et je n'ai pris contact avec personne.

— Nenki est-il ici ? Nenki ! Hé ! Ho ! Nenki ! se mit à crier Bébi selon sa mauvaise habitude.

— Cesse de hurler ainsi ! On t'entend du palais du roi ! dit une voix cassante que nous connaissions bien.

Mériptah sortit de l'ombre, une lampe à huile à bout de bras. Nenki était avec lui.

— Ah, te voici ! répliqua Bébi. Où étais-tu donc passé ?

Lequel des deux interpellait-il ainsi ? Probablement le jeune architecte, qu'il traitait en camarade, mais le prêtre de Ptah dut se sentir visé à travers l'insolence de la question. Jugeant l'épreuve de force engagée, il tint à affirmer d'emblée sa suprématie sur nous tous. Grimpé sur un bloc de pierre, pour dominer son auditoire, il déclara à haute voix :

— Vous étiez au repos et j'étais à la peine. C'est la place du chef ! Par mes soins, la momie de Pépi le Vieux est désormais en lieu sûr, les textes sacrés aussi.

— Pourquoi serais-tu le seul à les garder ? demandai-je. N'avons-nous pas contribué à leur conquête autant que toi ?

De nombreuses voix m'approuvèrent aussitôt. Mériptah les arrêta d'un geste autoritaire :

— Simple souci de sécurité ! Un secret est bien mieux à l'abri lorsqu'un seul le détient ! Mettriez-vous en doute ma loyauté ?

Encore une fois, l'étonnant magnétisme que le prêtre de Ptah exerçait sur les compagnons joua en sa faveur. Aucun ne broncha. Profitant du silence quasi religieux qui s'était installé sous les voûtes, il se lança dans une démonstration théologique.

— Prêtez, je vous en prie, la plus vive attention à mes paroles ! Je vais vous expliquer la grandeur de notre victoire. Compagnons de combat, ouvrez vos cœurs à cette vérité : nous avons vaincu la mort ! Nous détenons les formules magiques qui permettront à notre âme libérée de monter vers le royaume d'éternité comme l'oiseau s'envole au ciel. L'étoile du matin lui servira de guide. Le soleil lui dressera l'échelle de ses rayons. Elle s'élèvera jusqu'au monde lumineux des esprits qui brillent au firmament. Nous sommes maîtres des secrets ! Ni les rois, ni les nobles n'en auront plus jamais l'exclusivité. Nous en disposerons tous. Dans la Grande Salle de Justice, nous saurons *les paroles à dire*. Horus nous guidera par la main jusqu'au tribunal d'Osiris, le Maître de l'Autre Monde. Voici pourquoi nous ne mourrons plus : notre *ka*, essence de notre être, double immortel, parfaite copie de nous-mêmes, échappera à l'anéantissement de la nuit, grâce aux textes sacrés que nous avons arrachés à la pyramide. Il s'unira à notre âme. Il se nourrira des offrandes funéraires dont nous dresserons enfin la liste dans notre tombeau. Et surtout, si nous le voulons, il saura se reconnaître dans notre corps imputrescible, conservé à jamais par la momification.

Après une courte pause, lui permettant de reprendre son souffle et d'apprécier l'effet produit par son discours, Mériptah ajouta :

— Car la momification reste, à présent, le problème principal. Il faut que tout homme, ou femme, de notre pays, puisse en bénéficier. C'est l'aboutissement logique et inexorable de notre démarche. En conséquence, je vous propose de fixer comme prochain objectif la conquête, par le peuple, du droit aux rites funéraires. Quelqu'un a-t-il une proposition à faire à ce sujet ?

— Moi ! dis-je en levant le bras, je voudrais parler.

Mériptah descendit, sans rien dire, de son estrade improvisée. J'y montai à mon tour pour lancer ma plaidoirie :

— Compagnons, nous avons, certes, les formules magiques qui donnent la vie éternelle, comme vient, brillamment, d'expliquer Mériptah, mais seul le pharaon Mérenrê reste le maître de l'embaumement. Jusqu'à présent, comme ses prédécesseurs, il n'a accordé ce privilège qu'aux plus grands dignitaires de la cour. Or, je sais — et je tiens cette vérité de la bouche de la reine — qu'il veut en faire bénéficier le peuple de Kémi dans sa totalité. Profitons de cette opportunité ! Rendons-nous, tous ensemble, à son audience publique. Prosternons-nous devant lui. Implorons son pardon et déposons à ses pieds une copie des hiéroglyphes dérobés. Puis, en échange du retour de la momie de Néferkarê-Pépi, demandons-lui de créer, à la Ville des Morts, une école qui formera les nombreux embaumeurs chargés de momifier tous ceux qui le désireront. J'ai déjà réussi à négocier pour vous la libre sortie hors de la pyramide. Si vous le souhaitez, je serai votre porte-parole devant le roi et je le convaincrai. Nous marcherons ainsi, sans désordre, sans violence et sans risque jusqu'au but que nous nous sommes fixé : l'éternité pour tous !

Une subite bousculade me poussa à bas de mon socle. Mériptah prit ma place.

— Le scribe Nakht ne sait plus ce qu'il dit, déclara-t-il. Si nous donnons les textes et la momie du Vieux, nous n'obtiendrons en échange que la mort sans sépulture, selon les sinistres promesses du général Siséné. Est-ce cela que vous voulez ? Certainement pas ! Personne ne peut compter sur le pharaon Mérenrê. N'est-il pas surnommé le Faible ?

— Que faut-il faire alors ? s'écria Nenki, près de moi.

— Il faut destituer Mérenrê, hurla Mériptah, puisqu'il constitue le seul obstacle à notre victoire définitive.

L'énormité de cette proposition fut accueillie, à la fois, par des murmures et des vivats.

L'effet de surprise passé, chacun voulut exprimer son opinion. Tout le monde se mit à parler en même temps, et bientôt, la confusion la plus complète régna au sein de l'assemblée.

Mériptah descendit de son estrade, satisfait du résultat obtenu. Quelques compagnons l'entourèrent aussitôt pour le féliciter. D'autres, plus nombreux, se groupèrent autour de Bébi. Ils semblaient avoir bu plus que de raison. La grossièreté de leurs exclamations me fit deviner, malgré le brouhaha, toute l'outrance de leurs propos.

Je me mis à l'écart. Autour de moi, il n'y avait personne. Je restais seul, sans appui, sans partisans.

Bébi jaillit soudain, dressé sur le socle de pierre.

— Il faut chasser le roi, et tuer tous les riches qui l'entourent ! Entendez-vous ? Il faut les tuers tous ! les tuer tous ! les tuer tous ! hurla-t-il comme un dément, en ponctuant chaque cri d'un coup de poing sur sa poitrine.

Une ovation, presque unanime, monta vers lui. Quel déchaînement de haine ! Où ces passions libérées allaient-elles nous mener ?

— Es-tu convaincu, scribe Nakht ? me jeta Mériptah à la face, comme s'il m'injuriait.

— Oui ! Oui ! Assurément ! bafouillai-je, malgré moi. Et quels ordres vas-tu donner, à présent ?

Il ricana sans répondre. Un éclair de triomphe s'alluma dans ses prunelles. Ecœuré, je me retirai dans un coin sombre.

Mériptah prit la place de Bébi sur l'estrade. Levant les bras au-dessus de sa tête, il réclama le silence, puis déclara avec force :

— Compagnons, nous sommes tous d'accord pour abattre le Faible. Prenez garde : toute action irréfléchie se soldera par un échec ! Nous sommes peu nombreux. Le roi est bien gardé. Pouvons-nous lutter à mains nues contre les armes de ses soldats ?

— La momie du Vieux nous protège ! cria quelqu'un, devant lui.

— Certainement ! répliqua-t-il. Mais ne nous y trompons pas : elle ne jouera, efficacement, son rôle d'otage, que si nous restons dans l'ombre.

— Peux-tu préciser ta pensée ? demanda Nenki.

— Bien sûr ! J'essaie d'analyser la marge de manœuvre de notre adversaire, et je la trouve étroite.

Pour Mériptah, le Grand Maître Shémaï pouvait négocier, sans danger, avec des inconnus, afin de récupérer le corps du Vieux. Il en serait par contre tout autrement, le jour où nous devrions nous heurter à la garde royale pour nous emparer du pharaon Mérenrê. Nous nous désignerions, nous-mêmes, à sa vindicte et son unique objectif serait de nous abattre.

— Alors la momie ne sert à rien ! s'exclama Bébi. Et le scribe Nakht avait raison !

Généreux Bébi ! Sa courageuse prise de position fit basculer l'opinion en ma faveur. Assemblée de fous, me dis-je, les convictions y tournent plus vite qu'un tourbillon de sable dans le vent du désert.

Je repris confiance et j'élevai la voix :

— Il nous faut un bouclier plus efficace que la triste dépouille mortelle de Néferkarê ! Même si nous restons cachés, le général Siséné est capable de nous retrouver et de nous faire égorger un par un.

— Siséné est un faible, gras et efféminé. Il ne décidera rien ! dit Mériptah, manifestement déconcerté par le revirement de situation.

— Shémaï est fort ! Il décidera à sa place ! répliquai-je. Ayant parlementé avec lui, je sais, mieux que vous tous, qu'il est de taille à nous exterminer.

— Et que proposes-tu donc ? lança le prêtre de Ptah.

Je grimpai, aussitôt, sur le socle de pierre, décidé à me faire entendre. D'emblée, je pris Bébi à témoin de la sincérité totale de mes propos. Je plaidai avec d'autant plus de conviction qu'il s'agissait en réalité de moi-même. Je défendais ma cause, et non pas celle des conjurés. Car l'image de la reine m'accordant son pardon ne quittait plus mes yeux.

Dans la pénombre de la carrière, dont les voûtes renvoyaient l'écho de mes paroles, je ne voyais plus que Nitocris. Son image m'obsédait. Comment aurais-je pu, ayant trahi sa confiance, me représenter devant elle ? Je voulais la revoir, l'approcher comme avant, mais il fallait, d'abord, convaincre les compagnons. J'y mis tout mon talent. Finalement, ce n'était plus ni moi ni notre groupe qui importait, c'était elle !

Peu à peu, sous l'emprise de la passion, je ne parlai plus que pour Nitocris.

Parvenu au terme de mon discours, je sentis qu'il était indispensable, afin de ne pas décevoir mon auditoire, de faire une proposition concrète pour les jours à venir. Emporté par mon élan oratoire, je prononçai alors quelques phrases qui venaient à peine d'effleurer ma pensée :

— Vous voulez chasser le pharaon, dis-je, en désignant du doigt le groupe de Bébi, c'est une grave erreur ! Je vous propose une solution bien plus efficace : puisque nous avons la chance d'avoir un roi sans consistance, emparons-nous de lui, et obligeons-le à gouverner à notre guise. Croyez-moi, il deviendra, dans nos mains, un otage autrement plus protecteur que la momie de Pépi le Vieux !

Des cris de surprise et des acclamations diverses accueillirent ma péroraison. Mais en regardant Bébi, et surtout Mériptah, je compris que j'avais gagné. L'idée que je venais de lancer leur plaisait.

Au lever du jour, nous redescendîmes vers la ville. Le Nil, transformé en lac tranquille, rosissait comme le ciel, aux lueurs de l'aurore. Par petits groupes, nous embarquâmes sur des canots de papyrus. Bébi et Nenki m'accompagnaient. Toute la nuit nous avions débattu, avec les compagnons, des modalités d'enlèvement de Mérenrê le Faible. Le plan reposait en grande partie sur mes épaules. Mériptah avait accepté de rendre Pépi et les textes, mais j'en étais responsable sur ma vie. Tout échec, de ma part, entraînerait ma mise à mort.

Epuisé de fatigue, sensibilisé à la fraîcheur du petit matin, je claquais des dents.

— Couche-toi, me dit Nenki et repose-toi sans souci. Je vais te conduire à bon port.

Quant à Bébi, il s'agenouilla à mes côtés et frictionna mes jambes de ses grosses mains velues, pour me réchauffer.

— Réveille-toi, Nakhti, réveille-toi !

Je sursautai à ce nom familier. C'était mon père, Ankhma-Hor, qui m'appelait.

— Le soleil est très haut dans le ciel, dit-il. Il est peut-être temps de se lever et de se mettre à table. Veux-tu manger avec moi ?

Je m'assis sur ma couche. Ni Bébi ni Nenki n'étaient dans ma chambre. Encore somnolent, je répondis :

— Oui, père ! permets-moi d'abord de faire une rapide toilette pour reprendre tous mes esprits.

Quand nous fûmes attablés, devant le guéridon couvert de victuailles, je me précipitai sur un oison rôti et je le dévorai à belles dents. Ankhma-Hor, assis en face, m'examinait, tout en grignotant une tartine de miel.

— Mange moins vite, Nakhti, dit-il. C'est bien meilleur pour la santé.

— J'ai très faim ! J'ai passé une nuit blanche.

— Je sais ! J'ai ouvert moi-même la porte, ce matin.

— Excuse-moi ! je ne me souviens plus.

— Et pour cause ! tu dormais profondément, porté par deux camarades. Peut-être avais-tu trop bu ?

— Pas du tout ! j'étais terrassé par la fatigue !

Ankhma-Hor me tendit un pot de bière en disant tout bas :

— J'ai appris à quel point ton existence est mouvementée, ces jours-ci. J'ai rencontré le Grand Maître Shémaï. Il m'a tout raconté.

Impassible, je saisis le récipient et je bus goulûment.

— Tu avais soif aussi, ajouta-t-il en souriant.

— Faim et soif de justice et de vérité, dis-je en m'essuyant les lèvres. Voilà l'explication de mes actes !

— Laisse là les grands mots, répondit mon père en se levant de table. Ils sont inutiles entre nous. Je connais tes opinions, et je les respecte, comme tu respectes les miennes. Une chose me chagrine : tu as engagé ta parole, devant la reine, pour sauver tes compagnons. Pourras-tu la tenir ?

Je relevai la tête, en cherchant son regard. Ankhma-Hor ne me jugeait pas, ne me condamnait pas, il souriait, plein de bonté. Sa question signifiait simplement qu'il avait compris beaucoup de choses. Il posa la main sur mon épaule et me demanda :

— Puis-je t'aider, Nakhti ?

— Oui, père ! dis-je, en l'embrassant. Oui, tu peux m'aider, mais je ne veux pas te mêler à mes histoires.

D'un geste, il balaya mes scrupules.

— Souhaites-tu paraître à l'audience publique du pharaon ?

— Non ! Je voudrais qu'il me reçoive en privé.

— Que dirais-tu d'une invitation à t'asseoir à sa table ? Elle te permettrait de mieux faire sa connaissance.

— Je ne tiens pas à connaître Mérenrê. Est-il possible de rencontrer, en même temps, les plus hauts dignitaires de la cour, en particulier tes amis Shémaï et Siséné ?

Le front de mon père se rembrunit.

— Il n'y a pas de difficulté en ce qui concerne le Grand Maître. Par contre, tu ne verras certainement pas le général.

— Puis-je savoir pourquoi ?

Ankhma-Hor fit non, d'un mouvement de tête. Nous restâmes silencieux un long moment. J'essayais, en vain, de comprendre pourquoi cette entrevue paraissait impossible. J'avais, aussi, la désagréable impression que l'évocation de Siséné avait créé une sorte de malaise entre mon père et moi. Je n'osais pas le questionner à nouveau.

Il se dirigea vers la porte, mais juste avant de la refermer derrière lui, il me regarda en disant :

— Méfie-toi, Nakhti ! C'est lui qui ne veut pas te rencontrer. Je ne peux pas t'en dire plus. Méfie-toi de Siséné !

CINQUIEME NOCTURNE

A ma gauche : dix orteils trapus, à peau rugueuse et tannée par le soleil. A ma droite : dix orteils potelés à peau douce et lactée, regroupés cinq par cinq sur des semelles d'or !

J'assistais à l'entrevue privée que m'avait ménagée Ankhma-Hor auprès des souverains. Le roi et la reine m'observaient, côte à côte sur leurs trônes jumeaux, et moi, Nakht, modeste scribe du palais, prosterné sur le dallage, je ne voyais pour le moment que les pieds de Leurs Majestés.

L'ordre de me relever allait-il enfin venir ?... Comme il tardait à se manifester, je finis par éprouver une impression gênante de ridicule. Afin de l'écarter, je m'obligeai à concentrer toute mon attention sur l'horizon restreint qui s'offrait à mes yeux. En levant la tête, je découvris quatre chevilles. Celles du pharaon étaient épaisses et basanées. Quelques éraflures récentes, autour des malléoles, m'indiquèrent qu'il n'hésitait pas à marcher dans la campagne, le long du Nil peut-être, là où des chardons acérés poussent parmi les folles herbes.

Mais ses ongles apparaissaient soigneusement lissés, vernis même, tandis que le dessous du gros orteil se montrait rose et tendre : rien de commun avec celui d'un pêcheur, ou d'un chasseur, encore moins d'un paysan.

J'avais envie de rire. Cette situation qui se prolongeait anormalement, je l'estimais, tout compte fait, bien plus comique que ridicule.

Je déplaçai mon regard du côté opposé pour admirer tout à loisir les chevilles de la Grande Epouse. Quel délice ! Elles étaient fines et nacrées, telles que je les avais maintes fois imaginées dans mes rêves. Je me souvenais d'un jour où, assis à même le sol dans ses appartements, écrivant sous sa dictée, j'avais observé sa démarche : à chaque pas en avant, elle semblait conquérir une nouvelle parcelle de territoire et ses petits pieds, aux attaches fragiles, se posaient sur le sol, comme s'ils avaient eu la certitude d'y demeurer toujours...

C'est en voyant remuer ses jambes que je revins à la réalité, pour entendre aussitôt son rire malicieux, mêlé à la voix calme de son royal époux.

— Pendant combien de temps, scribe Nakht, faudra-t-il t'ordonner de te relever ?

Pour la première fois, je me trouvais directement en présence de Mérenrê. Certes, je connaissais de vue le pharaon. En familier du palais, j'avais pu l'examiner à loisir, à l'audience publique, ou lors des cérémonies du culte au temple de Ptah. Mais jamais encore je n'avais conversé avec lui. Cette incarnation divine d'Horus, ce fils de Rê le Soleil, ce Dieu Vivant, qu'adoraient les nobles et les prêtres, m'apparut immédiatement comme un homme tout simple, débonnaire, dont le visage mûr, peu marqué par l'âge, restait flasque et inexpressif. Etonnant contraste : ce tout-puissant n'était qu'un faible ! Je l'aurais, quant à moi, surnommé plutôt le Timide. Comme tous les hommes affligés de ce défaut, il rayonnait de timidité. Je me sentis devenir gauche à son contact, et je dus marmonner quelque excuse, car Nitocris éclata de rire à nouveau.

— Allons, Nakht ! dit-elle en m'invitant, d'un geste, à m'asseoir devant eux. Reprends tes esprits et ton talent d'orateur ! Tu as, certainement, d'importantes révélations à faire au pharaon. Parle ! Il t'écoute.

Sans aucun doute, c'était elle, le roi ! le jeune roi ! Son vieux mari n'était qu'un fantoche. Une bouffée de joie envahit ma poitrine et m'inonda le cœur. En m'adressant à lui, j'allais, en vérité, converser avec elle.

— Majesté, dis-je, en inclinant la tête, je ne suis pas ici pour plaider ma propre cause, ni pour trahir mes compagnons. Je viens, seulement, vous rendre compte de mes actes. J'ai donné ma parole à la Grande Epouse Bien-Aimée — qu'elle soit gratifiée de la vie éternelle, fis-je avec un profond salut dans sa direction — et je veux tenir mes engagements.

— Bien dit ! fit Mérenrê en regardant Nitocris. Tu avais raison, très chère, il s'exprime fort honnêtement.

Si le Faible avait vraiment désiré couper tous mes effets par cette réflexion saugrenue, il n'aurait certainement pas mieux réussi. Je restai sans voix et sans aucune envie d'entreprendre un dialogue. Comment débattre avec un tel homme ? Encore une fois, Nitocris intervint d'un ton bienveillant :

— J'apprécie ton audace, Nakht ! En rentrant dans ce palais tu mets ta vie en jeu. Shémaï veut t'abattre sans jugement, car tu n'as pas respecté l'ordre de laisser le corps de Néferkarê-Pépi dans la pyramide.

La menace était précise. C'était aussi un avertissement.

— Je suis l'hôte du roi de Haute et Basse-Egypte — qu'il soit gratifié de vie, force, santé éternellement — et je me place sous sa protection afin qu'il me juge lui-même, dis-je en tombant à genoux devant mon siège.

— Orateur et bon comédien, murmura Mérenrê. Assieds-toi et réponds à mes questions. Où est le corps de mon père ? Est-il respecté ou profané ?

La gravité de sa voix me surprit. Elle trahissait plus d'angoisse que de colère. Dans mon désir d'être justifié, je dévoilai le secret que m'avait confié Mériptah :

— Il est tout près d'ici, Majesté. Intact, dans un lieu sacré digne de sa grandeur : un souterrain du temple.

C'était là, en effet, dans cet endroit qu'il connaissait à la perfection, que le prêtre avait transporté la momie et les textes sacrés. En indiquant à Mérenrê cette cachette, je venais d'abandonner tout otage. Il ne me restait plus d'autre recours que ma force de conviction. Misant, jusqu'au bout, sur l'argument de loyauté, je racontai tout : notre conjuration, nos assemblées nocturnes dans les carrières, notre expédition à la Cité des Morts. J'insistai, surtout, sur le rôle modérateur que j'avais joué en permanence, dans le groupe des soixante-dix , et sur les difficultés que j'avais surmontées pour récupérer la dépouille mortelle de Néferkarê.

— Je saisis mal tes motivations, interrompit le roi. Que cherchais-tu dans cette aventure ?

— Les hiéroglyphes d'éternité !

— J'entends bien ! fit Mérenrê. Et pour quoi faire ?

— Pour conquérir la seule chose qui puisse consoler un homme de quitter les berges du Nil pour toujours, je veux dire : la vie éternelle, dans les jardins d'Osiris.

— Je sais, je sais, dit-il en hochant la tête. Je ne mets point en doute tes convictions. Mais pourquoi se lancer dans cette folle entreprise ? Ne suffit-il pas de s'élever dans la hiérarchie, comme Ankhma-Hor, pour obtenir un tombeau et mériter l'embaumement ?

Je baissai les yeux sans rien dire. Tout avait changé assez vite depuis le début de la discussion. Le pharaon timide s'était révélé un autre homme. En quelques interrogations pertinentes, il m'avait dépouillé de toutes mes protections. Maintenant, il s'apprêtait à m'arracher le fond de mes pensées. Puisqu'il abordait lui-même le sujet, c'était le moment favorable pour revendiquer la momification des gens du peuple. Nitocris n'avait-elle pas dit, en présence du Grand Maître, que son royal époux avait affirmé le droit de tout homme à la vie éternelle ?

Je repris la parole, bien décidé à obtenir gain de cause. Je n'eus pas le temps de développer mes arguments.

— Tu prêches un convaincu ! coupa Sa Majesté en m'arrêtant d'un geste. J'étudie le décret qui va généraliser la momification. Il faut créer, dans ce but, des écoles et des ateliers dans toutes les villes du Double Pays. Mais je veux savoir pourquoi tu es entré dans cette conjuration.

Déconcerté par la tournure de l'entretien, je me tournai vers la reine. Penchée en avant, coudes sur les genoux et menton dans la main, en rencontrant mon regard, elle comprit mon désarroi. Redressant son buste, elle dit :

— Il est tard, Mérenrê. Le repas du soir nous attend. J'ai ordonné qu'il soit servi dans la salle aux fleurs.

Cette intervention m'accordait un sursis. Le choix insolite du lieu me prouvait que Nitocris avait préparé en détail cette entrevue, et qu'elle la dirigeait à sa guise. La salle aux fleurs, c'était l'antichambre des prisons : menace permanente pour peser sur mes discours. C'était aussi l'endroit où, malgré le Grand Maître, elle m'avait dicté ses volontés en m'accordant sa protection.

Dans la pièce, aux murs décorés de merveilleuses fresques, le couvert avait été dressé avec goût. De jeunes servantes, n'ayant pour tout vêtement qu'un rang de perles autour de la taille, s'affairaient encore à la décoration. La lumière tombait à profusion de centaines de petites lampes suspendues au plafond. Au milieu des tapis et d'une jonchée de fleurs bleues, cinq tables basses et cinq sièges d'ébène, incrustés d'ivoire, attendaient les convives.

Je remarquai leur nombre dès mon entrée dans la salle, bien que l'odeur des viandes grillées, chatouillant mes narines, eût tout fait pour détourner mon attention.

Mérenrê s'installa au centre, et la reine, se plaçant à sa droite, désigna un siège devant elle en disant :

— Le Grand Maître Shémaï et le général Siséné passeront la soirée avec nous. Ils ne vont pas tarder à nous rejoindre. Mangeons !

Je m'assis sur le bord de la chaise. Cette intrusion dans l'intimité du couple royal m'intimidait beaucoup plus que l'audience qui l'avait précédée. Je pensai à mon père : Ankh-ma-Hor devait être tenu en haute estime, au palais, pour m'avoir obtenu une telle réception.

— As-tu remarqué, Mérenrê, à quel point mon scribe préféré est souvent distrait ? dit la reine en riant.

Elle se moquait si facilement de moi et j'étais, à son insu, si familier d'elle, que je me sentis, aussitôt, plus à l'aise.

— Mange donc, Nakht, mange de bon appétit ! dit le roi.

Je pris une boulette de viande de bœuf et un petit pain mollet parfumé. C'était délicieux ! Bien qu'habitué depuis l'enfance à des nourritures agréables, je n'en avais jamais mangé d'aussi bonne. Les servantes apportèrent du vin noir du Delta : il était doux et fort, facile à déguster, mais vite enivrant. J'en pris modérément. A ma grande stupéfaction, le roi en ingurgita beaucoup, avec une quantité impressionnante de nourriture. En le voyant manger ainsi, je compris mieux pourquoi tous ses traits étaient si empâtés.

Le majordome, en faction devant la porte principale annonça :

— Le Prince de Koptos, Grand de Haute-Egypte, Maître des Travaux du Roi.

Shémaï entra. Son titre, et son âge avancé le dispensaient de se prosterner aux pieds des souverains. Il vint s'incliner devant eux, et sans un regard pour moi, il s'installa à la table à côté.

— N'était-il pas prévu que Sisené t'accompagne ? dit le roi.

— Il est souffrant et sollicite, par ma voix, l'autorisation de rester chez lui, répondit-il.

Nitocris, qui venait de soulever une coupe pour boire, la reposa, en interrogeant le Grand Maître.

— Est-il donc si malade ? Pourquoi n'a-t-il rien dit ? A-t-on averti mon médecin ?

Elle paraissait vraiment inquiète, et je me demandais bien pourquoi la santé de ce général pouvait la préoccuper à ce point. Shémaï la rassura aussitôt :

— N'ayez aucune crainte ! Il s'agit de maux de tête.

Il me regarda avec tant d'insistance que je ne pus douter plus longtemps : j'étais, à moi tout seul, la source de cette contrariété.

— Eh bien, tant pis ! conclut le pharaon. Nous nous passerons de lui. Mange, Shémaï, et bois aussi de ce bon vin ! Pendant ce temps je vais entendre Nakht.

Il fit un signe du doigt. Les petites servantes se précipitèrent pour laver ses mains, et celles de la reine. L'une d'elles versa de l'eau, avec une aiguière, au-dessus d'une cuvette, afin que je puisse en faire autant. Il se produisit alors un curieux incident : le Grand Maître quitta son siège pour venir parler, à voix basse, à l'oreille du pharaon. Il me tournait le dos, en m'empêchant de voir le roi. Ce désagréable comportement et ce dialogue chuchoté durent déplaire à Nitocris, encore plus qu'à moi-même, car elle intervint autoritairement.

— S'agit-il d'un secret d'Etat, Prince de Koptos ? Je suis corégente du Double Pays ! Puis-je en avoir connaissance ?

Shémaï reprit sa place sans rien dire et Mérenrê s'excusa comme un coupable pris en flagrant délit.

— Non, non, ma chère ! Non, ne te fâche pas ! Shémaï avait seulement hâte de savoir à quel endroit se trouvait, à présent, la momie de mon père.

Je ne m'étais pas trompé : ce roi n'était rien, malgré les apparences. Ses questions pertinentes n'étaient que leçon bien apprise. Quant à la reine, vraie souveraine, elle avait toutes les peines du monde à imposer sa volonté à son entourage. Fallait-il, dans ces conditions-là, avouer mes mobiles et m'exposer dangereusement à la vindicte du Grand Maître ? Devais-je expliquer pourquoi j'avais choisi de prendre parti pour le peuple ? Etait-il nécessaire de démontrer à Mérenrê comment les princes et les nobles, en s'emparant héréditairement du gouvernement des provinces, démolissaient petit à petit l'unité des Deux-Terres ? Ou bien comment les hauts dignitaires, et tous les puissants de la hiérarchie sociale, grignotaient — ignoble vermine — la prospérité et le bonheur que l'Empire de Djoser et des grands pharaons avait fait éclore dans la Vallée et le Delta ? Non ! certainement non ! Les circonstances m'interdisaient de parler loyalement. Je résolus de mentir.

— Alors, dis-nous les raisons qui poussent un scribe de ma cour, fils d'un grand médecin, à comploter contre le roi ? demanda Mérenrê en étirant ses jambes pour se caler sur son fauteuil.

— Elles sont multiples et complexes. J'ai douté de parvenir, un jour, à recevoir de Votre Majesté mon propre tombeau dans la Ville des Morts. Peut-être avais-je conscience de ne pas être assez bon scribe pour m'élever avec certitude au niveau des meilleurs ? J'avais pourtant un tel désir de gagner l'éternité d'Osiris ! C'est pourquoi, lorsque mes amis m'ont fait part de leur intention de se procurer les formules magiques à l'intérieur des pyramides, j'ai accepté d'être des leurs.

Mon discours devait sonner faux. Nitocris l'avait fort bien senti. Fronçant les sourcils et faisant la moue, dans une adorable petite grimace, elle tapotait son genou du bout des doigts. Je craignais, à tout instant, qu'elle ne m'interrompe, en me traitant de menteur. C'est Shémaï qui, sans le vouloir, vint me tirer de ce mauvais pas. Il avait fini de manger et se lavait les mains. Pour démontrer sa puissance, il crut bon de me soumettre à un interrogatoire serré :

— Tes amis sont-ils nombreux ?

— Je l'ai déjà dit à Sa Majesté. Nous sommes soixante-dix.

— Sisené veut leurs noms. Les donneras-tu ?

— Non ! Sa Majesté apprécie ma loyauté envers mes compagnons.

— Loyauté ? Pourquoi donc avez-vous emporté la momie en trahissant la parole donnée ?

— Ce n'est pas moi qui ai voulu ce crime. J'ai tout fait pour l'empêcher, au contraire.

— Tu mérites la mort ! Le sais-tu ? éclata-t-il, en perdant son sang-froid.

Nitocris se leva brusquement. Elle était manifestement très mécontente de cette altercation.

— Notre débat ne progresse pas ; nous n'arriverons à rien de cette façon. Ce que veut savoir le pharaon, c'est ce qui va advenir de cette conspiration.

Malgré tous les éclats de voix, Mérenrê somnolait sur son siège, vaincu par l'abus du vin et par la lourdeur de sa digestion. Shémaï, vexé de son échec, se leva. Poliment, j'en fis autant. Il hésita quelque peu, en passant devant moi, puis s'inclina devant le roi et la reine en demandant :

— Puis-je me retirer, Majesté ?

— Oui ! laisse-nous et va chez Siséné ! ordonna Nitocris. Dis-lui que je souhaite le rencontrer ce soir. Je le ferai appeler avant de me coucher, quelle que soit l'heure de la nuit.

Cette attitude, très dure, de la reine face à Shémaï, ne me surprit pas. Par contre, son comportement vis-à-vis du général me parut, pour la deuxième fois, assez singulier. Je n'avais pas oublié la mise en garde que mon père m'avait adressée, à propos de Siséné, et il me déplaisait de voir Nitocris aussi attentive aux faits et gestes de ce vieillard. Dès que le Grand Maître fut sorti, elle congédia les servantes.

— A présent, dit-elle en souriant, parlons de l'avenir. Que vas-tu faire, avec tes compagnons ?

Le roi dormait. Nous étions seuls, dans la salle aux fleurs. J'avais souhaité ce face-à-face avec ma reine bien-aimée et pourtant, je le redoutais.

— Réponds-moi ! reprit-elle en prenant ma main. Que vas-tu faire ?

— Je voudrais rester au palais !

Elle serra ses doigts sur les miens, en disant à mi-voix :

— Bien ! c'est bien ! j'ai toujours eu confiance en toi, Nakht. Tu vas travailler avec moi.

— Non, Grande Epouse, non. Pas avec toi !

Je la tutoyais selon la coutume. Les fonctions d'attaché à son service me le permettaient. Comme elle esquissait un mouvement de recul sous l'effet de la surprise, je retins sa main dans la mienne et relevant la tête pour la dévisager, je dis, en insistant sur chaque mot :

— Je veux entrer au service du roi !

Son sourire creusa, au coin des lèvres, une fossette malicieuse. Nous nous comprenions sans rien dire. Je lisais dans ses yeux, comme elle dans les miens. Il restait cependant, tant pour l'un que pour l'autre, de larges zones d'ombre dans nos pensées.

— Mérenrê t'estime, dit-elle. Il acceptera tout de suite.

— Je viendrai rendre compte le plus souvent possible, dis-je impulsivement.

Elle posa le doigt sur ses lèvres en désignant le pharaon endormi.

— Parlons bas ! On ne sait jamais ! fit-elle en s'approchant. Il faudra que tu te méfies, sans cesse, de l'entourage du roi : il va te maintenir en danger permanent.

Je pensai aussitôt à Mériptah et à mes compagnons, qui devaient me tuer en cas d'échec. Je pensai aussi au général Sisené qui semblait avoir tant d'influence sur la reine. Pourrais-je sortir vivant de ce guêpier ?

— Je reste sous la protection de la Grande Epouse Royale. Peut-être serait-il bon de le faire savoir ?

— Si je fais le nécessaire pour que tout le monde le sache, tu seras forcément suspect aux yeux des courtisans, répondit-elle.

Je ne pus m'empêcher d'attirer son attention sur l'inconfort de ma situation : j'étais en double menace de mort, de la part de mes amis comme de la part de mes ennemis. J'avais besoin de son aide. Pour les premiers, si le décret royal concernant la momification était rapidement promulgué, je ne risquais plus rien.

— Il sera publié dès demain dans les rues de Memphis, m'interrompit-elle.

Elle devina ma satisfaction dans mon regard et se mit à rire en disant :

— Tu as gagné, n'est-ce pas ? Tu étais venu pour cela ?

Je ris avec elle. Elle lança un coup d'œil méfiant vers le roi qui ronflait, tassé sur son fauteuil et vint se serrer contre moi.

— Quant à tes ennemis, dit-elle, c'est à toi de t'en défendre, mon cher Nakht. Si tu es assez habile, et je n'en doute pas, tu obtiendras la protection de Mérenrê contre eux.

Mes ennemis, je m'en moquais ! J'étais devenu invincible. Nitocris m'aimait. J'en étais sûr à présent. « Exulte ! elle t'aime ! » martelait mon cœur. « Calme-toi ! répondait ma raison. Il reste à la conquérir, à combler la distance : un pas, un seul pas, un gigantesque pas, qui s'étend du corps de la reine à celui de son serviteur. »

— Quittons-nous maintenant, murmura-t-elle. Tu te présenteras demain à l'audience publique. J'y serai, pour t'accueillir.

Elle prit deux coupes pleines, sur la table du roi, m'en tendit une, trempa ses lèvres dans l'autre, et, la bouche encore humide de vin du Delta, elle releva la tête en disant :

— Je bois à ta santé, Scribe du pharaon !

SIXIEME NOCTURNE

En fin d'inondation, alors que les semailles battaient leur plein, sur les terres noires, libérées par le Nil, les bruits les plus sinistres coururent dans la capitale. De bouche à oreille, nous apprîmes que des troupes étrangères avaient envahi la Basse-Egypte. En réalité, des bandes incontrôlées d'Asiatiques étaient rentrées en force à l'intérieur de nos frontières pour s'approprier les blés de semence dont les « scribes des champs » effectuaient la répartition. De plus, les silos de réserve, contenant une récolte d'avance, avaient été pillés par ces affamés du désert. Les déprédations paraissaient si importantes que l'on risquait de manquer de pain à la Balance des Deux-Terres.

Dans les faubourgs populeux de Memphis déjà marqués par la misère chronique depuis le règne de Pépi le Vieux, ce fut une panique générale. Des groupes inorganisés partirent à l'assaut des magasins, raflant tout ce qui pouvait se manger. En une seule journée, plus une seule boutique ne resta ouverte, plus un seul artisan ne se mit au travail, plus un seul paysan ne se présenta avec ses légumes aux marchés de plein air. La ville parut se replier sur elle-même, vivant sur ses provisions, et chacun se barricada dans sa maison par crainte des voleurs. Dans les rues, pratiquement vides, ne traînèrent que des marins ivres, ou des mendiants faméliques...

Au palais, où je travaillais depuis plusieurs mois comme scribe personnel du roi, nul ne s'était ému outre mesure. Le général Siséné — que je ne connaissais toujours pas — avait simplement envoyé quelques compagnies d'archers aux princes des provinces du Harpon et du Dressoir Oriental. Il jugeait cette mesure suffisante pour redresser le courage de leurs soldats chargés de maintenir les Bédouins hors des limites de la

Basse-Egypte. Quant au ravitaillement, Shémaï avait dépêché un messager à son fils Idi, gouverneur de la ville de Koptos, pour lui demander d'envoyer jusqu'à Memphis quelques chalands pleins de blé.

En quelques jours, tout rentra dans l'ordre, et la force de l'habitude aidant, le peuple se remit, peu à peu, à ses tâches quotidiennes.

Cette alerte, qui n'avait troublé aucun des hauts fonctionnaires du Double Pays, me sembla, quant à moi, significative. La peur panique de cette population urbaine, devant une menace somme toute imprécise, traduisait le sentiment aigu d'insécurité ressenti par chaque habitant. Depuis Djoser le Magnifique refoulant les Nubiens au-delà des Cataractes, personne n'avait encore osé envahir notre territoire. Etions-nous aussi désunis et aussi vulnérables qu'aux époques lointaines où nos rois combattaient pour l'union des Deux-Terres ? Etions-nous devenus si pusillanimes, sous la houlette de Pépi et et de son entourage de vieillards, qu'il était possible, désormais, de nous piller impunément ? Au pays de Kémi, plus personne n'était le maître, mais tout le monde donnait des ordres. Le pouvoir central s'effilochait et les populations en prenaient conscience. Par mon poste privilégié aux côtés du roi de Haute et Basse-Egypte, Mérenrê le Faible, j'étais mieux placé que quiconque pour m'en apercevoir.

Je vivais en permanence au palais. J'avais décidé, ce soir-là, d'en sortir, au crépuscule, pour rendre visite à mon père. Je trouvai les rues commerçantes peu animées : la ville avait tendance, depuis les incidents, à s'endormir plus tôt.

Chemin faisant, je pris la décision de faire un détour par les venelles du port, poussé par le désir d'y rencontrer quelque compagnon. Je me sentais isolé. Depuis pas mal de temps, notre groupe ne se réunissait plus. Le succès de mon intervention auprès de Mérenrê — concrétisé par le décret de momification générale — ayant donné satisfaction à tous les conjurés, Mériptah avait jugé préférable d'interrompre provisoirement notre action. Il m'avait félicité lors de la dernière assemblée à la carrière de pierre, puis avait ajouté de brillants commentaires sur ma position actuelle de secrétaire du pharaon. Selon ses explications, elle me permettrait de repérer le moment favorable pour enlever le souverain sans coup férir. Il suffisait d'avoir un peu de patience : l'occasion se présenterait un jour ou l'autre.

— Le scribe Nakht est habile, avait-il conclu. Il l'a prouvé. C'est pourquoi nous attendrons son signal pour agir.

Encore une fois, tout en gardant la direction de la conjuration, il avait réussi à faire reposer sur mes épaules la responsabilité principale. Cependant, j'appréciais le répit accordé. D'une part, il augmentait mon prestige aux yeux des compagnons, d'autre part, il me permettait de consacrer la majeure partie de mon temps à l'analyse des habitudes de la cour. Un pacte informulé me liant à la reine, je mettais un point d'honneur à le respecter. Je notais les faits et gestes du roi, des dignitaires, des courtisans; j'enregistrais dans ma mémoire leurs paroles ou leurs comportements, afin d'en rendre compte chaque jour à Nitocris. Car, depuis la soirée de la salle aux fleurs, je la voyais quotidiennement. Ainsi, je grignotais petit à petit cette distance non mesurable, cet espace symbolique qui me séparait d'elle et que je ne désespérais pas de franchir un jour.

Tout en ruminant mes projets, j'avais marché d'un bon pas jusqu'aux berges du Nil. Assez décontenancé de n'avoir rencontré personne aux abords de l'embarcadère, je fis demi-tour, en direction de la maison natale.

Mon père finissait son repas. Il se leva pour m'embrasser.

— Donne-moi des nouvelles de la cour, dit-il. Comment vont Leurs Majestés ? Depuis plus d'un mois je ne suis pas allé au palais. Je ne sais plus rien de ce qui s'y passe.

— Tu as cette grande chance, répondis-je. Et tu peux encore faire ce que bon te semble. Pour ma part, je suis astreint aux rigueurs de l'étiquette : courbettes, prosternations, petits pas à reculons, salutations, bref, tout ce que tu connais si bien, et qui fait le menu routinier d'un familier des rois.

— Ne te plains pas, Nakhti ! Ta situation ne doit pas engendrer que des désagréments. Pense plutôt à toutes les satisfactions qu'elle te procure.

Je m'attendais à quelque allusion à propos de Nitocris, car Ankhma-Hor avait deviné depuis longtemps mes sentiments pour la reine. Avec discrétion, il n'en fit rien.

— As-tu rencontré Sisené ? demanda-t-il tout à coup.

— Non ! j'entends toujours parler de lui. Je vois les officiers qui exécutent ses ordres. Mais il reste invisible. Est-ce un homme ou une fiction ? fis-je en riant.

— Ne ris pas, Nakht ! Sisené existe ! N'oublie jamais ce que je t'ai dit, à son sujet.

Tout en parlant, avec sa gravité coutumière, il s'était approché de moi. Je vis passer dans son regard une lueur d'inquiétude.

— Ne crains rien ! dis-je pour le rassurer. Je tiens toujours compte de ta mise en garde. A propos, sais-tu qu'il n'a envoyé que trois compagnies d'archers aux frontières ?

— Il ne peut pas faire plus !

— Comment pas plus ? Et notre armée ?

— Elle est presque fictive. Le roi n'a plus les moyens d'entretenir une puissante garnison.

Mon père m'expliqua alors en détail les difficultés économiques auxquelles se heurtaient les dirigeants du Double Pays. Depuis Pépi le Vieux, et même avant, dès les règnes de Mérenrê le Premier et de Mérirê-Pépi, beaucoup de gouverneurs avaient pris la détestable habitude de conserver le produit de l'impôt et des redevances d'exploitation des terres, à l'intérieur de la province qu'ils administraient. Rien ne parvenait plus au trésor royal. La plupart de ces princes étaient, d'ailleurs, apparentés aux souverains. Ils se comportaient, de plus en plus, comme des roitelets persuadés de détenir une parcelle d'autorité de droit divin.

— Mais que deviennent les revenus du domaine privé du pharaon ? Toutes les terres ne lui appartiennent-elles pas ? demandai-je.

— Non ! il en était ainsi autrefois, répondit Ankhma-Hor. Les choses ont bien changé. Les rois ont octroyé des fondations funéraires exemptées d'impôts, à toutes les pyramides et à toutes les chapelles qui les entourent, afin de rémunérer le culte de la Cité des Morts. Les temples, sans cesse plus nombreux dans le pays, bénéficient de l'immunité des charges. Si bien que toutes ces largesses et la perte d'autorité enlèvent au Grand Maître les moyens d'entretenir les compagnies de mercenaires nubiens.

— Mais si les Bédouins reviennent en force, que va-t-il se passer ?

— Le roi peut réunir une armée, en faisant appel aux princes des provinces.

— Impossible ! Mérenrê n'est qu'un incapable dont la volonté se dissout dans les vapeurs du vin. Personne ne lui obéira.

— Ce que tu viens de dire est un signe des temps ! déclara solennellement mon père. Dans mon enfance, il suffisait que le roi fût roi. Maintenant, il faudrait, en plus, qu'il ait des qualités humaines.

Un grand tapage du côté du portail d'entrée attira soudain notre attention. Je parcourus, à grands pas, toute l'allée de sycomores. C'était Bébi qui voulait entrer, malgré l'opposition de notre vieille servante.

— Hé ! Ho ! Scribe Nakht ! Hé ! Ho ! viens par ici ! hurlait-il.

— Toujours aussi bruyant, vieux frère, dis-je en le recevant à bras ouverts. Comment fais-tu pour crier si fort ?

— Je bois sec ! répondit-il en éclatant de rire. Et je viens t'inviter à boire. J'ai rendez-vous avec quelques amis à la Taverne des Mariniers. Je suis passé par là, à tout hasard, en espérant te rencontrer.

Je traversai à nouveau la cour, pour prendre congé de mon père. De loin, il fit un signe amical à Bébi qui ne put s'empêcher de lancer à tue-tête à travers le jardin :

— Longue vie à Ankhma-Hor, le meilleur médecin de Kémi !

Depuis le soir où il m'avait ramené chez moi, mort de fatigue, Bébi avait perdu toute timidité en présence d'Ankhma-Hor !

— Passe une bonne soirée, Nakhti ! dit mon père en m'embrassant, et ne bois pas trop.

Un magnifique clair de lune illuminait la nuit. Il nous permit d'avancer dans le labyrinthe des ruelles avec autant de facilité qu'au lever du jour. Nous traversâmes ainsi tous les bas quartiers endormis. En arrivant sur une petite place, le long des remparts, près de la Porte du Fleuve, Bébi me dit en désignant du doigt une poterne sous un renfoncement :

— Nous y sommes ! Entrons là !

Je n'étais jamais venu dans cet endroit, et j'étais un peu inquiet d'avoir abandonné le choix de la soirée à mon ami.

En passant rapidement de l'extérieur bien éclairé à l'intérieur de la taverne, j'eus l'impression désagréable de m'enfoncer dans un trou noir. Je descendis quelques marches à tâtons. Les maigres lampes à huile suspendues au plafond n'arrivaient pas à percer suffisamment l'obscurité. Comme pour aggraver cette pénible sensation, je fus accueilli, à deux pas du seuil, par une odeur écœurante : il planait dans ce bouge un remugle de moisi, mélangé à la fumée âcre des lampions. Conscient de mon hésitation, Bébi saisit fermement mon poignet.

— Viens ! suis-moi !

Il dut me traîner derrière lui, comme un aveugle. J'avais plutôt envie de faire demi-tour. Peu à peu, mes yeux s'accoutumant à la pénombre, je découvris ce qui se passait autour de moi. Nous étions en train de traverser une bonne douzaine de salles en enfilade. Elles étaient remplies de convives accroupis sur des nattes — des hommes seulement — qui devisaient joyeusement en buvant d'immenses pots de bière. Au moment même où, rassuré de mieux y voir, j'allais interpeller Bébi afin qu'il cesse de me tirer en avant, nous bousculâmes, par inadvertance, un groupe de buveurs installés au milieu du passage. Ils nous lancèrent une bordée d'injures. Tandis que, maladroitement, je levais mes jambes bien haut pour n'écraser personne, je reçus une claque retentissante sur les fesses, puis une main impudique se glissa entre mes cuisses, à la recherche de mon sexe. Je hurlai de colère et de peur à la fois. Bébi, affolé par mes cris, m'entraîna vivement dans la pièce voisine.

— Nous y sommes enfin ! dit-il en lâchant mon poignet. Voici nos compagnons !

Un éclat de rire général nous accueillit. Je me sentis immédiatement ridicule, avec mon pagne retroussé, ma perruque de travers et mon air terrorisé.

— Eh bien, scribe Nakht, tu t'encanailles ! s'exclama Nenki l'architecte en s'approchant de moi pour m'aider à me remettre en meilleure posture.

— Je me demande bien ce que je suis venu faire en ces lieux, dis-je, de fort méchante humeur.

— Assieds-toi ! Calme-toi ! Bois, et habitue-toi à l'ambiance, me conseilla Nenki. Tu saisiras vite tout l'intérêt du contact direct que l'on rencontre ici.

N'était-il pas possible de s'informer des comportements populaires autrement que par « contact direct » ? Je m'accroupis, adossé au mur, sans rien dire. Bébi, qui avait déjà refait le trajet en sens inverse jusqu'à l'entrée, revint avec une grande cruche de bière à chaque main.

— C'est le pharaon qui régale, dit-il en remplissant mon gobelet. Chaque soir, il met plus de cent mesures d'orge brassée à la disposition des mariniers de Memphis.

— Savais-tu cela ? demanda mon voisin de gauche, en poussant maladroitement mon coude.

Une bonne partie de ma boisson se renversa d'un seul coup sur mon pagne.

— Sais-tu pourquoi nous buvons cette bière ? demanda Nenki, assis à ma droite. Tout simplement parce que plusieurs bateaux ont quitté l'embarcadère, aujourd'hui : il y a moins de marins dans le port et la quantité d'orge distribuée est restée cependant la même.

— Le gaspillage profite à tout le monde, dis-je. Le bon peuple doit se réjouir de la générosité de l'administration.

— Pas du tout ! cria Bébi entre deux lampées. Quand les mariniers sont de retour y en a jamais assez ! Et ça gueule fort contre le pharaon ! Crois-moi ! D'ailleurs, ajouta-t-il, après avoir roté bruyamment, ça gueule toujours, même si y en a trop ! Tiens ! Ecoute !

Il tendit l'oreille en direction de la salle voisine. Un groupe de buveurs éméchés avait entonné un vieux chant. Je reconnus la mélopée mais je découvris des paroles improvisées :

Comme des canards sauvages
Nous les chasserons, rons, rons !
Ces riches qui nous écrasent
Nous les écrabouillerons, rons, rons !

Ils chantaient un couplet à tour de rôle et reprenaient ensemble le refrain :

Le pays tourne, tourne, tout entier
Le pays tourne comme un tour de potier !
Tous ces chefs qui nous commandent
Nous les exterminerons, rons, rons !
La nourriture qui nous manque
Nous la leur prendrons, rons, rons !

Un grand escogriffe se leva pour se dandiner en nasillant :

Les bijoux des riches dames
Nous les volerons, rons, rons !

Puis soulevant son pagne, avec un geste obscène, tandis que tout le monde s'esclaffait, il ajouta :

Les zizis des jolies dames
Nous les violerons, rons, rons !

Au-delà de cette plaisanterie indécente d'homme soûl, la terrible menace contenue dans la rengaine reprise à tue-tête par toute la taverne me fit frémir.

Le pays tourne, tourne, tout entier
Le pays tourne, comme un tour de potier !

Que voulaient-ils dire ? Que fallait-il comprendre ? Au pied de la lettre, tourner comme un tour de potier ne signifiait-il pas pour le Double Pays tourbillons, affolement, perturbation, destruction, folie ?...

Je me levai d'un bond. Malgré la difficulté du parcours, au milieu des corps affalés, je m'élançai vers la sortie, décidé à l'atteindre le plus rapidement possible. Bébi, surpris par mon attitude, me suivit en beuglant :

— Hé ! Ho ! Nakht, t'en va pas ! Hé ! Ho ! Attends-moi !

Quelques salles plus loin je dus m'arrêter, l'estomac soulevé de dégoût : un ivrogne s'était soulagé n'importe où, et j'avais mis le pied dedans. L'odeur était intolérable. Plié en deux par la nausée, je m'appuyai, tête au mur et mains sur le ventre. Au même instant, je reçus un violent coup sur les reins.

— Va te vider plus loin, salaud ! cria celui qui m'avait frappé.

Juste à ce moment-là, Bébi arrivait à ma hauteur. Il saisit mon agresseur à bras-le-corps, et le soulevant, comme un fétu de paille, au-dessus de sa tête, il le balança à l'autre bout de la pièce. L'homme vint s'écraser au milieu d'un groupe de buveurs.

— Faut pas toucher à Nakht ! rugit Bébi en tendant les poings.

En un instant, ce fut une mêlée générale.

— Fous le camp ! me lança-t-il entre deux moulinets. Moi, je les bloque ici !

Je fonçai en direction de la porte. Je l'atteignis sans trop de mal. Derrière moi, pour son plus grand plaisir, Bébi, déchaîné, faisait un vrai massacre.

L'air vif du matin fouetta mon visage et les premières lueurs de l'aube réjouirent mes yeux. Seul, au-dehors, je courus jusqu'au fleuve pour me laver. Enfin débarrassé de toutes les puanteurs de la Taverne des Mariniers, mais dépossédé de ma belle perruque de scribe, perdue dans la bataille, je repris d'un pas rapide le chemin du palais royal. Mon pagne était maculé, en lambeaux, comme celui d'un pauvre hère. Je dus raconter aux sentinelles une histoire assez compliquée d'agression par des marins ivres. Traînant mes pieds fatigués, de couloir en couloir, j'atteignis enfin ma chambre.

Je venais, à l'instant, de m'allonger sur ma couche, à demi endormi déjà, lorsqu'on frappa à ma porte.

— Le roi veut te voir immédiatement ! dit un serviteur en passant la tête. Emporte ton écritoire et fais vite !

C'était bien la première fois que Mérenrê me convoquait à une heure pareille. D'habitude il n'émergeait de son lourd sommeil qu'en fin de matinée. Je renversai un pot d'eau froide sur ma tête, pour rafraîchir mes idées, avant de me coiffer d'une perruque de rechange ; puis, enfilant un pagne neuf, je me précipitai avec mon matériel de scribe jusqu'aux appartements du souverain.

En me prosternant aux pieds du pharaon, j'entrevis, au fond de la salle, le Grand Maître Shémaï conversant avec la Grande Epouse Royale.

— Relève-toi, dit Mérenrê d'un air accablé. Je vais te dicter une lettre à recopier le plus vite possible en quarante-deux exemplaires. Elle est destinée aux gouverneurs de province.

J'appris ainsi la situation catastrophique à l'est du Delta. Les Bédouins, attirés par la moisson prochaine, avaient réussi cette fois à pénétrer à l'intérieur des terres, pillant tout sur leur passage. On craignait une irruption plus terrible encore, jusqu'à la Balance des Deux-Terres. Pour bien montrer sa détermination, le roi expédiait toutes ses troupes sur les zones menacées. Mais estimant cette force armée insuffisante, il sollicitait l'appui des princes-gouverneurs de Haute et de Basse-Egypte.

Je compris aussitôt l'extrême gravité de cette invasion.

Shémaï, qui avait dû suggérer au roi les termes de sa missive, s'approcha de moi en disant :

— Tu réponds sur ta tête du secret de ce texte !

De retour dans mon appartement, je me mis immédiatement au travail pour reproduire les quarante-deux lettres dans les meilleurs délais. Curieusement, je n'avais plus sommeil : l'excitation consécutive aux événements me tenait éveillé. Tout en alignant les hiéroglyphes sur les feuillets de papyrus, je réfléchissais au drame qui se préparait. Que fallait-il faire ? Ne rien dire à mes compagnons ?... ou plutôt les informer au plus vite ?... Et Nitocris ? Ne valait-il pas mieux la rencontrer d'abord, avant de faire quoi que ce soit ?

Dans la cour des communs, sur laquelle donnait ma chambre, j'entendis soudain un grand remue-ménage. C'était la garde nubienne, affectée à la protection du palais, se rassemblant en rangs réguliers avec armes et bagages. De ma fenêtre, je distinguai, près du porche d'entrée, les officiers sanglés de cuir et de bronze. Quelques ordres brefs retentirent pour parfaire les alignements. Tous ces préparatifs, inhabituels à cet endroit, m'apparurent liés à la situation.

J'allais quitter mon poste d'observation pour reprendre mon écritoire, lorsque mon attention fut attirée par un nouvel arrivant : assis dans une litière à porteurs, un vieil homme très gros, en uniforme de général, passait les troupes en revue. Sans aucun doute possible, il s'agissait de Siséné. Je l'apercevais enfin, pour la première fois, mais si mal, et de si loin !...

Il sortit du palais le premier, suivi des officiers, puis des soldats en armes.

« S'il part dans le Delta avec tous les Nubiens, me dis-je, personne ne protège plus, désormais, le pharaon. Il ne doit guère rester, autour de Mérenrê, que quelques gardes du corps ! »

Je revins, tout songeur, vers les lettres à recopier. Au lieu de m'accroupir pour travailler, je me surpris à marcher de long en large. Quelques gardes du corps, seulement ! Cette pensée m'obsédait en me posant un tragique problème.

Je me revis à la dernière réunion des conjurés, Mériptah me regardait en souriant, après m'avoir complimenté : « Il suffit d'attendre l'occasion, disait-il. Inexorablement elle se présentera un jour. Le scribe Nakht nous fera signe... »

L'envahisseur était à nos portes ! Dans les circonstances dramatiques que traversait le pays de Kémi, avais-je le droit de faire signe à Mériptah ? Je saisis rageusement mon écritoire, puis déroulant sur mes genoux une feuille de papyrus, je me mis à tracer des hiéroglyphes.

SEPTIEME NOCTURNE

Le Khamsîn soufflait depuis trois jours. La poussière ocre, transportée par ce vent du désert, saupoudrait Memphis d'une pellicule de crasse. Bêtes et gens, énervés par la brûlante sécheresse, tentaient de retrouver dans la baignade un peu de fraîcheur et de tranquillité. Les riches plongeaient dans leurs bassins, les pauvres, le long des berges du Nil, pour le plus grand plaisir des crocodiles.

Au coucher du soleil tout le monde scruta l'horizon afin de rechercher, vers le sud-est, une certaine limpidité de l'air, annonciatrice d'une accalmie. Il fallut déchanter. Le ciel, encombré de nuages rouges, signala encore une nuit pénible.

Après le repas du soir, alors que je m'apprêtais à relire quelques textes rédigés dans la journée, Ida, une jeune femme de chambre, vint me prier de comparaître au plus vite devant la Grande Epouse. La reine avait une lettre urgente à me dicter, et, comme son vieux secrétaire était malade, elle m'avait choisi pour le remplacer au pied levé, à condition toutefois que le roi n'ait pas besoin de mes services. Avant de sortir, Ida me fit une petite révérence accompagnée d'un sourire ironique. J'en conclus aussitôt que la dictée n'était qu'un prétexte et que Nitocris désirait me rencontrer. Emportant, cependant, sur l'épaule mon attirail de scribe, je parcourus les couloirs à grands pas jusqu'aux appartements de la reine.

Je les trouvai vides. Nitocris n'était pas chez elle. Pas de servantes non plus, même pas un gardien à l'entrée ! Depuis les récents événements, ils étaient, certes, peu nombreux au palais, mais il me parut anormal qu'aucun d'entre eux ne fût affecté en permanence à la protection de la souveraine.

Comme je connaissais bien les lieux, je fis un tour d'inspection. Tout était en ordre : les coffres à vêtements rangés, les tentures aux tons chatoyants — si prisées de la reine — bien en place. Je m'attardai devant un petit meuble d'ébène, sur lequel elle posait ses amulettes préférées : des nœuds d'Isis en cornaline, un splendide œil Oudjat, en or fin, incrusté de lapis-lazuli, de nombreux scarabées en céramique colorée. Puis, poussé par je ne sais quelle curiosité, je m'enhardis à pénétrer dans la chambre à coucher.

Des éclats de voix retentirent tout à coup dans l'antichambre. J'aurais dû faire demi-tour. Un réflexe stupide me fit rechercher une cachette. J'ouvris un coffre placé le long d'un mur, parallèlement au lit, il était vide. Allais-je m'y dissimuler ? Si l'on me découvrait là-dedans, on me prendrait pour un voleur. J'hésitais encore lorsque j'entendis ces mots prononcés par le roi :

— Ma chère Nitocris, je ne vous comprends pas !...

Mérenrê était avec la reine ! Je bondis dans le bahut et m'étirant de tout mon long, je refermai le couvercle.

— J'avais fait appeler le scribe Nakht ! dit la reine en s'asseyant sur le meuble dans lequel je tremblais de peur.

— Aucune importance ! déclara le roi. J'ai changé d'avis ; je ne dicterai rien ce soir. De toute façon, même s'il se présente tardivement, il sera refoulé par les deux gardes du corps que j'ai placés à la porte avec l'ordre formel de ne laisser entrer personne. Je veux coucher ici tranquillement.

Il parlait d'un ton ferme, tout en marchant de long en large, car le son de sa voix me parvenait plus ou moins intensément, selon qu'il s'éloignait ou s'approchait de Nitocris.

— Shémaï s'est embarqué pour Koptos. Il doit présider les fêtes annuelles du Dieu Min et conduire la procession qui ouvre le temps des moissons, déclara Mérenrê.

— Il est allé, surtout, consulter Idi, son fils aîné ! dit la reine. Ce prince gouverne toute la Haute-Egypte. L'armée qu'il entretient est plus puissante que la nôtre.

Le pharaon, poursuivant son idée, continua :

— Min-le-Générateur est un maître redoutable. Il exhibe un phallus immense, en signe de fécondité.

J'entendis grincer le couvercle. Nitocris s'était levée. Elle s'éloigna du coffre en lançant d'un ton agacé :

— Qu'il nous accorde une abondante récolte, et qu'Idi fasse

sa soumission à notre autorité. Nous aurons bien besoin et de l'une et de l'autre.

Mérenrê, obsédé par une seule pensée, reprit aussitôt :

— Ne crois-tu pas, ma chère, que nous aurons bientôt besoin de descendance ? Comment un pharaon sans enfants peut-il s'imposer à son peuple ?

— Il ne manque pas de femmes à la cour ! dit Nitocris. Qu'attends-tu donc, taureau royal, pour féconder une princesse qui saura te donner un fils ?

Pourquoi la reine incitait-elle le roi à prendre une autre épouse ? Etait-elle vraiment stérile, comme en courait le bruit, depuis leur mariage ? J'avais cru comprendre par une série d'allusions indiscrètes des femmes de chambre, que Nitocris ne faisait rien pour prouver le contraire.

— J'ai toujours voulu un successeur légitime ! dit le pharaon d'un ton cassant.

La Grande Epouse eut un rire narquois.

— As-tu jamais su ce que tu voulais ?

Je me recroquevillai entre mes planches, prêt à parer un coup, comme si j'avais lancé moi-même ce commentaire cinglant. « Il va la gifler », me dis-je en imaginant le couple royal face à face. Je croyais voir Nitocris, jeune et belle, élancée, menton fièrement relevé, défiant Mérenrê, vieux, massif, le poing levé sous l'injure. Je me trompais !

— Je veux un enfant de toi ! reprit Mérenrê avec calme. Il sera fils de Rê, né d'une fille de Rê, doublement consacré aux yeux de tous.

— Et moi je ne veux pas ! répondit Nitocris en colère. Je te l'ai déjà dit : il n'en est pas question !

— Tu n'es pas raisonnable !

— Crois-tu l'être plus que moi ?

— Faudra-t-il te forcer ?

— N'insiste pas, veux-tu ? Nous nous sommes déjà expliqués assez souvent !

Je crus soudain entendre crisser le lit. L'un des deux s'était couché... ou tous les deux peut-être. Dans mon inconfortable situation, si je n'étais pas sourd, j'étais aveugle et mon imagination était toujours prête à délirer. N'allais-je pas mourir asphyxié dans ma cachette ? Avec des mouvements d'une lenteur calculée, je pris un pinceau dans mon écritoire et, soulevant le couvercle, je réussis à le coincer. Comme je laissais retomber mon bras le long du corps, un autre pinceau se détacha et vint frapper la paroi du coffre. A ce bruit, mon cœur battit à tout rompre.

— Qu'est-ce que c'est ? demanda la reine.

— Ce n'est rien, dit le roi, quelque meuble qui craque !

Leurs paroles me parvenaient maintenant très distinctement, mais j'étais obligé de garder une immobilité totale en contrôlant ma respiration. J'entendis, à nouveau, crisser le lit.

— Ce vent brûlant m'énerve, dit Nitocris. Je ne dormirai pas cette nuit.

Elle avait dû se lever. Je l'imaginai, toute nue, devant sa table de toilette, décrochant ses boucles d'oreilles, ou lissant avec grâce ses longs cheveux.

— Est-ce le vent du sud, ou la contrariété ? questionna Mérenrê.

Elle ne répondit pas. Un rai de lumière pénétrant dans mon étroite prison m'apprit qu'elle avait allumé d'autres lampes à huile.

— Regarde-moi, ma chère, déclara le roi avec une drôle d'intonation, le Dieu Min m'inspire, et le Khamsîn me met en grande forme !

— Assez ! s'écria Nitocris, furieuse. Ne comprendras-tu jamais mon dégoût, Mérenrê ? Je sais tout ! fit-elle, en tapant du pied. Dois-je le répéter ?

— C'était aussi un soir de Khamsîn. Je brûlais de désir, comme à présent. Le Vieux ne t'a jamais expliqué tout cela en détail, n'est-ce pas ?

Bien qu'il s'exprimât à mi-voix, d'un ton rauque, presque méconnaissable, je ne perdais pas un seul mot de leur conversation. Il ajouta avec passion :

— Ta mère était aussi belle que toi. C'était l'épouse préférée de mon père Néferkarê-Pépi. Il était très âgé et ne la visitait pas souvent. Elle était délicieusement sensuelle...

— Tais-toi, Mérenrê ! Tais-toi !

— Je ne veux pas me taire. Ecoute-moi, plutôt ! je vais te raconter ce que ton grand-père ne pouvait pas savoir.

— Tais-toi, te dis-je ! hurla Nitocris hors d'elle. Tu n'es

qu'un sale porc ! Tu as violé ma mère, la seconde épouse royale ! Tu l'as assommée de coups pour la violer ! Et moi !... je ne sais plus de qui je suis la fille, à présent !

— Viens près de moi et tu seras ma femme, continua Mérenrê sans élever la voix. Qu'importe après tout, si tu es ma fille ! Notre ancêtre Khéops n'a-t-il pas épousé publiquement la sienne ?

— Tu n'as rien de commun avec Khéops ! reprit Nitocris en martelant les mots. Je te hais, Mérenrê ! Ma mère est morte d'humiliation après m'avoir mise au monde. Mon grand-père Siséné m'a prise en charge : il aimait tant sa pauvre fille. Ce viol l'a tuée : elle ne s'est jamais remise de cette souillure. Je te hais, Mérenrê ! Je ne serai jamais l'épouse de l'assassin de ma mère !

Sisêné, le vieux général, grand-père de Nitocris, elle-même fille probable de Mérenrê, son demi-frère, mais aussi son mari ! Horrible imbroglio, qui éclairait soudain d'un jour nouveau le comportement de ma reine !

Le roi reprit le dialogue d'un ton plus ferme :

— Calme-toi, ma chère. Une Grande Epouse Royale doit efficacement contrôler les impulsions de son cœur.

— Un pharaon digne de ce nom doit maîtriser les impulsions de son corps bien mieux que tu ne le fais, répliqua-t-elle furieusement. La puissance de ton phallus dressé remplacera-t-elle jamais celle qui manque sur le trône des Deux-Terres ?

— Viens ici ! rugit Mérenrê. Je vais te prouver...

— Lâche-moi ! cria Nitocris, ou tu le regretteras !

Ils avaient dû basculer sur la couche. Les souffles, les râles, mêlés à des coups sourds, et aux craquements du lit me permettaient d'imaginer l'horrible scène. Prisonnier dans mon coffre, il m'était interdit d'intervenir. Je faillis en sortir pour arrêter le combat, mais une force étrange me retint enfermé. Etait-ce la peur ? Etait-ce la raison ? En apparaissant maintenant, n'allais-je pas couvrir la reine Nitocris d'une honte indélébile, tout en me condamnant, à coup sûr, à la mort ? Sans un mouvement, allongé comme un cadavre au fond de son cercueil, intensément présent au drame qui se déroulait à deux pas de moi, je sentis deux larmes brûlantes sourdre sous mes paupières.

Un cri de panique me fit sursauter. Mérenrê apparemment en difficulté se mit à hurler :

— Oh la vipère ! la sale vipère !

— Tu ne m'auras pas, assassin ! Je te crèverai les yeux ! lança Nitocris, triomphante.

Un rugissement de douleur retentit. Elle était parvenue à ses fins ! Soudain libre, je l'entendis courir dans l'antichambre et claquer la porte en s'échappant.

— Gardes ! Gardes ! appela Mérenrê. Venez à mon secours !

Il se mit à gémir, entrecoupant ses plaintes de brèves injures :

— L'ordure !... Elle m'a griffé jusqu'au sang ! Conduisez-moi dans ma chambre ! ordonna-t-il. Appelez mon médecin ! Savez-vous où est allée la reine ?

— Elle est dans les jardins, Majesté !

— Que le Khamsîn la crève ! Laissez-la se débrouiller seule !

Il geignait sans arrêt :

— Le sang m'aveugle ! Oh ! que j'ai mal ; que j'ai mal ! Partons d'ici ! Je veux être soigné à l'instant.

En quittant l'appartement, je l'entendis grommeler :

— Une lionne en furie !... Je la dompterai cette sale femelle !

Lorsque j'eus la certitude qu'ils s'étaient suffisamment éloignés, je bondis hors de ma cachette ; m'élançant le long des couloirs, à toutes jambes, je m'engouffrai dans ma chambre. Le dos contre la porte, j'inspirai plusieurs fois de suite, profondément, pour retrouver mon souffle et récupérer mes esprits. Puis, saisissant avec rage la pièce de lin qui recouvrait mon lit, je partis à la recherche de Nitocris qui devait rôder, nue, ensanglantée peut-être, dans les jardins du palais de Memphis.

J'errai toute la nuit, dans la poussière soulevée par le vent, le cœur à la dérive, lançant à intervalles irréguliers des appels désespérés pour retrouver ma reine :

— Je suis le scribe Nakht ! par pitié, réponds-moi !

Je n'osais prononcer son nom, de peur de la compromettre. Tantôt courant comme un fou dans les allées de sycomores, tantôt explorant un par un les massifs de grenadiers, je fouillai l'immense jardin. A plusieurs reprises, je dus m'arrêter, affalé sur le sol, l'esprit vide, les jambes molles. La fatigue troublait mes pensées. Je ne savais plus très bien si je vivais un instant réel ou un épouvantable rêve.

Après de longues heures d'inutiles recherches, j'arrivai aux abords du temple de Ptah. Le cauchemar qui m'avait bouleversé dans la pyramide de Pépi, lorsque j'avais cru voir Nitocris, le visage enveloppé de linges sanglants, remonta dans ma mémoire. La gorge nouée par une subite angoisse, je m'accroupis sur la margelle d'une vaste pièce d'eau consacrée au grand dieu. Je me mis à gémir, pour moi seul :

— Par pitié, ma bien-aimée, par pitié, réponds-moi !

A bout de forces, les poumons dévorés par le sable brûlant, je sombrai dans une complète inconscience...

Quand je revins à moi, le Khamsîn avait cessé de souffler. Comme par magie l'air était devenu limpide, les étoiles brillaient au ciel, et le croissant de lune dispensait une douce lumière. Miracle du climat de Kémi ? Renversement brutal du cours des choses ? Merveille des merveilles, une voix, que je savais reconnaître entre toutes, m'appelait au milieu du lac sacré :

— Est-ce bien toi, mon cher Nakht ?

Elle nageait calmement dans ma direction, plongeant de temps en temps son visage dans l'eau limpide, et le relevant ruisselant de gouttelettes, illuminé d'un radieux sourire.

— Que fais-tu là, à cette heure impossible ? demanda-t-elle en atteignant le bord.

Elle s'accrocha d'une main à la margelle. L'autre main, se posant toute mouillée sur mon genou, me fit comprendre que j'étais encore sur terre.

Elle rit, le buste hors de l'eau, appuyée des deux coudes au rebord du bassin, bien vivante et divinement séduisante.

— Quelle nuit de débauche as-tu passée, pour être en si piteux état, mon pauvre Nakht ? Tu n'arrives même plus à placer une phrase cohérente, beau parleur ! Est-ce le fumet de la bière qui brouille ainsi ton esprit ?

J'admirais, sans répondre, son étonnant courage. Après toutes les épreuves endurées, elle trouvait encore la force de plaisanter. Ne m'avait-elle donc pas entendu, criant mon nom dans l'ombre et la suppliant de me répondre ? Si ! J'en étais certain ! Peut-être même, s'était-elle demandé pourquoi je la cherchais ?

— Viens avec moi, cela te fera du bien ! dit-elle tout à coup en saisissant ma main.

J'eus un haut-le-corps, et mes doigts se crispèrent sur les siens.

— Le lac est consacré au Dieu Ptah !

— Qu'importe, fit-elle en riant, l'eau est bonne !

Elle s'éloigna du bord en quelques brasses, sans me quitter du regard.

— S'y baigner est un sacrilège puni de mort !

— J'y suis bien, moi ! dit-elle en se retournant.

Elle tendit les bras et plongea en avant. Au clair de lune, je vis son dos, ses reins, ses cuisses et ses pieds glisser à la surface, pour disparaître aussitôt dans l'eau noire, remplacés par un peu d'écume.

J'allais la suivre, prêt à tout !...

— Arrête ! fit-elle en émergeant près du bord. Je suis de la lignée du Dieu Rê, et ce qui est permis à la reine ne saurait l'être pour toi.

Le charme venait tout à coup de se rompre. Pourquoi changeait-elle si brutalement d'attitude ?

— Quand bien même ta naissance ne te permettrait pas de te baigner ici, ton corps incomparable, ô Grande Epouse, ne saurait faire injure à quelque divinité que ce soit.

Je surpris dans son regard une flamme de joie. Nitocris adorait les compliments. Mais son visage se durcit aussitôt.

— Ferme les yeux, scribe Nakht ! ordonna-t-elle sèchement. Détourne la tête, je veux sortir de l'eau ! Tends la toile entre tes mains, afin de m'envelopper et me vêtir !

J'exécutai l'ordre sans souffler mot. Je sentis son corps s'enroulant dans le lin et s'appuyant, avec insistance, contre le mien. Puis, je l'entendis chuchoter à mon oreille :

— Méfie-toi, Nakht ! quelqu'un nous épie, derrière toi !

— Dois-je raccompagner Sa Majesté jusqu'au palais ?

— Certainement ! répondit-elle en frissonnant. J'ai froid à présent. Je vais enfin dormir.

Les premières lueurs de l'aurore venaient d'éclaircir la nuit. En marchant devant la reine, en direction du porche d'entrée, je crus entrevoir, dans l'ombre, au détour d'une allée, l'épaisse silhouette de Mérenrê le Faible.

Deuxième partie

Les sept journées

PREMIERE JOURNEE

Au lever du jour, je pris la décision d'avertir Mériptah.

Pour atteindre le quartier des prêtres, en contournant le temple de Ptah, je refis en sens inverse le parcours de la nuit, sans m'accorder le moindre repos.

Ma décision était d'une gravité extrême. J'en avais conscience. Alerter les compagnons, par l'intermédiaire de leur chef, pouvait aboutir en peu de temps à la chute de la dynastie régnante. Je désirais abattre Mérenrê certes, mais à condition de sauver Nitocris. Pour la protéger, je ne pouvais compter que sur moi-même. J'étais le seul à pouvoir la soustraire aux dangereux événements que j'allais déclencher. Comment ? Je n'en avais pas encore la moindre idée.

J'atteignis la demeure de Mériptah, juste à temps pour le voir franchir le seuil, prêt à partir. Il fit de la main un signe amical à quelqu'un, à l'intérieur de la maison — à sa femme, peut-être, la plupart des prêtres memphites étant mariés — puis, m'apercevant, il s'avança dans ma direction, tout souriant.

— Bienvenue, scribe Nakht !

— Salut à toi, Mériptah !

Déjà ses yeux perçants sous ses épais sourcils noirs fouillaient mon regard à la recherche de mes pensées secrètes. « Quel être désagréable ! me dis-je. Il est antipathique même dans son sourire. »

Au moment précis où il m'adressait la parole, la porte de la maison s'ouvrit et, campée dans l'embrasure, une femme se mit à crier :

— Je te connais, scribe Nakht ! Tu es un ami de Bébi ! Je suis heureuse de te voir !

Echevelée, elle venait de quitter son lit sans avoir pris soin de réparer le désordre de sa coiffure. En me dévisageant, elle essayait de raccrocher sur son sein la bretelle dégrafée d'une pauvre robe. Je fis une légère courbette en avant pour la saluer, tout en l'examinant avec plus d'attention. Elle avait l'allure d'une oasienne, et quoique assez vulgaire dans tous ses traits, elle me parut agréable à regarder. Cependant sa voix éraillée me choqua : il était encore tôt pour être déjà ivre !

— Fiche-nous la paix, Ritha ! grogna Mériptah en se retournant.

Elle éclata de rire, puis fit une vilaine grimace pour se moquer de lui :

— Il est jaloux, le serviteur de Ptah ! Il est jaloux de voir qu'il est moins beau que toi, scribe Nakht !

— Ce n'est pas mon épouse, marmonna Mériptah à mon intention. Mais je couche avec elle, quelquefois.

— Je comprends ! Je comprends ! fis-je avec un vague sourire.

La femme l'invectiva de plus belle :

— Tu n'es pas beau, Mériptah, et tu deviens de plus en plus avare. Ne te plains pas, si je préfère Nakht !

Excédé, il tourna les talons. Marchant vers elle, menaçant, le poing levé, prêt à cogner, il cria :

— Vas-tu te taire, sale femelle, ou je te brise ?

Au lieu de rentrer en refermant la porte pour se mettre à l'abri, elle s'enfuit dans la ruelle en glapissant à tous les échos :

— Alerte ! Alerte ! il est comme Bébi !

La colère de Mériptah tomba aussi vite qu'elle était montée. Il revint vers moi et demanda :

— As-tu compris maintenant ?

— Oui ! dis-je sans hésitation. Tu vis avec Ritha, l'épouse de Bébi.

— Un secret de plus entre nous, scribe Nakht. Ne le dévoile surtout pas. Tu as l'air fatigué...

— Je n'ai pas dormi cette nuit.

— A cause du Khamsîn, je suppose. Ce vent justifie tout. Une belle échappatoire pour qui veut s'échapper !

Sa plaisanterie sonnait faux. Par quelle injustice du sort devais-je supporter, ou pire encore, aider et soutenir cet être que je détestais ?

— Mes frasques nocturnes ne sont pas le sujet de ma visite, coupai-je d'un ton sec. Ce que je suis venu te raconter, Mériptah, est bien plus important.

Il réagit immédiatement :

— L'heure est-elle venue ?

Je répondis oui, de la tête et des paupières, à la manière des scribes.

— Viens ! dit-il. J'ai compris ! Ne restons pas ici.

Au Carrefour de la Gazelle, qui devait son nom à la vieille stèle dressée au centre de la place, la densité des prêtres était presque aussi élevée qu'à l'intérieur d'un temple. Les serviteurs des dieux venaient à cet endroit se faire raser le crâne et la barbe. Assis sur des tabourets, à l'ombre des grands sycomores, ils attendaient leur tour, somnolant béatement ou bavardant entre eux, avant de s'installer sur les sièges des barbiers.

Ces derniers, tout en manipulant leurs rasoirs avec une étonnante dextérité, participaient à la conversation générale. Toute information, importante ou futile, concernant Memphis et ses environs était commentée en ce lieu privilégié. Mériptah ne manquait jamais de passer par là. Comme il était très connu de tous, il lui suffisait de circuler d'un groupe à l'autre pour connaître en peu de temps tous les événements de la capitale.

Nous apprîmes ainsi, en flânant dans ce carrefour, que le problème dominant des jours derniers était le manque de pain. La pénurie ne semblait pourtant pas justifiée. La récolte de céréales, très abondante en Haute-Egypte aurait dû compenser les déprédations des envahisseurs du Delta. Or, peu de bateaux parvenaient à l'embarcadère chargés de blé du sud. L'administration n'était-elle pas responsable de cette mauvaise organisation de l'approvisionnement ? C'est ce que pensait le peuple et le mécontentement allait croissant contre ceux du palais.

— Il est bien temps d'agir, dit Mériptah en hochant la tête. Allons plus loin ! Je connais un endroit tranquille pour discuter à l'abri de toute indiscrétion.

Il m'entraîna aussitôt dans le quartier le plus bruyant de la ville : celui des forgerons et des orfèvres. Comme je m'étonnais de cet itinéraire, il me fit comprendre, par gestes, qu'il était nécessaire de le parcourir pour atteindre le point prévu. Dans l'étroite ruelle où nous marchions à grands pas, le martèlement des métaux sur les enclumes de pierre résonnait tellement fort qu'il était impossible de tenir une conversation. A ce bruit s'ajoutaient les cris bizarres ou les rires sonores des ouvriers du feu qui décontractaient ainsi, à intervalles réguliers, leurs gorges et leurs poitrines, après s'être époumonés en soufflant dans de longs tuyaux, pour attiser les foyers jusqu'à la fonte du minerai.

Plus loin résidaient les Cabires. Cette tribu de nains à jambes torses s'était spécialisée dans le montage des bijoux. Leur habileté manuelle était extraordinaire ; ils prétendaient la tenir du Dieu de Memphis, le Divin Maître des Artistes, car ils s'estimaient « véritablement fils de Ptah ». Nous fûmes surpris de constater que la plupart de ces orfèvres étaient assis, bras croisés, sur le seuil des ateliers.

— Que se passe-t-il donc, Oudji ? demanda Mériptah à l'un d'entre eux qu'il semblait bien connaître.

— Nous refusons de travailler car on ne nous a pas distribué de pain depuis deux jours, répondit le Cabire.

Mériptah me lança un regard plein de satisfaction. Tout allait mal autour de nous, et cela l'enchantait.

— La faim est génératrice de désordre, dit-il gravement. Par contre, toute peine mérite nourriture. Tel est l'ordre de Maât, Déesse de Justice et de Vérité. Puis-je faire quelque chose pour vous aider, Oudji ?

Le nain regarda longuement, d'un côté et de l'autre, les visages fermés de ses compagnons d'infortune. Puis il s'approcha de nous en se dandinant sur ses membres tordus. Posant son index sur la poitrine de Mériptah, il dit en insistant sur chaque mot :

— Quoi que tu puisses faire, prêtre de Ptah, fais-le ! Et fais-le vite ! car nous sommes à bout de patience.

Nous reprîmes notre marche à travers des quartiers moins peuplés. Je me rendis compte que nous revenions sur nos pas. Le carrefour des barbiers et la rue des Cabires n'étaient qu'un détour, voulu par Mériptah, pour consulter en ma présence ses sources d'information. Nous atteignîmes bientôt une entrée latérale du temple. Côte à côte, en silence, nous traversâmes une partie du sanctuaire, pour sortir à nouveau, par une autre façade, sur l'immense esplanade construite par Imhotep. Jadis, notre Double Pays avait pris naissance à cet endroit, lors du couronnement du roi Djoser. Là, au beau milieu de cette place, entièrement vide en fin de matinée, Mériptah me demanda à voix basse :

— Veux-tu parler à présent ? Je suis le seul à pouvoir t'entendre.

Sans me presser, j'exposai la situation catastrophique de la Balance des Deux-Terres. Je dévoilai le contenu de la lettre envoyée aux gouverneurs des quarante-deux provinces, l'appel désespéré du pharaon dont l'armée était insuffisante, faute de financement pour refouler les Bédouins hors du Delta. Je révélai l'absence volontaire du Grand Maître Shémaï, parti en Haute-Egypte, amenant avec lui tous les habitués de la cour, les hauts fonctionnaires et leurs équipes de scribes. Qu'était-il allé faire à Koptos ? Manigancer une sécession probablement. Mais surtout, j'insistai sur le départ discret du général Siséné, mobilisant toute la garnison du palais et quittant la capitale pour voler au secours de la Basse-Egypte. Il ne restait autour du roi que quelques gardes du corps.

— Combien ?

— Pas plus de vingt !

— Si je comprends bien la résidence royale est pratiquement vide. Es-tu vraiment certain, scribe Nakht, de toutes ces données ?

— C'est à peine croyable, mais c'est ainsi ! Plus de courtisans ! Plus de militaires ! A part quelques cuisiniers, les femmes de chambre et la vingtaine de soldats, personne ne peut s'opposer à nous. Il faut profiter de ces conditions exceptionnelles.

Mériptah se frotta les mains de contentement.

— Bon travail, scribe Nakht ! s'exclama-t-il joyeux, les compagnons apprécieront ta clairvoyance, et ton zèle.

— Quel est ton plan ? demandai-je d'un air détaché.

— Rassembler nos amis dans les meilleurs délais pour passer rapidement à l'action.

— Rapidement ? Dès ce soir peut-être ?

— Non ! ce n'est pas réaliste. Nous ne sommes pas certains de réunir les soixante-dix, en si peu de temps. Ils sont dispersés dans toute la ville. Demain matin, dès que possible, nous attaquerons !

Il me restait une soirée et une nuit pour mettre la reine à l'abri. Bièn que ne sachant pas encore comment y parvenir, je jugeai suffisant le délai dont je disposais.

— Et les armes ? questionnai-je, pour en savoir davantage. Nous n'avons pas d'armes !

Mériptah éclata de rire.

— Pourquoi crois-tu que les Cabires me tiennent en haute estime ? Depuis des jours et des jours, je les comble de cadeaux que je soustrais aux offrandes du temple. Ils travaillent pour moi et préparent en cachette dans leurs ateliers tout ce dont nous aurons besoin.

J'avais déjà évalué le talent d'organisateur du prêtre de Ptah, lors du viol de la pyramide. La confirmation qu'il m'en donnait me fit frémir ; d'autant plus qu'il ne manifestait aucune honte, après avoir volé les présents apportés au dieu. Il aurait fait n'importe quoi pour parvenir à ses fins.

— Comment se déroulera notre attaque, et quel sera mon rôle ?

— Reviens au palais ! Contrôle tout ce qui s'y passe ! Je me charge de rassembler nos amis. Demain, lorsque le soleil sera au zénith, nous passerons à l'action. Tu te tiendras à l'intérieur, du côté de la grande entrée, pour nous accueillir et nous servir de guide.

A part l'heure de l'offensive, sa réponse ne m'avait pas appris grand-chose.

— Et le roi ? dis-je, que ferons-nous de lui ?

Il me regarda, bien en face, en ricanant. Puis il me répondit tout bas :

— J'aurai besoin de toi, le moment venu, pour régler ce délicat problème.

Mériptah avait l'art d'éluder les questions embarrassantes.

— Et la reine ? fis-je en essayant de déguiser mon anxiété.

— La reine est corégente ! Elle doit subir le sort du roi !

— Mais ce n'est qu'une faible femme !

— Pas du tout, répliqua-t-il, c'est une maîtresse femme !

Baissant la voix à nouveau, il ajouta d'un air narquois qui semblait souligner ma maladresse :

— Serais-tu amoureux de Nitocris par hasard ?

Poings serrés, les ongles enfoncés dans les paumes, jusqu'au sang, je le dévisageai sans rien dire.

— Eh bien ! reprit-il, si tu es amoureux de Nitocris, réjouis-toi ! Tu vas pouvoir en profiter !

Il se mit à rire stupidement.

Conscient que je n'apprendrais rien de plus, je choisis de couper court :

— Je suis très fatigué. Je manque de sommeil.

— Cela se voit, mon cher Nakht, dit-il d'un ton condescendant. Va te reposer au palais ! Quant à moi, je cours réunir les conjurés et tout préparer pour demain.

Il s'éloigna à grands pas en direction du temple.

Immobile, au centre de l'immense esplanade, seul, sur le dallage de calcaire blanc inondé de soleil, je le suivis des yeux, jusqu'à ce qu'il disparaisse à ma vue, sous l'arche sombre d'un portail.

— Quelle étrange folie, Nakhti, de courir de la sorte jusqu'à l'épuisement.

J'étais dans ma maison, allongé sur mon lit. Mon père, Ankhma-Hor, tout en massant mes mollets à l'aide d'un onguent de sa fabrication m'accablait de reproches.

— Folie... folie... marmonnait-il sans arrêt.

— La ville est vaste et mon temps est compté. Il y va de la vie de la reine, dis-je sans hésiter.

— De la reine ? fit-il stupéfait.

Mon père savait se maîtriser. Son premier mouvement de surprise passé, il se releva, prit un gobelet sur la table, puis s'approcha de moi.

— Tu en as trop dit... et pas assez ! Tu me dois des explications, Nakhti. Bois ceci d'abord ! C'est un reconstituant. Il te remettra d'aplomb.

Je bus par petites gorgées, en faisant la grimace car la potion était amère. Cette amertume propice, en m'accordant un délai de réponse, me permit de réfléchir. J'avais résolu de me servir de mon père et de sa grande notoriété pour protéger Nitocris. Or, je savais qu'il s'absentait souvent pour procéder à la cueillette de plantes médicinales le long des berges du Nil. Pour le rencontrer à coup sûr dans sa demeure, je n'avais pas hésité à me lancer dans cette course effrénée. Il s'agissait maintenant de le persuader de donner asile à la reine. La chose semblait assez facile. Mais comment faire pour ne pas dévoiler en même temps le secret de notre conjuration ? Quelles explications plausibles pouvais-je proposer au perspicace Ankhma-Hor ? Une idée me vint soudain : faire endosser à Mérenrê le Faible toute la responsabilité de la menace planant sur Nitocris.

— Je n'ose pas te révéler le danger qui guette la Grande Epouse Royale, dis-je en reposant mon gobelet.

— Es-tu lié par un serment ? demanda mon père, toujours très pointilleux sur les questions d'honneur.

— Pas du tout ! je crains, seulement, de porter atteinte à la réputation du roi de Haute et Basse-Egypte.

— Qu'à cela ne tienne ! dit Ankhma-Hor en souriant, je n'ai plus, et depuis longtemps, aucune illusion sur celle de notre pharaon régnant.

Encouragé par ces paroles, je me lançai dans ma démonstration.

— Ce qui vient de se produire au palais dépasse mon entendement. J'aurais mieux aimé ne pas le savoir. Me voici détenteur d'un secret incroyable que je suis seul à posséder. Il fait peser sur mes épaules une énorme responsabilité.

— Parle ! dit Ankhma-Hor. Je suis prêt à le partager avec toi.

— La vie de la Grande Epouse ne tient plus qu'à un fil. Le pharaon Mérenrê a résolu de la tuer ! Et de la tuer lui-même ! Pourquoi ? je n'en sais rien. Elle ne me l'a pas dit. Peut-être est-il devenu fou ? Ne l'était-il pas déjà un peu ? Quoi qu'il en soit Nitocris est venue, tremblante de peur, me supplier de lui trouver une cachette en attendant que passe la colère du roi. J'ai tout de suite pensé à toi, mon cher père. Que dois-je faire ? Il faut agir vite, n'est-ce pas ?

Ankhma-Hor ne manifesta aucun étonnement. Cette révélation brutale d'un drame conjugal au palais aurait dû le surprendre. Il demeura pourtant si impassible que je ne pus deviner s'il m'avait vraiment cru, ou s'il avait seulement fait semblant de me croire. Il ne sollicita aucune précision supplémentaire. Je le vis baisser la tête, et réfléchir longuement, sans rien dire.

— Pour qu'elle s'abrite dans ma maison, déclara-t-il avec gravité, trois conditions sont indispensables : d'abord que nous soyons seuls à le savoir ; ensuite, qu'elle déguise suffisamment son apparence pour n'être identifiée par personne ; enfin qu'elle s'engage à ne jamais révéler au roi le lieu où elle aura trouvé refuge. Si tu peux la convaincre, si tu es sûr, Nakhti, de pouvoir me garantir ces trois points, j'accepte de donner asile à la reine.

Généreux père ! Je l'embrassai affectueusement en lui promettant le respect total de ses exigences.

— N'oublie pas, ajouta-t-il, qu'en prenant parti pour Nitocris contre Mérenrê nous allons risquer notre vie, toi et moi !

Il tapota ma nuque d'un geste protecteur. Voulait-il chasser mes remords tardifs de l'avoir engagé dans pareille aventure ? En souriant il me dit :

— Ne regrette rien ! Va de l'avant ! Bonne chance, Nakhti.

DEUXIEME JOURNEE

« *Si le scribe Nakht a quelque crédit auprès de toi, ô Grande Epouse, daigne le recevoir immédiatement. Ce qu'il doit te dire ne peut souffrir le moindre retard.* »

Je lisais et relisais ce texte sans arrêt. Dès mon réveil, à l'aube, dans mon appartement du palais royal, j'avais saisi mon écritoire et sorti un feuillet de papyrus. Partagé entre le respect des convenances et le désir de faire comprendre à la reine l'immense gravité de la situation, j'avais longtemps hésité sur la formule à adopter. Celle-là me semblait correcte. Mais avant de plier le billet, assez serré pour qu'il puisse tenir dans le creux de ma main, je jugeai indispensable d'être plus explicite.

Fébrilement, j'ajoutai en hiéroglyphes de plus grande dimension : « *Il y va de ta vie, Nitocris.* » Cette phrase la déciderait à me recevoir, à coup sûr.

Une seule idée m'obsédait : prendre Mériptah de vitesse. Je disposais, chez mon père, d'un abri pour protéger la reine. Encore fallait-il qu'elle y trouve refuge avant l'attaque des conjurés. Par une chance incroyable, en me dirigeant vers ses appartements, je rencontrai Ida. Ses mains étaient encombrées de flacons à parfums et de boîtes à fards. Je la pris par la taille. Cela lui fit manifestement plaisir. Elle aurait volontiers accepté un entretien prolongé, mais le moment ne paraissait pas convenir, car elle se dégagea, d'un joli coup de reins. Avec une pointe de regret dans la voix elle susurra :

— Dommage, cher Nakht, je n'ai pas le temps ! La reine m'attend pour sa toilette.

C'était l'occasion inespérée de rencontrer Nitocris. Pour la saisir, il suffisait de persuader Ida. Je m'emparai à nouveau de ses hanches et penché vers son oreille, je murmurai de ma voix la plus douce :

— Je dois remettre un message urgent et confidentiel à la Grande Epouse. Grâce à toi, je vais pouvoir la rencontrer tout de suite, n'est-ce pas ?

Reculant d'un pas, et me toisant d'un coup d'œil qui voulait paraître offensé, elle répondit :

— Voyons, cher Nakht, c'est absolument impossible ! Tu sais bien que Sa Majesté ne reçoit jamais personne le matin, et encore moins pendant sa toilette.

Elle ne pouvait pas deviner à quel point le respect scrupuleux de l'étiquette de cour était devenu le dernier de mes soucis. La situation était trop grave pour que je m'attarde à de telles futilités. Je n'avais qu'un objectif : obtenir audience sur-le-champ par n'importe quel moyen. Ce n'était plus le moment de ruser. Prenant ses joues entre mes mains, j'embrassai ses lèvres... à lui couper le souffle ! Elle faillit laisser tomber tous ses flacons. Puis, sans lâcher son visage rayonnant de plaisir, je plantai mon regard dans ses prunelles. Mobilisant tout le pouvoir de conviction que me soufflait mon exaltation, je martelai ces quelques mots :

— Je dois voir la reine, entends-tu ? Sans délai d'aucune sorte ! Si tu m'aimes, Ida, va le lui dire ! Et pour appuyer ta requête, donne-lui ce billet de ma part !

Je glissai aussitôt le petit rouleau de papyrus entre ses doigts. Stupéfaite, elle regarda sans rien dire, ouvrant de grands yeux étonnés. Alors, posant à nouveau sur sa bouche un doux baiser de remerciement, je lui dis :

— Je compte sur toi. Fais-le pour moi.

Grâce à Ida, je pus comparaître sans témoins devant Nitocris. Toute de lin vêtue, sans aucun bijou ni ornement pour rompre l'éclat de sa robe immaculée, elle m'attendait, impassible, assise dans un fauteuil d'ébène. Je me prosternai devant elle. Elle glissa son pied entre les dalles et mon visage. Tandis que je déposais un baiser fou sur ses orteils nus, elle m'ordonna sans aménité :

— Ne bouge pas ! tu resteras courbé, puisque tu as enfreint le protocole en exigeant d'être reçu maintenant.

— Je n'ai rien exigé. Seules les circonstances ont dicté ma conduite, murmurai-je pour me disculper.

— Parle plus fort ! je t'entends mal si tu marmonnes entre tes dents.

— Reine, tu es en danger de mort ! m'écriai-je sans lever la tête.

— Inutile de dramatiser, scribe Nakht ! Mets-toi à genoux, et exprime-toi normalement. Je t'écoute !

A grands traits je peignis la situation : Siséné disparu, parti dans le Delta, dans l'impossibilité de la protéger ; le peuple tenaillé par la faim, prêt à tous les excès en l'absence des soldats ; Mériptah et les conjurés décidés à s'imposer par la force auprès du pharaon.

— Fidèle ami ! dit-elle soudain. J'ai apprécié ton dévouement et ton affection au cours de la nuit du Khamsîn. Relève-toi, à présent ! Que me conseilles-tu ?

Je poursuivis mon discours avec toujours plus de persuasion. A quoi bon résister à ces forces déchaînées : la haine, la violence, et la veulerie de Mérenrê ? Le roi valait-il la peine que l'on se sacrifie pour lui ? Certainement pas ! Pour elle et pour l'avenir de l'Egypte, mieux valait fuir et se mettre à l'abri dans l'attente de circonstances plus favorables. Lorsque je lui proposai la maison d'Ankhma-Hor comme asile, elle accepta sans hésiter et m'offrit de garder le secret absolu sur le nom de son protecteur. Elle fut bien plus réticente pour adopter un déguisement. Cependant, compte tenu des risques encourus, je pus la convaincre de la nécessité de passer inaperçue. Peu à peu, elle consentit à quitter sa perruque, à poser sur ses cheveux noués dans le cou un bandeau de paysanne en toile grossière, à revêtir une robe ordinaire de servante. Mais le plus difficile fut d'obtenir qu'elle fasse disparaître tout maquillage, aussi bien des lèvres que du pourtour des yeux. Elle le fit, malgré tout, devant mon insistance. Elle s'attarda alors assez longuement devant son miroir, puis elle saisit une baguette et flagella rageusement son visage pour le marquer et le boursoufler. Sans un cri de douleur, sans un mot de révolte, sans rien dans le regard qui pût trahir la moindre faiblesse, elle poursuivit la transformation jusqu'au bout. Lorsqu'elle tourna vers moi sa face meurtrie et défigurée, je m'aperçus qu'il venait de se produire un événement grave, une chose que je ne parvenais pas à comprendre. Méconnaissable, elle me suivit, tête basse, le long des couloirs dérobés jusqu'à la porte de service. En marchant silencieusement devant elle, il me vint en pensée qu'elle ne m'avait posé de questions à aucun moment sur le sort de Mérenrê le Faible. Avant de me quitter, elle dit seulement : « Merci ! » puis partit sans se retourner.

A l'heure dite, Mériptah et ses hommes se présentèrent devant le grand porche. Quatre gardiens étaient en faction à l'extérieur. Ils n'opposèrent aucune résistance. Terrorisés par l'irruption subite des agresseurs, bien plus nombreux qu'eux et puissamment armés de haches ou de poignards, ils se laissèrent ligoter sur place, heureux de s'en tirer à si bon compte.

J'attendais les conjurés à l'intérieur, devant la salle d'audience, quand, tout à coup, le seul officier de la garnison présent au palais, suivi d'une vingtaine d'archers, vint prendre position au fond du vestibule, à trente pas derrière l'entrée. Sur ses ordres, les cordes furent bandées, prêtes à lancer une volée de flèches lorsque la porte à deux battants céderait sous la pression des assaillants.

— Arrêtez ! criai-je en bousculant les rangs des défenseurs pour me dresser, bras en croix, devant eux. Arrêtez ! vous ne réussirez pas à les abattre tous à la fois, ils sont trop nombreux ; puisqu'ils vont entrer quand même, vous allez vous faire égorger inutilement.

Déjà quelques bras retombaient, abaissant les arcs. Je m'adressai à leur chef :

— Il n'y a aucun déshonneur à éviter un massacre. A quoi bon s'entre-tuer entre gens de Kémi ? Si vous déposez les armes, ils vous laisseront la vie sauve.

J'entendis des murmures. Quelques soldats m'avaient identifié et mon nom circulait dans les rangs.

— Oui ! Je suis Nakht ! Le scribe du pharaon ! Je vais parlementer avec ceux qui veulent rentrer, pour connaître leurs intentions.

A ce moment-là, la porte claqua dans mon dos. J'entendis la voix de Mériptah :

— Nous voulons voir Sa Majesté ! Conduis-nous, scribe ! Et

vous, archers du roi, déposez arcs et flèches à vos pieds ! Exécution immédiate ! Nous ne vous ferons aucun mal.

Je découvris un mur de boucliers au travers duquel luisaient des lames agressives. Le prêtre de Ptah avait tout prévu.

Impressionnés, les archers obéirent. L'officier resta silencieux. Comme dans un rêve, je vis mes compagnons désarmer les soldats et les ligoter, sans la moindre brutalité. Nos conjurés venaient de s'emparer du palais royal, sans coup férir, ni verser une goutte de sang.

Mériptah s'approcha de moi. Il m'embrassa en disant :

— Félicitations pour ton audace ! Mais nous avons gagné parce que nous avions des boucliers.

Le coup de force venait de réussir parce que la résidence royale était pratiquement vide. C'était la seule explication valable. Et ce moment propice avait été choisi grâce à moi !

Une grande claque dans le dos me révéla la présence de mon ami Bébi.

— Formidable, scribe Nakht, je te trouve formidable et courageux ! Maintenant, puisque nous sommes dans sa maison, nous allons dire bonjour au pharaon.

S'interposant entre Mériptah et moi, il nous prit chacun par un bras, pour nous pousser en avant. Le groupe des conjurés fonça sur nos talons. Serrés les uns contre les autres, nous parcourûmes les couloirs qui menaient à l'appartement du roi, en scandant tous en chœur : « Bon-jour pha-raon ! Bon-jour pha-raon ! »

Plus que notre présence insolite en ces lieux, l'inconcevable familiarité de ce *bonjour pharaon* me fit comprendre l'étonnante cassure qui venait de se produire dans l'histoire du Double Pays. Le fils de Rê, l'héritier d'Osiris, le Seigneur de l'harmonie de la Terre, le Dieu Parfait, devant lequel tout être vivant se prosterne, flairant la poussière et rampant sur le sol, venait de perdre soudain sa transcendance. Par cette formule banale : *bonjour pharaon,* il redevenait un homme comme nous. Nous lui avions, déjà, extorqué la momification et l'apanage de la vie éternelle. A présent nous le désacralisions ! C'était infiniment plus grave. Nous quittions l'Ordre de Maât, Justice et Vérité, pour nous engager, un peu à la légère, dans une situation nouvelle, dans un milieu trouble, inconnu des gens de Kémi : dans un monde sans maître.

Mérenrê le Faible nous attendait. Assis sur son trône de cérémonie, coiffé du pschent, la double couronne de Haute et Basse-Egypte, les bras croisés sur la poitrine, serrant dans ses mains le sceptre et le fouet, il faisait un effort désespéré pour retrouver, à travers l'attitude hiératique de ses ancêtres, un peu de cette autorité légendaire que son vieux père Pépi et lui-même avaient laissée s'effriter tout au long de leur règne. Mais son aspect avachi, ses yeux boursouflés par la blessure des ongles de Nitocris, ses prunelles égarées par la peur, contredisaient ce désir de puissance. La dignité de son attitude le rendait ridicule. Personne ne se prosterna devant lui. Mériptah s'avança et dit :

— Tu n'es plus roi !

Sous l'outrage, il ne bougea pas d'un pouce et ne répondit pas. Je vis seulement son visage pâlir. Son menton se mit à trembler.

— Tu n'es plus roi ! répéta Mériptah, décontenancé par ce silence ou cette immobilité imprévue.

Alors, Sébek-Aa le bouvier, le plus jeune des conjurés, sortit du rang et s'approcha de Mérenrê. Ce garçon timide, aux cheveux bouclés, car sa tresse d'enfant avait été récemment coupée, surprit tout le groupe par son audacieuse initiative. Avec des gestes ralentis, qui imprégnaient son attitude d'une étonnante solennité, il saisit la double couronne, l'ôta de la tête du roi, la déposa avec précautions sur un meuble voisin. Toute l'adoration qu'inspire un objet sacré transparaissait dans ses mouvements. Toujours de la même façon, il enleva des mains du souverain, qui ne fit rien pour l'en empêcher, le sceptre et le fouet, puis se baissa jusqu'à ses pieds, pour décrocher les sandales d'or. Méticuleusement, il rangea le tout, sur la console, à côté du pschent. Enfin, débouclant dans le dos du pharaon le collier pectoral de cérémonie, il le tendit vers nous, à bout de bras, en déclarant :

— Voyez quel merveilleux bijou est capable de réaliser un

artisan de Kémi ! Ce roi n'est plus digne de le porter sur sa poitrine.

Seulement revêtu de son pagne, Mérenrê paraissait à présent dénudé. Cependant, son parti pris d'impassibilité nous prenait au dépourvu et nous en imposait encore. Est-ce en me découvrant, tout à coup, dans les rangs des conjurés, qu'il eut le mauvais goût de changer d'attitude ? Est-ce plutôt son cœur, bouleversé par une telle épreuve, qui lui restitua l'illusion de détenir encore le pouvoir ?

Il se leva en me désignant d'un index menaçant :

— Fils d'Ankhma-Hor, tu m'as trahi ! Tu seras livré aux crocodiles !

Puis agitant ses bras en moulinets stupides, il hurla :

— Malédiction ! Malédiction sur vous tous ! Le fils de Rê vous maudit à jamais ! Vous serez décapités, dépecés. J'ordonne que l'on détruise vos squelettes par le feu !

Dans sa colère, il perdit les deux bagues qui restaient à ses doigts. Stupidement, tandis qu'il se retournait pour les ramasser, il se pencha vers le sol et nous montra ses grosses fesses sous son pagne trop court. Un éclat de rire général donna le signal de la curée. En un instant, il fut ficelé, mains et pieds liés dans le dos comme n'importe quel prisonnier de droit commun. En le voyant, allongé devant moi, minable, pitoyable, je ressentis d'abord une désagréable impression de sacrilège. Mais l'image de Nitocris se purifiant dans le lac effaça instantanément cette appréciation.

Je n'étais pas le seul à penser à la reine. Mériptah, débordant de satisfaction, se dressa devant le trône du roi — il n'avait pas osé s'y asseoir — et déclara d'une voix triomphante :

— Il n'y a plus de pharaon ! Puisque nous sommes les maîtres, nous allons nous occuper à présent de la Grande Epouse Royale ! Scribe Nakht, guide-nous vers ses appartements !

J'avais berné Mériptah ! J'étais totalement vainqueur : Mérenrê était annulé ! Nitocris s'était évadée, à l'insu de tous. Qui donc oserait suspecter ma duplicité ?

— Suivez-moi ! criai-je, plein de joie.

Bébi, qui était près de moi ajouta tout crûment :

— On va se taper les soubrettes, chez la femme du Faible !

Mériptah réagit vivement :

— Il n'en est pas question ! Notre action ne doit, en aucune façon blesser les gens du peuple, et cela, quelles que soient les circonstances !

Un conjuré intervint au dernier rang :

— Que faisons-nous de Mérenrê ?

Après un court moment d'hésitation, Mériptah ordonna :

— Emportons-le avec nous, afin qu'il ne risque pas de nous fausser compagnie. D'ailleurs, nous allons le montrer à la reine ; en le voyant ainsi prisonnier, elle se soumettra.

Après la fouille systématique des appartements vides, où l'on ne découvrit que quelques femmes de chambre apeurées, il fallut se rendre à l'évidence : Nitocris n'était pas au palais. Le prêtre de Ptah, qui croyait avoir tout prévu, n'avait, à aucun moment, envisagé cette absence. Réprimant une sourde colère, il s'adressa aux compagnons :

— Tenons une assemblée ! Nous avons d'importantes décisions à prendre. Que chacun s'exprime librement et donne son opinion.

Cette attitude ne me surprit pas. Elle était conforme à ses habitudes, et j'avais compris, dès les premières réunions qu'elle faisait partie de sa tactique : ne rien proposer ; choisir dans les idées des autres ; puis se faire plébisciter sur ce choix.

Nous étions dans la chambre de la reine. Mériptah s'assit sur ce coffre de bois où j'avais passé une partie de la nuit. D'autres se vautrèrent au milieu du lit, et la plupart s'accroupirent à même le sol. Par respect pour ma bien-aimée souveraine, je restai debout.

— Veux-tu parler le premier, scribe Nakht ? As-tu quelque astucieuse suggestion à nous faire ?

Je crus sentir de la suspicion dans sa voix. Aussi, afin de dissiper toute équivoque, je résolus de contre-attaquer, quitte à mentir.

— Si quelqu'un, dans le palais, sait mieux que quiconque où se trouve la reine, c'est bien notre prisonnier, n'est-ce pas ?

Mérenrê, prostré, ne fit même pas un mouvement. Je regrettai tout de suite d'avoir lancé cette accusation. Mériptah n'allait-il pas torturer le roi pour lui extorquer un impossible aveu sur l'absence de la Grande Epouse ? Tourmenté par les conséquences de mes paroles, je résolus de les rattraper :

— Pourtant, repris-je, le contraire ne m'étonnerait pas. Il n'est au courant de rien ! J'ai pu me rendre compte qu'elle quittait les lieux à son insu. Elle doit être quelque part dans Memphis... En conséquence, compagnons, nous n'avons plus le choix : nous devons lui tendre un piège pour la capturer dès son retour. Actuellement, à part les soldats neutralisés près de la porte, nul ne sait que nous tenons le pharaon en notre pouvoir. Qu'une vingtaine d'entre nous se déguisent en gardes du corps, qu'ils bloquent les issues, que personne ne puisse rentrer, sauf la reine, évidemment. Que tout fonctionnaire, haut dignitaire, scribe, ou visiteur qui se présentera à l'entrée soit impitoyablement refoulé par ordre du roi. Nous pourrons ainsi continuer à faire croire que, rien n'étant changé, une lubie de plus a traversé le cœur de Mérenrê, et Nitocris en toute confiance viendra d'elle-même se jeter dans nos bras.

— Et dans les tiens de préférence ! s'exclama Mériptah en riant aux éclats. Fameux ! Scribe Nakht, ton idée me plaît !

Un brouhaha d'approbations monta du groupe. Nous avions parmi nous deux déserteurs de l'armée des frontières. En bons soldats, ils se chargèrent aussitôt d'organiser un service de garde. Mériptah distribua les consignes : l'occupation du palais serait conduite jusqu'à nouvel ordre le plus discrètement possible. Il importait de sauvegarder les apparences de la normalité. Il envoya une délégation expliquer aux serviteurs de tous rangs qu'ils devaient rester enfermés dans les communs car le roi ne voulait voir personne. Il fit boucler toutes les entrées, sauf pour accueillir Nitocris, bien entendu. Enfin il décida d'installer son quartier général dans la chambre de la reine.

A l'idée que le prêtre de Ptah et les autres allaient souiller cet appartement de leur présence permanente, mon cœur se révolta.

— J'ai mieux à proposer ! Pour surveiller plus efficacement le palais, installons-nous dans la salle aux fleurs ! De plus c'est l'antichambre de la prison !

— La prison ? demanda Mériptah en se frappant le front.

Comment n'y ai-je pas pensé plus tôt ? Transportons tous les captifs là-dedans !

Inquiet, il se retourna vers moi.

— Les gardiens de cette prison sont-ils nombreux ? Pourrons-nous les maîtriser aisément ?

J'éclatai de rire. Le souvenir du court séjour effectué dans cet endroit après ma sortie de la pyramide me revint en mémoire. Cette nuit-là, Mériptah m'avait rendu involontairement un fier service, en m'envoyant vers le Grand Maître pour négocier notre liberté.

— Les cellules sont des puits, expliquai-je. Elles n'ont qu'une seule ouverture au plafond. L'homme qui contrôle tout, à lui seul, est un débile mental, un nabot difforme. Nous le jetterons dans un cachot, avec les autres.

— Non ! Pas avec les autres ! s'exclama Mériptah en ricanant méchamment. Nous l'enfermerons avec Mérenrê. Il s'occupera de lui et le maintiendra en forme. Lorsqu'on détient un otage extraordinaire, il faut faire tout son possible pour le conserver en bon état !

A la fin de la journée, Bébi, ayant converti les serviteurs des cuisines à notre conjuration, fit servir dans la salle aux fleurs un somptueux festin. Prétextant la fatigue, je ne mangeai que du bout des lèvres. Les autres, au contraire, firent ripaille, usant et abusant du vin noir du Delta. A la nuit venue, ils étaient inconscients à l'exception de ceux qui s'étaient dévoués pour monter la garde. Impossible de sortir du palais ! A la fois satisfait et écœuré par la tournure des événements, je partis, à pas feutrés, en direction de mon appartement. En passant devant la chambre du pharaon, je ne pus résister à l'envie de jeter un coup d'œil furtif par la porte entrebâillée : Mériptah, ivre mort, cuvait son vin, affalé sur le trône de Haute et Basse-Egypte.

TROISIEME JOURNEE

A la fin de la matinée, alors que chacun récupérait tous ses esprits après les beuveries de la veille, un compagnon, en faction devant l'entrée principale du palais, se précipita le long des couloirs jusqu'à la salle aux fleurs, pour rendre compte à Mériptah d'un fait nouveau : une épaisse fumée montait droit dans le ciel, au centre de Memphis. Funeste présage ! N'était-ce pas l'un de ces incendies volontaires ou fortuits qui ravageaient périodiquement les quartiers pauvres ? Les maisons de torchis, aux toits de palmes séchées ne flambaient-elles pas, comme brassées de paille ? Et qui pouvait prévoir les limites d'un feu dans de telles conditions ?

Afin d'évaluer l'étendue des dégâts, car personne ne savait au juste ce qui brûlait et quelle était l'importance du brasier, je suggérai que l'on montât à la terrasse pour mieux se rendre compte de la gravité du sinistre.

— Allons-y tous les deux ! Conduis-moi, scribe Nakht ! dit aussitôt Mériptah.

Puis apercevant devant nous Nenki l'architecte, il l'invita aussi à nous suivre. Nous escaladâmes au plus vite les degrés de l'étage supérieur. Parvenus tous les trois au point le plus élevé nous pûmes nous rendre compte que le feu était apparemment limité et circonscrit. Au milieu de l'esplanade dallée du temple de Ptah, loin de toute habitation, s'élevaient d'immenses flammes, tantôt très claires, tantôt fuligineuses. Une foule en délire tournait autour, et paraissait entretenir sans arrêt la fournaise.

— Il est indispensable de savoir ce que tout cela signifie, déclara Mériptah. Va, Nenki ! Va voir ce qui se passe là-bas. Renseigne-toi sur les raisons de cet incident, et reviens, sans tarder, nous dire de quoi il s'agit.

Nenki descendit les escaliers quatre à quatre. Accoudés à la balustrade de la terrasse, nous le vîmes bientôt sortir du palais, hésiter un instant pour choisir son itinéraire, puis courir dans une rue en direction du temple.

Mériptah s'approcha de moi et me dit :

— Profitons de ce tête-à-tête, et de la tranquillité de ce lieu, pour faire le point.

— Le point de quoi ? répliquai-je pour l'obliger à dévoiler ses pensées le premier.

— Tu le sais bien ! s'exclama-t-il en tapotant mon épaule. Ne joue pas au plus fin, scribe Nakht, ce n'est pas le moment. Nous sommes au cœur de cette action directe dont nous avons rêvé pendant des mois. Nous avons besoin, à présent, de conjuguer nos forces.

Il parla longuement, démontrant sur un ton qu'il désirait sincère l'importance d'une collaboration continue entre nous deux. Ce qui dominait ses soucis, c'était la nécessité de prévoir les événements afin de pouvoir les contrôler et les orienter. Il appréciait, disait-il, ma sûreté de jugement. Je devais en faire profiter tout le groupe...

— Crois-tu que notre pays puisse vivre longtemps sans personne pour le diriger ?

— La Haute-Egypte peut se passer d'un pharaon. Le Grand Maître suffit ! Shémaï entretient à Koptos une armée plus puissante que celle de Sisené. Et son fils, le prince Idi a autant d'autorité sur la vallée du Nil que tous les Pépi et les Mérenrê réunis !

— C'est bien ce que je crains, marmonna Mériptah.

Il redoutait, semblait-il, le déséquilibre croissant entre les deux parties du Double Pays. Les gouverneurs de Basse-Egypte étaient divisés entre eux, sans forces militaires valables, incapables de refouler hors des frontières les Asiatiques qui s'infiltraient de plus en plus. Par contre la Haute-Egypte, bien protégée par ses limites naturelles contre tout envahisseur, présentait un front uni malgré son partage en vingt-deux provinces. Au point de jonction du Delta et de la Vallée, à cette Balance des Deux-Terres, dans cette Memphis où nous étions en train de conquérir le pouvoir, il fallait un chef considérable, et considéré, pour empêcher les uns ou les autres de faire sécession.

Je répliquai :

— Il y avait Mérenrê sur le trône, si tu es persuadé de la nécessité d'un roi dans Memphis, pourquoi l'avoir renversé ?

— Ne te moque pas de moi, scribe Nakht ! dit-il d'un air cauteleux. Tu sais bien que le Faible n'avait plus aucune valeur aux yeux des gens de Kémi. Ce qu'il nous faudrait, à présent, c'est un homme fort !

Mériptah me conduisait peu à peu à l'idée qu'il était dangereux de laisser le trône vide, et je sentais monter en lui l'ambition démesurée de l'occuper un jour. Décidément ce prêtre devenait fou. Mériptah pharaon usurpateur ! Convoitise insensée ! Tout ce qui serait en mon pouvoir pour m'opposer à cette prétention, je n'hésiterais pas à le faire.

— Mérenrê ne vaut rien ! Nitocris c'est différent ! Elle est corégente, tout aussi légitime que lui. Pourquoi, dans ce cas-là, ne pas remplacer un roi par une reine ?

— Une reine ?

— Oui, une reine ! D'ailleurs, en l'absence du roi, Nitocris, corégente — j'insistai sur le mot — détient légalement le pouvoir. Que nous le voulions ou non, notre pharaon maintenant, c'est elle !

— Oui, c'est elle ! dit-il à demi convaincu. Pourvu qu'elle ne nous échappe pas !...

Là-bas, sur l'esplanade, les flammes venaient de redoubler brusquement d'intensité. Des centaines d'hommes s'affairaient autour du brasier, non pas pour essayer de l'éteindre mais pour l'attiser sans cesse.

— Enfin ! s'exclama Mériptah, que signifie ce feu en plein jour ? Que fait Nenki ? Pourquoi ne revient-il pas nous donner des explications ?

En souriant, car je le sentais assez troublé par mes arguments, je lui conseillai de modérer son inquiétude. Nenki n'avait pas eu le temps de s'informer ou de revenir jusqu'à nous. Et d'ailleurs, n'étais-je pas aussi impatient que lui de savoir ce que tout cela voulait dire ? Au risque de dévoiler mes pensées les plus secrètes, je repris ma démonstration. Je fis valoir les avantages d'un pouvoir légal conservé : le fonctionnement de l'administration, l'obéissance de l'armée — je savais le pouvoir de la reine sur le général Siséné —, la neutralisation du clergé qui attendrait la naissance d'un nouveau « fils de Rê ». Autant de problèmes résolus d'un seul coup si nous confortions la souveraine sur le trône des pharaons.

Je ne pus résister au plaisir d'en rajouter. Le dos tourné, appuyé à la balustrade de la terrasse, je déclarai d'un ton détaché :

— La concordance de cet incendie avec l'absence de Nitocris m'inquiète...

J'avais visé juste. Rageusement, il tapa du pied sur le sol, ce qui était, chez lui, signe de grande contrariété, et vint me frapper sur l'épaule.

— Tu as raison, scribe Nakht ! C'est Nitocris le vrai pharaon. Il est indispensable de s'emparer de cette femme. Mérenrê n'est qu'un demi-otage. Il a peu de poids vis-à-vis des princes. Si nous avons en notre pouvoir Mérenrê plus Nitocris, le Grand Maître Shémaï s'inclinera, Siséné aussi !

— Soyons réalistes, dis-je, elle n'est pas encore, selon ton expression, « en notre pouvoir » !

Je l'épiai, à nouveau, du coin de l'œil. J'avais déjà remarqué dans son attitude une sorte de tassement sur lui-même. Ce mouvement allait en s'accentuant. En l'entendant se plaindre comme un enfant, je compris soudain qu'il éprouvait un vrai malaise. Il chancela, et s'éloigna de moi, le dos voussé, puis perdant l'équilibre, il s'effondra sur le pavé. Une crise d'épilepsie, en tout point semblable à celle qu'il avait eue, dans la pyramide, devant les statues de cuivre de Néferkarê-Pépi, venait de le terrasser et le secouait à terre comme un pantin désarticulé.

Mériptah n'avait vraiment pas de chance avec sa maladie. Ces convulsions spectaculaires, capables de lui octroyer, en public, un prestige quasi divin, s'emparaient de lui toujours en ma seule compagnie. Elles ne m'impressionnaient guère. J'étais son unique compagnon à refuser d'y reconnaître la manifestation d'un dieu. Si la crise s'était produite au cours d'une assemblée, au milieu de la salle aux fleurs, par exemple, il se serait redressé avec célérité, bombant le torse et relevant le front, auréolé de gloire. N'ayant, hélas, que moi pour témoin, il se remit sur pied avec difficulté, essuyant d'un revers de main la bave qui souillait ses lèvres.

A peine venait-il de s'appuyer contre la balustrade que Nenki fit irruption sur la terrasse. Il se précipita vers nous dans un état d'exaltation contraire à ses habitudes. Les poings levés au-dessus de sa tête, il criait :

— Memphis ! ça bouge ! c'est le peuple !

— Eh bien quoi, le peuple ? demanda Mériptah en finissant de récupérer ses esprits.

— Le peuple se révolte. Il n'a plus de pain. Il a faim.

— Mais l'incendie ?

— On pille les archives de la Maison de Justice ! Les textes de loi sont en flammes ! Très peu de temps après le meurtre...

— Le meurtre ?

— Ils ont assassiné le juge Djédef-Hor, le directeur des secrets des Six Grandes Maisons !

— Assassiné le juge ? Et pourquoi ?

— Parce qu'il venait de condamner trois voleurs de blé.

— Qui a fait ça ?

— Le peuple ! vous dis-je, le peuple de Memphis tout entier !

Mériptah coupa court aux questions. Il conseilla à Nenki de souffler un peu et de reprendre son sang-froid, afin de nous raconter tout ce qu'il venait d'apprendre. L'architecte, content d'être devenu « celui qui sait » et que l'on écoute avec attention, nous fit, avec application, le récit détaillé de sa brève expédition au centre de la capitale :

— Dès mon arrivée sur l'esplanade, j'ai compris qu'il s'agissait d'un feu de joie, et non pas d'un sinistre. Une foule en délire tournait autour des flammes en chantant à tue-tête. C'était assourdissant et affolant. Sans arrêt des hommes échevelés déversaient sur le brasier des brassées de rouleaux de papyrus, en criant comme des fous. D'autres y lançaient en riant des meubles de valeur ou des objets hétéroclites. Comme je m'étonnais de cette démesure collective, une vieille femme s'est approchée de moi et m'a dit : « Il n'y a plus de justice, jeune homme ! » Mais au moment où je la questionnais, un groupe nous a bousculés violemment. Je l'ai vue s'éloigner dans la foule, en pleurant, sans pouvoir me donner le moindre renseignement. Devant ce désespoir inexpliqué, n'y tenant plus, j'ai saisi, à bras-le-corps, un gamin qui passait devant moi les mains pleines de manuscrits. Il s'apprêtait à les lancer, un par un, dans le feu. « Il faut tout brûler sur le corps du juge, m'a-t-il dit, absolument tout ce que contient la Maison de Justice. Les hommes disent que le peuple n'a pas besoin d'archives. » Sidéré par cette extravagante affirmation, je l'ai relâché.

Nenki fit une pause dans son récit. Il était ému.

— Continue donc ! fit Mériptah, impatient. Pourquoi ont-ils tué le juge ?

Nenki reprit :

— Sur toute l'esplanade le déferlement d'allégresse croissait sans cesse, entretenu sans arrêt par l'étrange fournaise. Je me suis enfoncé dans la cohue et peu à peu, questionnant l'un, écoutant l'autre, circulant de groupe en groupe, j'ai réussi à reconstituer le fil des événements. Depuis hier, il n'y a plus de pain dans Memphis, et d'une façon générale tous les aliments commencent cruellement à faire défaut. Comme toujours, dans ces cas-là, ce sont les plus pauvres qui sont le plus durement touchés. C'est chez eux que s'est produit l'incident : quelques habitants des bas quartiers, trois ou quatre, pas plus, ont fracturé le portail des entrepôts, à l'extérieur du temple, pour s'emparer de quelques sacs de blé. Or ce grain était malheureusement réservé au taureau Apis, la divine incarnation du Dieu Ptah. Surpris dans leur vol sacrilège par les prêtres du sanctuaire, ces hommes ont été maîtrisés et traînés aussitôt devant la Haute Cour Permanente. Et là, ils ont été immédiatement condamnés, par le juge Djédef-Hor, à l'amputation de la main droite, après bastonnade publique. Cette sentence, beaucoup trop sévère, a exaspéré les familles présentes au jugement. Elles ont quitté le tribunal pour lancer des insultes contre les nobles en appelant le peuple à la révolte. Sous la conduite de Ritha, l'épouse de Bébi, et d'une autre, grande et belle, dont je ne me rappelle plus le nom, une centaine de femmes furieuses sont alors sorties des faubourgs comme des fauves affamés, brandissant des bâtons, lançant des pierres, et hurlant des injures contre le pharaon. Elles ont bousculé les prêtres pour libérer les condamnés, en faisant irruption dans la

Salle de Justice. Djédef-Hor, roué de coups, à demi mort, a été traîné, sous les huées, jusqu'au milieu de l'esplanade, puis recouvert de rouleaux de papyrus, et brûlé vif par les mégères, avant d'avoir repris conscience. Par milliers, les habitants de Memphis ont envahi les rues. Le peuple tout entier s'est rassemblé sur la place où se consumait le corps du juge sous un entassement de documents historiques. Cinq cents ans d'archives judiciaires sont partis en fumée. A présent, la fête continue, et l'on jette n'importe quoi dans ce feu de haine.

— Feu de haine ? intervint vivement Mériptah. Pas du tout, Nenki, c'est un feu d'amour !

Il se mit à marcher à grands pas devant nous, parlant à voix forte, entrecoupant ses phrases de brefs silences, soulignant son discours de gestes démesurés.

— Ne nous y trompons point, compagnons, c'est un feu de joie. En sanctionnant impitoyablement l'injustice, le peuple montre qu'il aime Maât, la Vraie Justice. C'est pourquoi il danse autour des flammes. Ritha et sa compagne inconnue ont fait éclater la vérité. Coup de maître, cet assassinat ! Coup de maître, ce feu d'archives ! Et nous ? que faisons-nous pendant ce temps ? Nous, qui avons la prétention d'apporter le bonheur aux gens de Kémi, que faisons-nous ? Nous attendons ! Quelle aberration ! Nous ne bougeons pas ! Enfermés dans le palais royal, tendant à une femme bien plus rouée que nous un inutile piège, nous attendons ! Sur la place publique on brûle Djédef-Hor ! Le peuple soulevé détruit enfin un prince, symbole d'oppression, et nous, nous attendons !

Soudain, il se campa devant moi, et me désigna d'un index menaçant :

— Scribe Nakht, j'ai eu tort de t'écouter. Le temps des otages est passé. Nous n'avons pas besoin de Nitocris. Désormais nous agirons. Nous allons prendre en main la révolte de Memphis. Allons, suivez-moi ! Il faut faire vite. Je vais parler à nos amis.

Après avoir rassemblé le groupe des conjurés dans la salle aux fleurs, Mériptah fit asseoir tout le monde sur le sol. Il resta debout, au milieu.

— Compagnons, le peuple de Kémi est avec nous ! s'écria-t-il sur le ton emphatique qu'il affectionnait. Au cœur de

Memphis, le feu qui dévore les archives de justice et le corps du juge Djédef-Hor, c'est celui de notre révolution.

Il se lança dans un long discours pour expliquer comment nous avions été les premiers à nier le privilège d'immortalité des riches en profanant la pyramide, comment nous avions contesté la puissance des princes en capturant Mérenrê. Après d'interminables digressions sur l'immortalité de l'âme et la vie éternelle, il reprit contact avec les réalités du moment, en attirant notre attention sur trois impératifs précis : d'abord conserver l'initiative pour faire pression sur les événements; ensuite détecter le plus rapidement possible les pulsions subites et imprévisibles de la foule, pour être au courant de tout; enfin, s'emparer à tout prix de la direction du soulèvement populaire pour contrôler le pouvoir.

— Tenons en même temps le pharaon et la capitale! Dispersons-nous en petits groupes parmi le peuple. Infiltrons-nous dans la ville. Soyons vigilants. Ouvrons les yeux et les oreilles à toute heure de la journée. Recueillons le plus d'informations possible, puis, dès demain, à l'heure où le soleil est au plus haut, rassemblons-nous à nouveau ici, dans cette salle aux fleurs. Bien entendu, notre service de garde maintiendra le blocage des entrées : le palais reste en notre possession et...

— Je t'entends bien, Mériptah! interrompit Bébi. Tu nous renvoies vers nos quartiers et nos familles! Veux-tu donc te débarrasser de nous?

Comme le prêtre de Ptah s'apprêtait à riposter, Bébi l'arrêta d'un geste.

— Laisse-moi terminer, je plaisante! Je sais bien qu'il n'en est rien! Mais qu'allons-nous faire à Memphis? Ecouter et voir seulement? Ne vaut-il pas mieux agir tout de suite?

— Il est trop tôt, mon cher Bébi, gardons-nous de toute décision hâtive. Après une nuit et une matinée, nous aurons certainement de nouveaux sujets de réflexion. En mettant en commun toutes nos idées, nous définirons ensemble les lignes de force de notre action, et nous nous rallierons au choix du plus grand nombre.

Que fallait-il penser de ces atermoiements de Mériptah? Etaient-ils le reflet d'un certain désarroi ou plutôt le début de quelque manigance pour avancer, plus sûrement, vers la conquête du trône ? J'appréciais sa proposition de direction par la majorité. Quelle étonnante forme de gouvernement, cela aurait pu faire ? Pourtant, je n'avais aucune confiance dans son système : cet homme était trop fourbe. Quoi qu'il en soit, il ne serait pas dit qu'il pourrait s'en sortir aussi facilement. Bien décidé à compliquer sa tâche, je me dressai à côté de Bébi.

— Avant de nous séparer, dis-je, ne devrions-nous pas débattre de questions importantes qui demeurent en suspens ?

— Lesquelles ? demanda Mériptah, tout souriant.

— Le sort de Mérenrê par exemple, ou celui de Nitocris. Nous pourrions encore discuter de l'attitude à adopter en cas de retour en force du général Sisené, ou bien d'une invasion éventuelle de Memphis par les troupes d'Idi, fils de Shémaï et prince de Koptos. As-tu quelque réponse à proposer ?

— Bien sûr ! répondit-il sans cesser de sourire. Toi et moi nous resterons au palais pour nous occuper du roi prisonnier, tout comme de la reine, si l'occasion s'en présente. Les compagnons nous font confiance pour régler ce problème, n'est-ce pas ?

Les bras unanimement levés lui donnèrent l'approbation sollicitée. Il reprit :

— Quant à Sisené, pour être informé de sa situation dans le Delta, je propose d'envoyer en reconnaissance Sébek-Aa, le jeune bouvier aux jambes alertes. Il connaît la région. Apte à courir vite et longtemps, il sera de retour dans deux ou trois jours avec des nouvelles précises. En ce qui concerne Idi et Shémaï, penses-tu vraiment, scribe Nakht, qu'ils puissent attaquer Memphis, alors qu'ils croient encore le pharaon Mérenrê sur le trône de Haute et Basse-Egypte ?

Encore une fois, Mériptah venait de se tirer du piège où je croyais l'avoir enfermé. Bien mieux, je lui avais involontairement servi de faire-valoir. Malgré moi je dus approuver :

— Tu as raison ! Le Grand Maître est loyal. Il ne bougera pas, tant qu'il ignorera ce qui se passe au palais.

— Nous avons donc quelques jours de répit, conclut Mériptah. Profitons-en ! Dispersez-vous dans la capitale ! Regroupement demain, à la mi-journée, comme convenu !

Dans le brouhaha du départ, Nenki l'architecte, à l'autre bout de la pièce, fixa mon attention en agitant les bras au-dessus de sa tête.

— Attends-moi, Nakht, j'arrive ! cria-t-il.

Il me rejoignit assez vite, malgré la bousculade des compagnons vers la sortie. Me regardant d'un air triste, il prit ma main et m'attira à l'écart.

— Qu'as-tu ? demandai-je, surpris.

— J'ai quelque chose de très important à te dire. Il est indispensable que... que tu l'apprennes... le plus vite possible. Car, si ce n'est pas moi qui te le fais savoir, d'autres s'en chargeront... avec moins de ménagements. Pour le moment, ni Mériptah, ni les autres ne sont au courant... Moi seul...

Il avait parlé par saccades, d'une voix sourde, et venait de s'arrêter, en baissant la tête. Pour dissiper sa gêne, je dus l'encourager à continuer.

— Je t'écoute, Nenki ! Je suis ton ami ! Je ne t'en voudrai pas, même si la nouvelle que tu m'apportes est désagréable.

Il reprit à mi-voix :

— Tout à l'heure, j'ai menti à propos de la femme. Je sais comment elle s'appelle. Elle est bien trop célèbre. On ne peut l'oublier...

— De qui veux-tu parler, Nenki ?

— De celle qui a dirigé les autres, pour massacrer le juge, aux côtés de Ritha, la compagne de Bébi. Elle est grande et belle... Tout Memphis la connaît.

— Pourquoi hésites-tu à dire son nom ?

— Je vais te broyer le cœur, Nakht !

— Tant pis, dis-le quand même !

— C'est ta mère, Néféroukaït, l'épouse d'Ankhma-Hor !

QUATRIEME JOURNEE

— Réveille-toi, scribe Nakht !

Lourdeurs dans la tête... paupières gonflées... difficultés pour entrouvrir un œil... mal dormi... tellement mal dormi...

— Réveille-toi, scribe Nakht ! Le soleil est levé depuis longtemps.

Dans le palais, vidé de ses occupants habituels, quatre compagnons seulement... en faction aux entrées principales... dans mon appartement, Mériptah et moi...

— Réveille-toi, scribe Nakht, ou je te jette à bas du lit !

Le prêtre de Ptah allait-il réellement se fâcher ? Confusément, j'estimai prudent de faire preuve de bonne volonté : je poussai un grognement, en soulevant peu à peu mes mains vers le haut, pour les laisser retomber d'un seul coup, bras en croix.

— Fais ta toilette, scribe Nakht ! Nous avons un important rendez-vous.

Une serviette humide sur mes yeux bouffis m'aida à reprendre peu à peu conscience. Nuit blanche : vaine recherche du repos. Au matin, coup de fatigue, sommeil, beaucoup trop court à mon gré, réveil brutal de Mériptah ! Je n'avais pas bien dormi à cause de ma mère. Néféroukaït ! Ma mère ! Quelle étrange nouvelle m'avait apportée Nenki : après vingt années de disparition, l'incroyable retour d'une femme que je ne connaissais pas ! J'étais à peine âgé de quatre ans lorsqu'elle avait quitté la maison d'Ankhma-Hor. Pourquoi était-elle partie ? Avec qui ? Où ? Comment ? Complet mystère ! Mon père ne m'en avait jamais parlé, mon entourage non plus. Elle avait peuplé toute mon enfance de fantasmes : tendresse fictive d'une maman absente, désirée, inventée. Puis, avec l'adolescence, l'oubli s'était installé. J'avais cru devenir adulte en l'enterrant à jamais dans ma mémoire. Elle était morte ! C'était plus commode de la faire disparaître de mon existence. Plus de problèmes, plus de recherches, plus besoin de savoir. Tout à coup : résurrection ! Nenki arrive et m'annonce : Néféroukaït, l'épouse d'Ankhma-Hor, ta mère ! C'est peut-être elle qui a tué le juge. Il avait bien raison, l'ami Nenki, il me broyait le cœur ! Mais c'était plus d'angoisse que de douleur, car... aimais-je vraiment ma mère ?

— Tu n'as pas bonne mine ce matin, scribe Nakht, dit Mériptah en me tendant un quignon de pain. Tiens ! mange ça ! c'est tout ce qui reste aux cuisines.

— Nous avons rendez-vous, m'as-tu dit ?

— Oui ! avec Mérenrê le Faible ! J'emporte le matériel nécessaire. Prends avec toi de quoi écrire !

— Pour quoi faire ?

— On ne sait jamais.

Le sinistre cheminement que j'avais déjà effectué malgré moi, de la prison à la salle aux fleurs, lorsqu'on m'avait capturé à la sortie de la pyramide, je dus le faire, en sens inverse, en compagnie du prêtre de Ptah. Nous nous enfonçâmes dans la pénombre des corridors, tout le long desquels s'ouvraient, de part et d'autre du passage, les trappes d'accès aux cellules. Je frissonnai en entendant monter du sous-sol les gémissements des soldats, enfermés là depuis la veille. Ils ne se sentaient absolument pas coupables, et devaient considérer leur emprisonnement comme particulièrement injuste.

— Ne sont-ils pas des gens de Kémi, tout comme vous ? dis-je à Mériptah. Avons-nous le droit de les faire souffrir de la sorte ?

— De quoi se plaignent-ils ? répondit le prêtre. Nous leur avons donné à manger et à boire en quantité suffisante, alors que le peuple de Memphis meurt de faim. Nous les libérerons dès que possible. Pour le moment, notre sauvegarde passe par leur détention.

Mériptah venait de me fournir un nouveau motif de perplexité. Etait-il insensible par souci d'efficience ou efficace à cause de sa dureté ? Etait-il incapable de comprendre la raison de ces lamentations ? Pour ma part, ayant éprouvé, dans toutes les fibres de mon être, l'angoisse de la claustration au fond de ces cachots obscurs et puants, j'en connaissais fort bien l'origine.

— Ils ont peur, dis-je. Il faut leur parler. Dis-leur quelques mots, pour les rassurer.

— Nous n'avons pas de temps à perdre, trancha Mériptah. Ce n'est pas avec eux que nous venons discuter. C'est avec le roi. Sais-tu où il est ?

— Dans le dernier puits, au fond de la prison, en compagnie du nain idiot.

— Bien ! Tu mettras l'échelle en place. Je descendrai le premier, un couteau dans chaque poing, pour les dissuader de nous sauter dessus. Tu me suivras de près, en emportant les cordes et la lampe à huile. Ligote d'abord le courtaud, puis bâillonne-le avec son pagne, afin qu'il nous fiche la paix. Quant à Mérenrê, attache-lui les pieds : il aura plus de propension au bavardage, si nous lui accordons une certaine liberté de mouvements.

— Quelle turpitude ! murmurai-je pour moi seul.

Ce travail de geôlier me soulevait le cœur. Néanmoins, j'exécutai les ordres, malgré ma répugnance. Le nabot facilita ma corvée en n'opposant aucune résistance. Je vins ensuite m'agenouiller devant le roi déchu. Malgré les apparences, le dominant, c'était moi et l'humilié, c'était lui. Logiquement, en découvrant à nouveau de très près les orteils du pharaon, comme à ma première réception au palais, mais dans des circonstances diamétralement opposées, j'aurais dû éprouver un sentiment de triomphe. Et pourtant, après avoir entravé les chevilles du souverain, je n'eus pas le courage de me redresser devant lui. En me traînant dans l'ombre, au ras du sol, je me réfugiai dans un coin du cachot. Ma tête tournait à une allure vertigineuse tandis qu'un spasme douloureux me tordait le ventre. Je me recroquevillai dans un angle, tassé contre les murs, vaincu par la nausée.

Pourquoi l'inexorable enchaînement d'événements imprévus m'avait-il imposé de telles ignominies ? Vraiment, je ne méritais pas un tel sort. J'étais si fier de moi aux premiers jours de la conjuration. Ma sincère dévotion pour Osiris, le Grand Dieu Maître de l'Occident, et toutes mes idées généreuses sur l'universalité de la vie éternelle m'avaient donné l'élan. J'avais choisi la bonne voie : retrouver dans l'enthousiasme la pureté de nos origines, la piété de Djoser, le talent d'Imhotep, la grandeur de Khéops. Je rêvais de restaurer le bienheureux pays de Kémi des siècles précédents, en détruisant, à jamais, l'oppression des féodaux. J'espérais libérer le peuple... et le pharaon !

Mériptah marchait de long en large, un couteau dans chaque main.

— Nitocris règne à votre place, déclara-t-il sèchement.

Perfidie ! Cette courte phrase, lancée avec désinvolture, laissait croire au pharaon qu'il avait été détrôné par son épouse, et que nous n'étions que les complices de la reine.

— Grand bien lui fasse ! répondit Mérenrê d'une voix mal assurée. Quand cessera-t-elle enfin de me tourmenter, cette chienne ?

Nitocris ! Sa fille, sa sœur, sa femme ! Cette créature divine qu'il aurait dû aimer par-dessus tout ! Il devait la détester de toutes ses forces depuis longtemps, pour la traiter ainsi en notre présence.

Mériptah continua :

— Shémaï est un traître ! Je vais vous en donner la preuve irréfutable : il vient de fonder, à Koptos, un royaume de Haute-Egypte à la tête duquel il a l'intention de placer son fils, le prince Idi.

Décidément, le prêtre de Ptah ajoutait mensonge sur mensonge. Je devais réagir. Comme je faisais mine de quitter mon angle, il m'intima, de la main, l'ordre de ne pas bouger. Affaibli par mon malaise, j'obéis, à regret.

— Ah ! Shémaï me trahit ! fit le roi, indéniablement accablé par la nouvelle. Et le Grand Maître de Memphis, qui est-ce maintenant ? Le grand-père Sisené, ou bien toi ?

— Le général Sisené est mort en combattant dans le Delta. Le Grand Maître de tous les travaux, c'est moi !

— Comment t'appelles-tu ?

— Mériptah ! je suis prêtre du temple de Ptah.

— Nitocris t'a chargé de ma mort ?

— Je ne suis pas ici pour vous tuer.

— Est-ce le fils d'Ankhma-Hor qui va me poignarder dans le dos ?

Je bondis sous l'insulte. Elle me frappait droit au cœur.

— Certainement pas ! dis-je en me dressant devant lui. Je te hais, Mérenrê, je te hais encore plus que tu ne hais Nitocris, mais je respecte en toi le fils de Rê. Je ne te tuerai pas.

— Ingrat ! dit le roi en me foudroyant du regard. Je t'ai comblé de bienfaits, scribe Nakht, et tu m'accables de ta haine.

— Est-ce une ingratitude de t'accorder la vie ? répliquai-je.

Il se raidit et croisa les bras.

— Vivre en prison, n'est-ce pas déjà la mort, pour un pharaon ? demanda-t-il avec dignité.

Le Faible nous tenait tête, comme s'il avait puisé dans l'adversité les moyens de se défendre avec courage. Mériptah ne parut pas surpris. Dans ses fonctions de pseudo-Grand Maître, il avait plutôt l'air réjoui.

— Rassurez-vous, Majesté, déclara-t-il calmement, je suis descendu jusque dans votre cellule pour débattre en toute tranquillité des conditions de votre libération.

— Je n'attends rien de Nitocris ! je ne veux pas de son pardon.

— Ce n'est pas d'elle qu'il s'agit. C'est de vous et de moi, uniquement. Elle ignore tout de ma visite.

— Ah ! fit à nouveau le roi, déconcerté par ces paroles. Parle donc, je t'écoute !

— Voici mon opinion : il n'est pas bon pour notre pays qu'une femme porte la Double Couronne. Elle deviendra le jouet des princes quelle que soit sa valeur. C'est évident ! Au contraire un homme énergique et puissant pourra imposer sa volonté, et les contraindre à respecter l'union des Deux-Terres. Nitocris m'a nommé Grand Maître. J'aimerais mieux tenir ce titre de vous seul, Majesté.

Je comprenais tout à coup la manœuvre de Mériptah. Dans sa marche vers le pouvoir, avant d'oser s'installer sur le trône de Haute et Basse-Egypte, il tentait d'extorquer au pharaon sa nomination de ministre à la place du vieux Shémaï. Il ajouta :

— Je veux une nomination à vie, irrévocable !

— Tes arguments contre la présence d'une femme à la tête du pays de Kémi sont convaincants, et je m'y rallie volontiers, répondit Mérenrê. Mais pourquoi sollicites-tu cette immense faveur sous la menace de tes couteaux ?

Mériptah parut décontenancé par la résistance du Faible. Elle le prenait au dépourvu. Comprenant soudain qu'il était impossible d'abuser le pharaon par des paroles mielleuses, enrobées de faux respect, il durcit le ton :

— Ici, c'est moi qui pose les questions. Acceptes-tu ma proposition, Mérenrê ? Ou préfères-tu croupir à jamais dans ce cachot en laissant régner Nitocris ?

Il appuya la pointe d'un poignard sur le nombril du roi, et me repoussa violemment sur le côté avec le manche de l'autre. Effrayé par l'affreuse détermination de son regard, je reculai jusqu'au mur, pour m'accroupir dans l'ombre.

— Que m'offriras-tu en échange ? demanda Mérenrê d'une voix blanche.

— La vie d'abord... à l'instant même ! La liberté, peut-être... mais plus tard !

— Que dois-je faire ?

— Dicte à ton secrétaire, ici présent, le décret de ma nomination de Grand Maître, et authentifie-le de ta main.

— Je le ferai, à une condition... hésita le roi.

— Laquelle ?

— Je veux avoir la certitude de garder la vie sauve.

« Bien répondu ! » pensai-je impulsivement.

Je regardais s'affronter ces deux hommes avec un certain détachement. Je les détestais autant l'un que l'autre. Mais je ne pouvais pas rester insensible aux réactions intelligentes du Faible face à la force brutale du chef des conjurés.

Je l'entendis ricaner.

— Tu n'as donc pas confiance en moi ? dit-il en piquant la pointe du second poignard sous le menton du pharaon. Ne sais-tu pas que je peux t'égorger ?

Je résolus d'intervenir.

— Pourquoi ne pas lui donner des garanties ?

Le prêtre de Ptah tourna la tête vers moi.

— Des garanties ? demanda-t-il, surpris. Et lesquelles ?

— Je n'en sais rien, dis-je, mais lui le sait peut-être. Rengaine tes couteaux et pose-lui la question !

— Entends-tu la proposition de Nakht ? interrogea-t-il en laissant retomber ses bras le long du corps.

Je crus lire dans les prunelles du roi une lueur de reconnaissance.

— J'entends ! dit-il d'une voix tremblante. Je propose ceci : ta nomination de Grand Maître sera valable tant que je vivrai. A ma mort, elle sera automatiquement annulée.

— Soit ! fit Mériptah soudain calmé. Dicte ton texte au scribe Nakht.

En remontant dans la salle aux fleurs, j'eus l'impression de renaître. Quel contraste, entre ce décor, plus verdoyant que jamais, et ces noirs souterrains où nous avions laissé les prisonniers. Enchantement des yeux, devant l'étonnant foisonnement végétal des parois de cette pièce !

A peine installé dans un fauteuil, le prêtre de Ptah, rayonnant de satisfaction, me pria de reproduire en quarante-deux exemplaires le décret de sa nomination. Il désirait informer chaque gouverneur de province de sa récente promotion de nouveau Grand Maître. J'eus beau lui faire valoir l'inanité d'une telle démarche, il ne voulut pas en démordre. Il répéta plusieurs fois avec complaisance :

— Je suis désormais le Maître de Memphis et je tiens à ce que tout le monde le sache. Recopie ce décret !

Afin de me débarrasser de cette corvée, je courus m'enfermer dans mon appartement. Pendant des heures, je travaillai comme un fou. En rédigeant le dernier exemplaire je dus m'interrompre plusieurs fois. Mon esprit galopait en tous sens, tandis que ma main traçait sans conviction de mauvais hiéroglyphes. Posant mon calame dans l'écritoire, j'analysai les conséquences de la nouvelle situation. Ma sensibilité venait de me jouer un mauvais tour. J'avais rendu service à mes deux ennemis jurés, en proposant à l'un d'accorder des garanties à l'autre. Le roi Mérenrê obtenait la vie sauve et l'intrigant Mériptah enlevait le titre convoité. Qu'allait-il en faire ? Ne serait-il pas tenté de s'en servir contre moi ? Heureusement ses fonctions officielles, auprès d'un fantôme de pharaon, resteraient sans valeur devant les princes de Haute et Basse-Egypte. Ces gens-là ne tiendraient aucun compte du décret qu'il m'obligeait à reproduire. Ce n'était donc pas de là que viendrait le danger. A la Balance des Deux-Terres, dans la capitale comme à l'intérieur du palais, sa nomination de Grand Maître, en le revêtant d'une charge légitime allait faire de lui un homme tout-puissant, obéi de l'armée, des corps constitués, de tous les services. Pouvait-il rêver mieux, pour asseoir sa domination ? Devenu à la fois Premier ministre en titre et chef des conjurés, il cumulait tous les pouvoirs, officiels et occultes ! Et moi ? Quels étaient les moyens dont je disposais pour m'opposer à lui ? J'étais certainement le seul compagnon capable de contrecarrer ses plans. Quand ? Comment ? Avec qui ? Tant que je m'étais heurté à lui à armes égales je n'avais rien eu à redouter. A présent, la puissance venait de basculer dans son camp. Je le connaissais trop bien pour savoir qu'il n'allait pas tarder à s'en servir. A l'évidence, la lutte devenait par trop inégale. Il n'hésiterait pas à m'abattre si je m'opposais à son ascension. Cet homme dénué de tout scrupule n'allait-il pas m'éliminer dans les plus brefs délais ? Je supputai mes chances : tiendrais-je encore un jour, jusqu'au retour des compagnons ? Pouvais-je envisager de me barricader dans ma chambre par mesure de précaution ? Pendant combien de temps pourrais-je résister ?

« Il faut fuir ! » Je n'avais plus qu'une idée en tête : fuir au plus vite. Pas question d'emprunter les couloirs, le risque de rencontrer Mériptah étant trop grand ! Comment partir alors ? La fenêtre ! Celle qui donnait sur la cour des communs !

La solution m'apparut : les rideaux, les toiles qui recouvraient le lit, les serviettes. En nouant le tout, bout à bout, j'obtins une corde de fortune, assez longue pour atteindre le sol sans danger. Arrivé dans la cour, je me précipitai vers la porte de service, verrouillée de l'intérieur, et non gardée. Je sortis sans difficulté.

La première famille que je rencontrai dans la rue principale ne retint pas particulièrement mon attention. Le père portait un énorme baluchon sur le dos. Derrière lui, la mère trottinait, un bébé dans les bras et deux gamins accrochés à sa robe. Un vieillard fermait la marche, chargé d'une misérable besace. « Ils déménagent, probablement », me dis-je en les doublant.

Quelques centaines de pas plus loin, le même spectacle, à peu de chose près, se déroula devant mes yeux. Le groupe était plus nombreux ; des adolescents chargés de gros ballots entouraient les parents. Je pressai le pas pour les dépasser, car il me tardait d'arriver chez mon père. Au passage, je fus surpris par la tristesse de leurs regards.

C'est à l'approche du port que je compris enfin ce qui se passait. Une partie du peuple de Memphis s'enfuyait. Des dizaines de pauvres familles convergeaient vers les quais, emportant avec elles des coffres et des bagages. Tous ces gens s'entassaient sur les embarcadères, espérant qu'un bateau pourrait les prendre en charge. J'interpellai un homme :

— Où comptes-tu aller ainsi ?

— En Haute-Egypte, du côté de Koptos.

— Mais il n'y a pas de navires, à part celui du roi. Comment vas-tu faire ?

— Il suffit d'attendre. Hier, il en est venu plusieurs. Beaucoup d'habitants ont pu partir ainsi.

— Pourquoi ce voyage ?

— Il y a du blé et du travail là-bas. On y mange et on y vit en paix, paraît-il !

— Qui a dit cela ?

Il haussa les épaules sans me répondre. J'étais prêt à renouveler ma question, lorsqu'une bousculade se produisit derrière moi. En me retournant, je vis une multitude de petits ânes, chargés à craquer. Ils se dirigeaient vers le sentier de halage, le long du fleuve. Les âniers, alternant les jurons et les cris gutturaux, agitaient leurs bâtons en tous sens pour se frayer à grand-peine un passage parmi la foule. Derrière les bourricots sautillaient une ribambelle d'enfants, petits et grands, se tenant par la main, puis un groupe de femmes dont les vêtements corrects et les parures autour du cou témoignaient d'un certain rang social.

— Tu vois, dit l'homme, même les riches s'en vont. Ils ont abandonné leurs maisons ou une partie de leurs biens pour prendre la route. S'ils partent à pied vers le sud, c'est parce qu'ils ont appris que c'était mieux là-bas. Alors, n'est-ce pas, pourquoi n'irais-je pas moi aussi ?

A mon tour, je haussai les épaules. Il était inutile de

s'attarder davantage. J'en avais appris suffisamment. Ce qui importait pour moi, c'était de rejoindre Nitocris, dans son refuge, au domicile paternel. J'eus de la peine à m'ouvrir un chemin au milieu de la cohue. Lorsque j'y parvins, un appel que je connaissais bien me fit sursauter.

— Hé ! Ho ! Nakht ! Hé ! Ho !

Bébi accourait vers moi. Quelle malchance ! Impossible de l'amener chez Ankhma-Hor ! Il pouvait y rencontrer fortuitement la reine et je ne voulais surtout pas le mettre dans le secret. Tandis que je cherchais une façon rapide de m'en dépêtrer, il m'aborda selon son habitude, avec de grandes claques dans mon dos.

— Quelle veine de te trouver là ! s'exclama-t-il en riant de bon cœur.

Je ne sus que répondre. Il prit aussitôt un air mystérieux pour me glisser, à voix basse, dans le creux de l'oreille :

— Quelle chance ! je n'osais pas revenir au palais pour te rencontrer. Ce que j'ai à te dire, comprends-tu, je ne veux pas que Mériptah le sache !

— De quoi s'agit-il ?

— Allons chez toi ! je te raconterai tout cela en détail.

— Ce n'est pas possible, lui dis-je. Mon père est parti. Sa maison est fermée.

— Eh bien ! allons à la Taverne des Mariniers !

Le souvenir de ce bouge me souleva l'estomac.

— Je n'aime pas cet endroit ; je ne veux pas y retourner.

— Ah ! fit Bébi dépité.

Il réfléchit un moment, plissant son front de rides. Puis les lèvres pincées, il dit d'un ton moqueur :

— Je connais une putain, tout près d'ici. Ça ne te gêne pas que nous allions chez elle ?

Cette proposition saugrenue me fournit un prétexte inespéré pour me débarrasser de lui. Je me mis en colère, expliquant que je n'avais pas de temps à perdre à prêter l'oreille à ses sornettes, chez une femme de mauvaise vie. J'eus beau jouer la comédie, prendre des airs offusqués, ou faire mine de le quitter, Bébi n'en démordit pas. Il ne cessa de me répéter en souriant avec une patience désarmante :

— Il faut que je te parle, Nakht ! Il faut ! C'est très, très important !

— Eh bien soit ! dis-je vaincu. Parle, je t'écoute !

Je m'assis par terre, comme un mendiant à l'angle d'une rue, prêt à mourir de honte aux pieds d'un passant qui m'aurait reconnu, plutôt que de risquer de trahir Nitocris en amenant Bébi chez mon père. Il s'installa à mes côtés.

— J'ai revu ma femme, chuchota-t-il tête baissée. C'est elle qui a tué le juge Djédef-Hor ! Un coup de couteau dans le ventre !

— Ritha ? dis-je surpris.

— Comment connais-tu son nom ? demanda-t-il vivement.

— C'est Nenki l'architecte qui me l'a appris ! D'ailleurs, quel est le compagnon qui ne sait pas que Ritha est l'épouse de Bébi ? Tu parles toujours de ta femme sans la nommer, et pourtant, il faut que tu comprennes qu'elle est aussi célèbre que toi, vieux frère !

— Elle est célèbre, j'en conviens ! Mais elle l'est bien moins que l'autre femme qui vit en sa compagnie.

— Que veux-tu dire ?

— Je veux parler de quelqu'un qui te touche de près.

— Serait-ce de ma mère ? Néféroukaït ?

— Ah ! tu sais déjà tout ! fit Bébi interloqué.

— Oui ! Nenki m'a révélé cela aussi. Ritha et Néférou conduisaient ensemble la révolte des femmes.

Je venais de prononcer, spontanément, le tendre diminutif du beau nom de ma mère. Bébi me dévisagea sans rien dire. Il comprenait tout dans son cœur ; son regard débordait d'affection généreuse.

— Sais-tu, Nakhti, dit-il tout bas, qu'elles vivent sous le même toit ?

Il me décrivit avec force détails sa rencontre avec son épouse. Dans les inflexions de sa voix, dans les lueurs de ses prunelles transparaissait l'amour qu'il portait encore à Ritha. Puis il parla de Néféroukaït et chacun de ses mots exprimait son admiration respectueuse pour cette grande dame.

— Elle veut te voir, Nakht ! Elle sait que nous sommes amis... que nous conspirons ensemble... je suis trop bavard... elle pose si bien les questions. Elle veut te rencontrer. Moi, je suis sûr qu'elle t'aime, comme un enfant chéri. Si elle t'a abandonné, tout petit, c'est certainement contre son gré. Je ne comprends rien à son attitude, et toi aussi, n'est-ce pas ? Alors, c'est le moment d'apprendre enfin la vérité. Elle doit vouloir tout raconter puisqu'elle m'a supplié de te conduire chez elle. J'ai promis, Nakht ! j'ai promis de t'amener avec moi !

Brave Bébi ! Il voulait mon bonheur, sans aucun doute, en jouant les intercesseurs. Malheureusement sa démarche arrivait à contretemps. Avec patience, puisqu'il était inutile, avec lui, de jouer autrement, je lui expliquai qu'il m'était impossible de rencontrer ma mère, ce jour même. Demain, après-demain, plus tard sûrement, mais pas maintenant. Il crut que je désirais me familiariser peu à peu avec l'idée de cette rencontre. J'avais d'autres raisons, et celle-là aussi. Je réussis enfin à le persuader d'attendre au lendemain. Pour lui démontrer ma bonne volonté, je pris rendez-vous avec lui, à midi, au Carrefour de la Gazelle.

En approchant de la demeure d'Ankhma-Hor, mon cœur se mit à battre plus fort. Je m'obligeai pourtant à marcher d'un pas égal. Les soucis qui m'assaillaient me troublaient plus que de raison. Nitocris, centre de mes pensées, allait-elle approuver ma fuite ? J'arrivais les mains vides, faible, sans pouvoir d'aucune sorte, pire encore : terriblement vulnérable ! Elle attendait un protecteur ; je n'étais plus qu'un fugitif. Dorénavant, je ne pourrais plus la secourir...

Anxieux, je frappai à la porte. La vieille servante vint m'ouvrir. Elle commença aussitôt ses traditionnels glapissements de stupéfaction. Je la fis taire, en lui demandant si mon père était chez lui.

— Il est dans son cabinet de travail, répondit-elle. Il souhaite ne pas être dérangé.

— Il fera bien une exception pour moi, dis-je, en l'écartant, pour pénétrer dans le jardin.

En entendant crisser mes pas sur le gravier de la grande allée, Ankhma-Hor quitta ses occupations et vint m'accueillir à l'entrée.

— Te voilà enfin, Nakhti ! dit-il sur un ton de reproche

amical. J'aimerais bien te rencontrer plus souvent en ces temps d'incertitude. Tes visites deviennent de plus en plus rares. Quelles nouvelles m'apportes-tu ?

— Nitocris ? demandai-je, la tête chavirée.

— Nitocris ? fit-il comme en écho.

— Où est Nitocris ?

— Curieuse question, Nakhti ! si tu ne sais pas où elle est pourquoi le saurais-je ?

— N'est-elle pas ici, comme prévu ?

— Tu m'avais annoncé sa venue et j'avais pris toutes dispositions pour lui offrir un asile. Cependant je ne l'ai jamais vue.

— Elle était déguisée.

— Personne n'est venu.

— Nitocris n'est donc pas chez toi, répétai-je, abasourdi.

— Non ! elle n'y est pas ! insista-t-il en détachant chaque mot.

Je n'en crus pas mes oreilles. Avais-je vraiment bien entendu ? Nitocris n'était pas chez Ankhma-Hor ! C'était totalement incompréhensible.

Mon cœur m'abandonna tout à coup. Ma tête se mit à tourner. Mes jambes chancelèrent. J'ouvris la bouche plusieurs fois, mais aucun son ne franchit mes lèvres.

— Nakhti ! cria mon père, en me prenant dans ses bras.

CINQUIEME JOURNEE

Aux quatre coins de Memphis, le feu, qui avait consumé le corps du juge Djédef-Hor sous les archives de la Maison de Justice, se ralluma de plus belle. Aucune force établie n'ayant réprimé ces excès, aucun soldat du pharaon n'étant intervenu pour châtier les coupables, un sentiment d'impunité totale — peut-être aussi de liberté — s'empara de la population. Le manque de sanction pour rupture de l'ordre de Maât transforma les citadins les plus calmes en insurgés permanents. Ceux qui, depuis des générations, refoulaient leurs souffrances, sous l'oppression des nantis, comprirent, en un instant, qu'un jour de délivrance venait enfin de naître.

Hélas ! ces temps nouveaux apportèrent aussi bien des vicissitudes. Les habitants de la capitale vivaient depuis quelques mois dans la hantise de la famine, car les incursions des Bédouins dans le Delta du Nil avaient eu pour conséquence quelques difficultés d'approvisionnement. L'insurrection spontanée s'orienta vers le pillage des magasins de vivres. Les entrepôts de Memphis furent mis à sac en quelques heures. Les premiers pillards sur la brêche se servirent abondamment.

Il en résulta par contrecoup un partage inégal des ressources, les uns possédant trop, les autres pas assez. Des bagarres éclatèrent dans tous les quartiers. Ce peuple, si calme d'habitude, et par nature si pacifique, se transforma sous la colère en un ramassis de querelleurs. Disputes et horions s'échangèrent à tout bout de champ. L'insécurité s'installa partout, pour la plus grande satisfaction des truands des bas quartiers. On ne put circuler dans les rues de Memphis que sous escorte armée, ou à ses risques et périls.

Après trois jours passés au calme dans la maison d'Ankhma-Hor, où les nouvelles de la révolte nous parvenaient régulièrement, grâce à quelques serviteurs fidèles, je repris peu à peu confiance en moi-même. Nitocris avait disparu. Je ne savais ni où ni comment mais je commençais à comprendre pourquoi. Je me souvenais de ce regard étrange qu'elle m'avait lancé, avant de quitter le palais, après avoir lacéré son visage. C'était une femme supérieurement intelligente : elle avait deviné, à travers mon comportement, toute la gravité de la situation, la déchéance de Mérenrê, la révolution populaire, la bascule imminente de l'Empire des pharaons. Pour échapper, coûte que coûte, au destin tragique qui la menaçait, il fallait qu'elle aille bien au-delà de ce que je lui proposais. Et c'est pourquoi, malgré son incomparable beauté, elle n'avait pas hésité à se défigurer, assumant jusqu'au bout souffrance physique et morale, pour sombrer dans l'anonymat. Pour moi, ce qui restait à découvrir, c'était le lieu de son refuge. Je me sentais parfaitement capable d'y parvenir et j'étais bien décidé à y consacrer désormais toutes mes forces. La révolution de Memphis n'était plus, dans mon cœur, qu'une péripétie.

Malgré le rendez-vous manqué avec Bébi au Carrefour de la Gazelle, j'avais décidé de revenir flâner dans ce quartier des barbiers, à la recherche de quelque information.

Je me rasai le crâne, comme un prêtre pur. Je ceignis mes reins d'un long pagne grossier descendant jusqu'aux mollets. Puis je déformai mes joues avec deux figues vertes, bien calées dans ma bouche. J'étais ainsi suffisamment transformé pour n'être reconnu par aucun compagnon. Je m'étais levé tôt. Mon père dormait encore. Avant de quitter la maison, j'accrochai un mot d'excuse à sa porte pour expliquer mon absence.

Le seuil franchi, je n'eus même pas le loisir d'effectuer quelques pas. Quatre solides gaillards qui devaient me guetter depuis longtemps se ruèrent sur moi. A coups de pied, à coups de poing, en hurlant à l'aide, je fis tout pour m'en défendre. Rapidement accablé par le nombre d'assaillants, je reçus un violent coup sur la nuque. A demi assommé, bâillonné, ligoté, je fus enroulé dans une couverture, ficelé comme un vulgaire baluchon sur le dos d'un bourricot.

Je m'étais fourvoyé sur l'efficacité de mon déguisement. On avait dû me reconnaître avant de m'enlever. Balancé par le trot régulier du petit âne, je repris peu à peu tous mes esprits. Ma situation était incomparablement plus confortable que celle que j'avais subie lorsqu'on m'avait capturé à la sortie de la pyramide. J'étais assis dans un panier du bât de la bête de somme, et l'on avait ménagé une petite ouverture au niveau de mon nez pour me permettre de respirer plus facilement. Mes bras étaient immobilisés contre mon corps par des bandelettes, aucune corde n'enserrait mes poignets. Certes, j'étais prisonnier, encore une fois, mais à la façon dont on me transportait, je devinai sans peine qu'on ne me voulait pas de mal. Etait-ce le groupe de conjurés qui me traitait ainsi ? Probablement, puisque la plupart des compagnons m'aimaient bien. Et pourtant, je n'avais reconnu aucun des hommes qui m'avaient agressé. J'en déduisis qu'il s'agissait peut-être de nouveaux serviteurs du nouveau Grand Maître Mériptah ! Dans ce cas-là, à moins de consignes spéciales à mon sujet, pourquoi m'auraient-ils traité avec autant d'égards ? Qu'importe ! Il suffisait d'attendre quelque temps pour savoir où l'on m'amenait. Décidé à prendre mon mal en patience, je concentrai toute mon attention sur les sons et les odeurs qui me parvenaient à travers la couverture, pour tenter d'identifier les endroits traversés. Je ne pus y parvenir. Les occupations quotidiennes des citadins avaient dû être perturbées par la révolution, car aucun bruit, aucun écho de la ville ne parvenait à mes oreilles : pas de tintamarre des dinandiers, pas de clameurs des souffleurs de feu, pas de brouhaha des maraîchers, pas de mélopée des prêtres. La capitale semblait déserte.

Après un interminable cheminement, j'eus, tout à coup, une surprise. Les senteurs particulièrement désagréables du quartier des teinturiers et des tanneurs vinrent exciter mon odorat. Ce parfum agressif était caractéristique des faubourgs de la capitale, dans la partie sud de la ville, en bordure du Nil. Comme la brise agréable soufflait le plus souvent du nord, elle chassait les effluves empestés vers la campagne, épargnant ainsi les délicates narines des Memphites. Nous étions donc très loin du centre, à plus d'une heure de marche du palais royal, et pratiquement en bordure des champs fertiles de la Balance des Deux-Terres.

« Que peut bien faire Mériptah par ici ? » me dis-je en

identifiant l'endroit avec une quasi-certitude. « Sommes-nous chez un paysan ? »

On venait de m'enlever du panier, et l'on s'affairait autour de moi pour me transporter avec ménagement, allongé, les pieds devant. Je fus déposé sur un lit moelleux, puis je sentis quelqu'un près de moi, qui tranchait mes liens. Quelques instants après, hors de la couverture qui m'avait enveloppé, libre de toute entrave, nu comme à ma naissance, je découvris avec ébahissement, et presque nez à nez, le visage ridé d'une vieille servante qui venait de me détacher et d'enlever mon vêtement.

— Qui es-tu ? Où suis-je ? criai-je en m'asseyant vivement sur la couche.

J'avais dû bafouiller en réalité, à cause des figues vertes coincées dans ma bouche pour déformer mes joues. Elle ne répondit pas et sourit seulement. Un rapide regard circulaire me fit découvrir une pièce aux murs de torchis, ceinturée d'un lambris blanc surchargé de motifs floraux.

— Où suis-je ? demandai-je à nouveau.

Elle se mit à rire, et l'absence de dents entre ses lèvres rendit son expression encore plus moqueuse.

— Crache tes figues ! dit-elle. Habille-toi et coiffe-toi, scribe Nakht ! Un joli garçon comme toi ne peut rester dans cette tenue.

Elle me tendit une belle perruque étonnamment semblable à celle que je portais d'habitude ainsi qu'un pagne de lin blanc parfaitement taillé, ourlé et repassé. Puis elle fit volte-face et disparut derrière une tenture.

Je me mis debout, pour me vêtir. Contre le mur, tout près de la couche, je vis une tablette garnie de pots à fard et d'objets de toilette. Plus de doute ! On m'avait transporté dans la chambre d'une femme. En utilisant le miroir de cuivre afin de mieux ajuster ma coiffure, je m'attardai un moment pour détailler mon visage. « Tu as l'air bien content de toi, me dis-je en inspectant tous mes traits. Ce n'est pas Mériptah qui t'a fait enlever. Il ne te traiterait pas ainsi. Mais pourquoi n'es-tu pas plus inquiet ? Serais-tu rassuré par ce parfum féminin qui charme tes narines ? »

Une femme venait d'entrer derrière moi. Le miroir me

renvoyait son image. Elle était immobile, grande, élancée, moulée jusqu'aux chevilles dans une robe blanche, recouverte d'une résille de turquoises. Sa poitrine épanouie était soutenue par deux bandes dorées, couvrant la pointe des seins et remontant sur les épaules.

Nous étions face à face. Quelle prestance ! son regard pénétrant me bouleversa.

— Es-tu le fils d'Ankhma-Hor ? demanda-t-elle, sans effectuer d'autre mouvement que celui de ses lèvres.

— On m'appelle Nakht ! répondis-je fasciné.

— Salut à toi ! je suis ta mère !

Je restai pétrifié. Néféroukaït Néférou ! Combien de fois avais-je rêvé dans mon enfance de cette maman fabuleuse ? Combien de fois avais-je imaginé en compensation d'un sevrage d'affection les débordements de tendresse d'une éventuelle rencontre ? Eh bien ! j'y étais ! Irréelle mais vraie : Néféroukaït, ma mère — pas ma maman, celle-là était morte dans mon cœur — se tenait debout devant moi, impressionnant personnage, mais ma mère quand même ! Je n'osais plus bouger. Elle me détaillait en silence de la tête aux pieds. Satisfaite de son inspection, elle se mit à sourire.

— Embrassons-nous ! dit-elle. Nous apprendrons mieux à nous aimer en faisant connaissance. J'ai tant de choses à te dire, Nakhti !

Une pointe d'émotion dans ces derniers mots ! Ce face-à-face devait être pour elle un choc émotif aussi important que pour moi. Pourtant notre embrassade resta sans chaleur, très protocolaire, une rencontre entre adultes qui ne se connaissent pas, qui s'observent, malgré tout, avec une certaine bienveillance.

— Je te dois des excuses pour cet enlèvement, dit-elle. En raison des circonstances, il m'était difficile de procéder autrement.

— Quelles circonstances ? Quoi ? l'insurrection ? l'insécurité ? je ne comprends pas !

Elle éclata de rire. Un rire charmeur, en cascade, dans lequel transparaissait toute une joie de vivre.

— Quelle candeur, Nakhti ! c'est de ton existence même

qu'il s'agit ! Ne savais-tu pas à quoi tu t'exposais en fuyant Mériptah, notre nouveau Grand Maître ?

Tandis que nous parlions, la vieille édentée avait déposé sur un guéridon un plateau de fruits et de boissons. Ma mère m'invita à me restaurer. Puis, assise à mes côtés, elle m'expliqua ce qui s'était passé durant ces derniers jours.

Le bouvier Sébek-Aa, envoyé en reconnaissance dans le Delta, était revenu porteur d'une nouvelle surprenante : le général Sisené, dans l'impossibilité de combattre les Asiatiques, infiltrés par petits groupes dans les terres marécageuses, s'était embarqué avec une partie des troupes pour remonter le Nil vers la capitale. Les autres soldats, sous la conduite de quelques gradés avaient regagné Memphis à pied. Ils constituaient, à présent, la garnison du palais, sous les ordres de Mériptah.

J'eus un haut-le-corps.

— Et le pharaon Mérenrê ?

— Le nouveau Grand Maître l'a fait boire, avant de le tirer de prison. Avachi et inoffensif, il a cautionné, par sa seule présence, le décret de nomination du prêtre de Ptah. Les officiers ont obéi aux ordres.

— C'est à peine croyable. Et Sisené, où est-il ?

— Pas de nouvelles de lui pour le moment. Mais je crois savoir où il a débarqué, ce vieux malin !

Elle rit à nouveau. Je la considérai avec étonnement.

— Peux-tu m'expliquer, mère, pourquoi tu connais Sébek-Aa, la mission dont il était chargé, les faits et gestes de Mériptah, ainsi que les secrets du général Sisené ?

— Ah ! Ah ! fit-elle. On m'avait rapporté que mon grand fils était perspicace. En voici la preuve ! Mais ne m'appelle pas mère. Je t'en supplie ! Cela me fait froid dans le dos.

Elle me fixait avec insistance. Je lus beaucoup de tendresse dans son regard. Un courant de sympathie commençait à passer entre nous.

— Tu ne m'as pas répondu, Néférou !

— J'aime mieux ça, Nakhti ! répondit-elle, avec une pointe d'émotion dans la voix. J'aime t'entendre dire « Néférou ».

Elle se leva. J'en fis autant. Nous étions à peu près de la même taille. J'avais l'air plus vieux que mon âge. Elle paraissait encore merveilleusement jeune. Bien malin qui eût dit que nous étions mère et fils !

— Viens avec moi ! dit-elle. Je vais te montrer pourquoi je sais tout cela.

La chambre faisait partie d'un vaste ensemble, si vaste que j'eus l'impression en suivant ma mère de parcourir les couloirs d'une Maison de Vie, ou de quelque autre bâtisse administrative.

— C'est toute une armée qui loge ici ! fis-je en découvrant avec surprise autant de salles d'habitation.

— Tu ne crois pas si bien dire, répondit Néféroukaït. C'est une armée en effet. Une armée de femmes ! Et je suis leur chef ! Actuellement les pièces sont vides : tout le monde est au travail dans notre atelier de plein air.

Nous venions d'arriver au bout du bâtiment, la porte, encadrée de colonnes comme celle d'un palais, débouchait sur la campagne memphite. Les premières maisons des faubourgs se distinguaient, assez près, dans des bosquets de palmiers. A mille pas de là, tout au plus, on voyait fumer les cheminées de la ville.

Sur un terre-plein, long de cinq ou six cents coudées environ, à l'ombre d'acacias plantés à intervalles réguliers, des centaines de métiers à tisser, tendus horizontalement, formaient au-dessus du sol une sorte d'immense filet. Autour des cadres de bois, de nombreuses femmes, accroupies sur des nattes, s'affairaient à tendre la chaîne ou à passer la trame. Elles bavardaient, tout en travaillant, et le bourdonnement continu qui s'élevait de cette communauté me fit penser au bruissement d'abeilles s'activant sur un rayon de miel.

— Voici le plus grand ensemble de tissage du pays de Kémi, commenta Néféroukaït. Deux cents ouvrières, de tous âges, de toutes origines : égyptienne, oasienne, libyenne, et même nubienne, créent dans cet atelier la toile de lin la plus fine que l'on puisse tisser. Toutes celles qui peinent devant toi, et qui sont apparemment si heureuses, ont souffert, dans leur corps ou leur cœur avant de venir ici. Ce sont d'anciennes servantes, martyrisées par des maîtres inhumains, des prostituées du port, ou des esclaves de Bédouins. Pour quelque raison que ce soit, elles ont eu à se plaindre un jour de l'oppression. La vie les a...

Elle s'interrompit soudain. Un chant s'élevait, une vieille chanson traditionnelle reprise en chœur. C'était celle-là même qui m'avait terrorisé dans la Taverne des Mariniers.

— Je connais déjà le refrain, dis-je, il est terrible !

Le pays tourne, tourne, tout entier
Le pays tourne comme un tour de potier.

— Ce ne sont pas les vraies paroles, précisa ma mère, mais, depuis quelque temps, tout Memphis ne connaît que celles-là. Les chantes-tu aussi ?

— Non ! répondis-je sèchement. Elles me font peur !

Néféroukaït me lança un regard étonné et demanda sur un ton assez agressif :

— N'es-tu donc pas l'un des soixante-dix conjurés ?

Ma mère savait beaucoup de choses, et j'avais de plus en plus envie d'en connaître les raisons. Je comprenais comment elle disposait d'une force d'intervention, en mobilisant les femmes de l'atelier de tissage. Elles avaient, d'ailleurs, démontré leur puissance en faisant flamber Djédef-Hor sur l'esplanade du temple. Au-delà de ce qu'elle venait de me révéler, Néféroukaït n'avait fourni, pour le moment, aucune explication sérieuse sur elle-même, ou sur son attitude envers moi. Je venais à peine de faire sa connaissance. Allais-je devoir me méfier d'elle ?

— Il faut d'abord répondre à mes questions, Néférou ! dis-je, bien décidé à jouer serré.

Elle rit, plus charmeuse que jamais !

— C'est vrai, je ne t'ai rien dit. Interroge-moi, Nakhti !

— Pourquoi m'as-tu enlevé aussi brutalement ?

— Pour te sauver la vie. Mériptah a donné l'ordre de te tuer. N'importe qui pouvait t'assassiner au coin d'une rue.

— Pourquoi as-tu disparu pendant vingt ans en nous abandonnant, mon père et moi ?

— C'est une longue histoire. Je promets de tout te dire, mais pas maintenant... Plus tard, quand nous nous connaîtrons mieux...

Devant mon air déçu, elle reprit :

— Tu as ma parole, Nakhti ! je t'en prie, fais-moi confiance.

Tu sauras un jour pourquoi je me suis volontairement effacée de la cour du pharaon, en abandonnant mon enfant.

— Pourquoi es-tu revenue ?

— Depuis des années, je t'observe. Je te regarde grandir. Lorsque j'ai découvert ton importance dans la conjuration, lorsque j'ai compris ta générosité pour le peuple de Kémi et tes espoirs pour rétablir la grandeur de la Double Couronne, j'ai décidé de me lancer à corps perdu dans une action parallèle à la tienne. J'ai aussi bien d'autres raisons pour cela, mais je dois encore les tenir secrètes.

Elle m'avoua, en me faisant promettre de n'en rien dire, qu'elle avait mis en place tout un réseau de surveillants : la vieille servante de mon père, puis Ritha l'épouse de Bébi, ensuite Nenki l'architecte, qui était le fils d'une camarade de l'atelier de tissage. Elle cita en dernier, et j'en restai coi, Ida la soubrette. Ainsi Nenki jouait un double jeu ; sa révélation sur la participation de ma mère aux derniers événements avait été sûrement préparée. Quant à Ida, je ne pus m'empêcher de demander quelques éclaircissements.

— Un soldat faillit la violer, alors qu'elle était encore gamine. Je suis intervenue en sa faveur... efficacement... à l'aide d'un poignard... Depuis ce jour, elle m'aime au moins autant qu'elle t'aime, et ce n'est pas peu dire. Elle est devenue ma meilleure informatrice. Elle contrôle ce qui se passe au palais.

— Ne saurait-elle pas où est passée la reine ? demandai-je impulsivement.

— Moi, je le sais ! déclara Néféroukaït.

Ma mère savait ! Peut-être Nitocris était-elle cachée parmi les ouvrières ? Si près de moi !

— Est-elle ici ?

— Pas du tout ! l'épouse de Mérenrê, corégente du trône, a rempli jusqu'au bout son devoir. Elle est allée, avec courage, où l'intérêt du pays lui dictait de se rendre. Qu'elle soit gratifiée de la vie, de la force et de la santé éternellement !

Néféroukaït avait prononcé ces paroles avec beaucoup de solennité, selon la façon de procéder des habitués de la cour. Mais au-delà de la forme, le fond de sa pensée était favorable à Nitocris.

Abandonnant toute retenue, je pris la main de ma mère pour la serrer sur ma poitrine :

— Dis-moi où elle est, Néférou !

— Ne fais pas de bêtises, Nakht ! Promets-moi de rester ici ! Lorsque les problèmes de Memphis seront réglés, nous irons la rejoindre ensemble.

— Dis-moi, Néférou ! je veux savoir.

— Promets d'abord !

— Tout ce que tu voudras !

— Elle règne à Koptos, reine de Haute-Egypte, dans le calme et la sécurité.

SIXIEME JOURNEE

— Je veux partir immédiatement. J'irai à pied, de ville en ville, ma besace sur le dos, comme un pauvre hère. Je mendierai pour survivre. La route sera longue, mais qu'importe, je mettrai tout le temps qu'il faudra. Pour rejoindre Nitocris, je marcherai jusqu'à Koptos.

Tels furent mes premiers mots, le lendemain matin, quand je revis ma mère, après une mauvaise nuit. Ma résolution était irrévocable, et Memphis ne m'intéressait plus. Pourtant, Néféroukaït ne l'entendit pas ainsi.

— Tu m'as promis, Nakhti, de ne pas t'en aller !

— Tu m'as extorqué cette promesse, répliquai-je, furieux.

Elle changea de ton, adoptant, à ma grande surprise, une attitude qui lui était peu familière.

— Attends jusqu'à ce soir, mon fils, et je partirai avec toi. Je t'en supplie ! Attends !

Elle portait une pauvre robe de toile écrue, à peine échancrée autour du cou, descendant au-dessous des genoux. Elle avait noué sa chevelure en chignon, sur la nuque, et posé sur son front un bandeau de tissu, comme une paysanne. Ses yeux merveilleux, soulignés d'un trait noir, brillaient toujours du même éclat.

Elle répéta avec insistance :

— Attends, Nakhti ! attends ! ce soir nous partirons ensemble.

Je ne comprenais pas pourquoi elle tenait tant à m'accompagner à Koptos. Désirait-elle fuir Memphis et ses émeutes ? Son armée de femmes avait bien fait ses preuves, cependant. Quant à ses mobiles secrets, ils paraissaient assez nombreux !

— Pourquoi partirions-nous ce soir, Néférou ?

— Parce qu'aujourd'hui, je vais régler mes comptes. Et les régler définitivement afin de m'en aller sans remords.

Je n'en avais pas appris davantage. Il fallait la pousser dans ses retranchements.

— Cesse de parler par énigmes. Que vas-tu faire à Memphis dans cette tenue ?

— Viens, suis-moi, devine tout seul !

Néféroukaït me conduisit jusqu'au bout du bâtiment près d'une salle de service. Je pus distinguer, par la porte entrebâillée une impressionnante collection de haches, de poignards, de lances, et de boucliers, entassés à même le sol.

— Prends une arme ! Si tu es courageux, tu seras probablement utile à ta mère.

Puis elle ajouta, après une courte hésitation :

— Et certainement à la reine Nitocris !

Incontestablement, les femmes, sous la conduite de Néférou, paraissaient prêtes à déclencher une insurrection. N'ayant pas le moindre doute sur la détermination de ma mère, et sur sa loyauté vis-à-vis de la souveraine, je ne pouvais l'abandonner, à l'instant même où elle sollicitait ma collaboration.

D'ailleurs, sillonnant en tous sens les couloirs de la grande bâtisse, les ouvrières se rassemblaient, vêtues comme Néféroukaït. Le poignard me parut l'arme choisie par le plus grand nombre. Les plus solides n'hésitaient pas à s'emparer des haches de bronze ou de silex. Une étrange résolution transparaissait dans leurs prunelles. L'heure de la vengeance était enfin venue. Elles l'attendaient, toutes, avec maîtrise et fermeté.

Ma mère s'arrêta sur le pas de la porte. J'étais à ses côtés. Elle se retourna pour annoncer aux autres qui s'étaient regroupées tout le long du couloir central :

— Comme prévu, nous passerons par la tannerie et la mégisserie. Les gens de ces quartiers sont prêts à nous suivre. Veillez bien à ce qu'ils emportent leurs tranchets et leurs maillets ! Encadrez-les et orientez-les selon mes ordres !

Une heure après, nous étions plus de mille, en rangs serrés, à marcher en silence vers le centre de Memphis. La ville s'éveillait à peine et les habitants, attirés aux fenêtres par le martèlement sourd des milliers de pas, découvraient avec stupeur ce bataillon compact où dominaient les femmes.

— Descendez avec nous ! criait Néféroukaït. C'est jour de vengeance !

Et nos rangs grossissaient !

Nous ouvrions la marche, côte à côte, ma mère et moi. En arrivant en vue du palais royal, elle me bouscula, ayant fait un faux pas, et tourna vers moi son visage. Ses yeux débordaient de larmes.

— Qu'y a-t-il, Néférou ? demandai-je, bouleversé en la voyant pleurer.

— Ce n'est rien ! répondit-elle avec un pâle sourire. C'est le passé qui cogne trop fort dans mon cœur.

Pour se donner du courage, elle tendit le poing devant elle en criant :

— En avant ! En avant les femmes ! Vengeons Ritha !

Les quatre ou cinq rangs qui marchaient immédiatement après nous reprirent en chœur ces derniers mots. Bientôt, comme notre troupe débouchait dans la cour extérieure, devant l'entrée principale, toutes les poitrines lancèrent ce cri de guerre, cent fois répété, que je ne comprenais pas :

— Ven-geons Rit-ha ! Ven-geons Rit-ha ! Ven-geons Rit-ha !

Ma mère se serra contre mon bras. Ses ongles s'enfoncèrent dans ma chair, jusqu'au sang. Penchée vers mon oreille, elle parla pour moi seul.

— Il faut que tu saches, Nakhti, pourquoi je suis ici, à la tête de cette meute déchaînée. Je vais tuer le pharaon Mérenrê ! C'est dans l'ordre de Maât, Justice et Vérité : il doit mourir de ma main. Entends-tu, Nakhti ? je vais le tuer.

Son visage était livide, sa mâchoire contractée, ses yeux luisaient de haine.

J'écoutais, sans rien dire, les nerfs à vif, avide de l'entendre encore s'expliquer. Les autres, autour de nous, hurlaient toujours : « Ven-geons Rit-ha ! »

— Ritha, reprit-elle, c'est le prétexte ! Je l'aimais bien, la pauvre fille. Les femmes sont là pour tuer son assassin.

— Ritha est morte ?

— Mériptah l'a étranglée, hier, dans une crise de folie

meurtrière... Elle se moquait de lui... Elle couchait avec lui pour mieux m'informer de ses actes. C'est pour ça qu'elle est morte, par générosité envers ses amies.

Je n'eus pas le temps de m'attendrir sur le sort de l'épouse de Bébi. Portés par la foule furieuse qui se bousculait derrière nous, nous étions arrivés à quelques pas des soldats. Ils s'étaient alignés devant le porche d'entrée, le fer de lance en avant. Certains tremblaient.

— Vous avez peur ! cria Néféroukaït. Si vous résistez vous serez massacrés. Ecartez-vous et fuyez !

Ils ne bougèrent pas d'un pouce. Dans notre dos, la pression devenait de plus en plus forte. Le peuple exaspéré scandait le cri : « A mort ! »

— S'ils ne lèvent pas leurs armes, dis-je à ma mère, nous serons transpercés sans avoir pu combattre.

— Non ! non ! Fais comme moi ! ordonna-t-elle.

Elle se retourna en s'adressant aux femmes :

— Passez devant, vous qui portez des haches, et dégagez l'entrée, sans pitié !

Elle s'écarta aussitôt pour les laisser passer. J'en fis autant.

Ce fut horrible : crânes éclatés, poitrines transpercées, râles épouvantables, giclées de sang, affreux carnage.

Une bousculade m'entraîna loin de ma mère. J'eus à peine le temps de l'entrevoir, emportée par la populace se ruant à l'assaut de la résidence royale.

Pour mon plus grand malheur, je trébuchai en essayant de la rejoindre. Je faillis mourir piétiné.

Lorsque je pus enfin me relever, sanglant et meurtri, je sentis une atroce douleur dans le genou gauche. Ma jambe s'était probablement tordue au moment de ma chute. De plus, je saignais du nez et mes reins étaient endoloris. En claudiquant, je pénétrai dans le palais. La foule s'y était engouffrée d'un seul coup. Il ne restait que peu de gens à la traîne, des vieillards, ou des éclopés comme moi. Les couloirs étaient vides. L'émeute n'avait fait que passer, comme une tornade. Mais derrière elle, ne s'élevaient plus que des ruines. De la magnifique demeure des rois du Double Pays, seuls les murs étaient debout. Les portes enfoncées, les tentures arrachées, les meubles fracturés et vidés de leur contenu, les divans éventrés témoignaient de l'horreur du pillage. Même les fresques, peintes sur les parois, avaient été lacérées en tous sens, saccagées sans raison pour le simple plaisir de détruire. Les petits objets, et bien sûr les bijoux, les statuettes, les luminaires, les miroirs, tout avait disparu.

J'avançais, pas à pas, d'une démarche incertaine, comme dans un mauvais rêve. Qu'était devenue Néféroukaït ? Pendant plus de vingt ans, j'avais vécu sans elle, sans connaître son existence, et maintenant elle me manquait ! Pendant toute ma vie, je m'étais passé de sa présence, puis en quelques heures, elle s'était emparée de moi, comme une mère possessive, sans me laisser le temps de réfléchir, sans me permettre de prendre conscience de l'importance de nos retrouvailles.

Dans les couloirs dévastés, où j'errais, seul, chancelant sur ma jambe blessée, je me mis à crier :

— Néférou ! Reviens ! Je suis là !

En passant devant les appartements de la reine, j'eus comme un coup de poignard dans le cœur. Les lampes à huile, renversées, avaient enflammé le peu de mobilier laissé en place par les pillards. Il ne restait plus rien de ces lieux familiers. Tout était calciné, noirâtre, méconnaissable. La chambre où je venais d'entrer flambait encore, en partie.

J'avançais à pas lents vers les flammes. Elles m'attiraient irrésistiblement.

— Nakht ? Est-ce toi, Nakht ?

Qui m'appelle ? Qui est-cc qui crie si fort derrière moi ? Un voile noir devant mes yeux. Le feu et la fumée... Chaleur, étouffement, brûlure... Effondrement... Plus rien...

En ouvrant les paupières, je reconnus sans peine le visage qui se penchait vers moi. Malgré la douleur et l'inconfort, je souris. Ida venait de me sauver la vie. M'arrachant au brasier, devant lequel je m'étais affalé, elle avait réussi à me traîner sur le sol, jusque dans l'antichambre où l'incendie s'était arrêté, faute de combustible. Nous étions l'un et l'autre couverts de poussière noire.

— Où as-tu mal, scribe Nakht ? demanda-t-elle à mi-voix.

— Le genou ! c'est surtout le genou ! dis-je en essayant de me soulever.

— Ne bouge pas ! je vais te faire un pansement.

Lorsque ma jambe fut bien enveloppée, grâce à des bandes découpées dans des lambeaux de tentures, Ida m'expliqua comment elle avait réussi à échapper au déferlement de la foule en s'enfuyant sur les terrasses par un escalier de service.

— As-tu vu Néféroukaït ?

— Oui ! je l'ai vue, courant de toutes ses forces devant les autres. Et puis je l'ai revue, dans la cour des communs, distribuant des ordres à ses troupes avant de quitter la résidence.

— Ma mère n'est donc plus ici ?

— Non ! quand elle a appris que ni Mériptah ni aucun conjuré n'était au palais, elle a décidé de se lancer à leur recherche pour les combattre coûte que coûte, et venger la pauvre Ritha.

Malgré les supplications d'Ida, je me remis sur mes pieds. Le bandage soulageait bien mon genou. J'allais pouvoir marcher.

— Je vais essayer de les rejoindre.

— Tu ne pourras pas ! La ville est à feu et à sang. Les forgerons et les Cabires se sont révoltés aussi. Ils égorgent les riches et pillent leurs maisons. Quant aux habitations de ceux qui ont quitté Memphis, elles flambent !

— Je peux les rattraper. Dans quelle direction sont-elles parties ?

— Vers la Maison de Vie !

Pour la remercier des services rendus, je déposai un baiser sur sa joue. Elle serra mon bras en me retenant encore à ses côtés.

— Nakht ! Méfie-toi de tes amis !

— Pourquoi me donnes-tu cet avertissement ?

— Le prêtre de Ptah a ordonné de te tuer.

— Je sais, Néférou me l'a dit. Mais à propos, Ida, sais-tu pourquoi Mériptah et les conjurés n'étaient plus dans le palais au moment de l'attaque ?

— Parce qu'ils étaient prévenus, bien avant l'arrivée des femmes.

— Quel est le traître qui a fait cela ?

— Je ne sais pas. J'ai seulement constaté la fuite des soixante-dix.

— Des soixante-dix ? repris-je avec surprise. Tu te trompes, chère Ida, je n'étais pas avec eux.

— Je ne me trompe pas, répondit-elle, tête basse. Sébek-Aa au retour du Delta a ramené son frère avec lui.

Cette nouvelle confirmait l'étendue de ma disgrâce. Les compagnons m'avaient remplacé. Je n'étais plus des leurs. Maintenant, il était inutile de compter sur la moindre indulgence de leur part.

Je m'éloignais déjà lorsqu'il me vint à l'esprit qu'Ida allait demeurer seule dans le palais en ruine. Je lui proposai de me suivre, ou bien de se réfugier sans tarder dans l'atelier de tissage de Néférou. Elle ne voulut rien entendre, prétextant qu'elle devait rester sur place le plus longtemps possible pour surveiller les conjurés et pour informer Néféroukaït de la suite des événements. Devant ma réprobation face à ce comportement téméraire, elle hésita un instant, prête à céder, puis m'embrassa soudain en rougissant.

— C'est promis ! dit-elle. Je viendrai m'abriter là-bas, dès la tombée de la nuit. A bientôt, cher Nakht ! sois prudent !

Elle partit en courant, sans se retourner.

En arrivant à la Maison de Vie, je compris qu'il était trop tard. Les insurgés n'étaient plus là, mais il restait, hélas, des traces éloquentes de leur passage. Dans la cour centrale se consumait un immense tas de papyrus. Tous les rouleaux sacrés, où les scribes de la tradition avaient accumulé, durant cinq siècles, les textes du culte de Ptah et du taureau Apis, partaient en fumée. Les plans audacieux des architectes de la nécropole, les observations méticuleuses des astronomes, les savants traités de médecine d'Imhotep et de ses élèves flambaient au vent mauvais de la révolution.

En frappant du talon, j'éteignis quelques feuilles sur le bord du brasier. C'était une reproduction des hiéroglyphes sacrés, en tout point semblable à celle que nous avions conquise, au péril de nos vies, au fond de la pyramide de Néferkarê-Pépi.

En me brûlant le bout des doigts, je parvins à sortir un rouleau à peu près épargné par le feu. Je le parcourus rapidement : il contenait tout un enseignement précis sur les méthodes actuelles de momification.

Ainsi, Leurs Majestés avaient tenu parole ! Mérenrê et Nitocris avaient donné l'ordre à la Maison de Vie d'enseigner les techniques d'embaumement et de vulgariser les formules magiques afin que le peuple tout entier puisse accéder à la vie éternelle. C'était le but suprême de notre conjuration.

Dans l'atelier de sculpture, où les artistes officiels créaient jadis leurs belles œuvres, des statues colossales du pharaon avaient été renversées, brisées et défigurées par martelage. Le sol était jonché de débris : doigts, nez, oreilles, ou morceaux informes. Je ramassai distraitement une boule de granit, grosse comme deux poings. Stupéfaction ! Elle représentait Nitocris ! Cette tête avait dû appartenir à quelque statuette en cours d'achèvement. La ressemblance était frappante. Emu jusqu'aux larmes, je sortis de la Maison de Vie en serrant la pierre sur ma poitrine, comme un talisman.

Dans la rue, un groupe d'hommes ivres passait en braillant :

Le pays tourne, tourne tout entier,
Le pays tourne comme un tour de potier.

Toujours la même rengaine stupide ! Le pays tournait en effet, plus saccagé qu'un champ de lin que l'on vient d'arracher touffe par touffe, plus nauséabond qu'une litière de crocodiles. L'Empire des pharaons existait-il encore ? Les gens paisibles de Kémi s'étaient transformés en bêtes fauves. Comme des potiers stupides, ils avaient lancé leur pays stable et béni des dieux dans un tourbillon destructeur. Mais pourquoi fallait-il que ma mère soit à l'origine de cette folie ? Par quelle inconscience ou quelle abominable exécration avait-elle assumé une telle responsabilité ? Dans un élan incontrôlé d'exaltation vengeresse, je tendis vers le ciel la tête de granit, en criant de toutes mes forces :

— M'expliqueras-tu, Néféroukaït, pourquoi tu as déclenché tant d'horreurs ? Est-ce justice et vérité de Maât ? Je t'ordonne de le dire, au nom de Nitocris !

— Ta gueule ! hurla un ivrogne en accrochant mon pagne.

Je fis un bond pour l'éviter, mais il me lança un violent coup de poing dans le ventre. J'avais encore les bras en l'air, en position de suppliant. Je les laissai brutalement retomber. Des deux mains, crispées sur la pierre, je frappai son crâne avec toute ma force. Il s'effondra à mes pieds, sans un cri. Les autres, terrorisés, s'enfuirent en titubant.

Je l'avais tué. J'avais tué un innocent. Pour me sauver d'une bagarre sans conséquences graves, j'avais volé la vie d'un pauvre homme rendu inconscient par l'ivresse. Je tendis devant moi la tête de la statuette souillée de sang et de cheveux. Elle me regardait, de ses prunelles fixes.

SEPTIEME JOURNEE

Je m'étais emparé de la besace de l'ivrogne mort pour transporter plus facilement sur mon dos l'effigie de ma bien-aimée. En claudiquant toujours, le ventre creux, j'étais revenu au palais. Une idée fixe m'y avait conduit : voir Mérenrê dans sa prison, et savoir s'il était toujours vivant.

Dans les ruines désertes, je m'étais acharné à récupérer à grand-peine de quoi faire un lit de fortune pour mon appartement dévasté. Puis j'avais longuement erré, de salle en salle, à la recherche d'Ida. Déçu de ne pas la trouver et mort de fatigue, je m'étais allongé sur les guenilles. Bientôt terrassé par un sommeil de plomb, je ne rouvris les yeux qu'au petit matin. J'eus assez de mal à rassembler mes esprits. Comment faire le point, dans ce tourbillon effréné d'événements graves ? Peu à peu, cependant, l'aspect minable de ma chambre, saccagée par la foule, me replaça dans le climat d'insécurité de la révolution. J'étais seul, fort probablement, dans la résidence royale, mais cela n'allait pas durer longtemps. A tout instant des pilleurs pouvaient revenir, à moins que Mériptah, les compagnons et les soldats ne se décident à reprendre possession des lieux.

Le repos de la nuit m'ayant remis en meilleure forme, je gravis l'escalier des terrasses. L'aube rosissait à peine l'horizon. Un genou à terre, et les paumes levées en signe d'adoration, je saluai avec respect l'apparition de Khépri, le soleil levant. Enfin réveillé, je jetai un coup d'œil sur le panorama.

Memphis La Belle n'était sous les premiers rayons du jour que ruines et désolation. Bien au-delà de la ruée vengeresse des femmes sur le palais, une folie collective d'anéantissement avait dû s'emparer des habitants. De tous côtés flambaient encore les incendies criminels, et leurs fumées couvraient le ciel d'une brume sinistre. Par endroits, des pâtés de maisons, entièrement effondrés, tranchaient sur les murs blancs comme d'immondes souillures. Au ras des toits, des vautours planaient, se précipitant à grands cris dans les rues pour s'y disputer les cadavres. Le souvenir atroce de l'ivrogne mort remonta dans mon cœur, et avec lui revint aussi celui de la tête en granit de Nitocris. Malheur à moi ! je l'avais oubliée dans ma chambre. Descendant au plus vite les escaliers, malgré mon genou encore douloureux, je m'y précipitai. Elle était toujours là, mais hors de la besace, posée sur le plancher au milieu de la pièce. Ce n'était pas moi qui l'avais sortie du sac et placée à cet endroit. Quelqu'un était venu, durant mon passage sur la terrasse, pour fouiller mon appartement. Les hardes de mon lit de fortune étaient dispersées en tous sens. « Un voleur, me dis-je pour me rassurer. Il recherchait quelque objet de valeur. La pierre ne l'a pas intéressé ! »

Des crampes d'estomac me rappelèrent, tout à coup, que je n'avais rien mangé depuis un jour et une nuit. Emportant ma précieuse statuette, bien enveloppée, je décidai d'aller faire une rapide incursion du côté des cuisines, dans l'espoir d'y découvrir, avec un peu de chance, quelque chose à me mettre sous la dent. Je constatai avec surprise qu'un autre m'avait précédé. Au milieu des fourneaux renversés, un feu finissait de flamber sous les moules d'argile intacts. Plusieurs pains étaient cuits, prêts à démouler. Une galette à peine grignotée trempait dans un pot de miel, comme si quelqu'un l'avait déposée là, à l'instant. Je mordis dedans. Elle était encore chaude. Aucun doute, un homme, ou une femme, s'était enfui à mon approche, en abandonnant son repas.

Me tenant sur mes gardes, je repris mes pérégrinations dans les couloirs, après avoir mangé à ma faim. Il régnait autour de moi une ambiance insolite : quelqu'un m'épiait, et je devinais sa présence.

En arrivant dans la salle aux fleurs, qui me rappelait tant de bons et mauvais moments, j'eus un haut-le-corps. Là, plus qu'ailleurs, c'était la désolation : des lacérations du haut jusqu'en bas défiguraient les fresques ; des dessins maladroits et obscènes étaient gravés à grands traits dans les surfaces décorées ; des coups de hache avaient entaillé les murs, faisant sauter des pans entiers de stuc et détruisant à jamais la beauté de cette pièce. La multitude déchaînée n'avait rien respecté. Le peuple, dans sa fureur destructrice, n'avait pas épargné ses propres œuvres d'art.

Je crus entendre un bruit dans mon dos. Je ne vis personne. C'était le battant d'une porte défoncée qui remuait dans un courant d'air. Toutes les ouvertures secrètes de la salle, fondues dans la décoration des parois, avaient été éventrées. Je repérai facilement celle de la prison, béant sur son corridor obscur.

En franchissant le passage, je butai contre un objet abandonné sur le sol. C'était un long poignard, à manche de bois gainé de cuir, une arme remarquable. Je le passai à ma ceinture pour remplacer celui que j'avais perdu la veille dans la bousculade.

Après quelques pas à l'intérieur du sombre couloir, je fus saisi par une impression curieuse : pas un bruit ne montait des cellules souterraines, pas un appel, pas un gémissement. Je pus constater, en me penchant au-dessus des grilles, que la prison était vide. J'en éprouvai une certaine satisfaction. Tout n'était pas négatif dans la révolte, puisque la populace avait libéré les soldats, injustement enfermés par Mériptah.

A présent, il fallait visiter le dernier cachot, tout au fond. J'hésitai, cependant, avant d'aller plus loin. De mes séjours précédents en ces lieux, je ne retrouvais que l'odeur caractéristique d'urine et de moisi qui se dégageait encore du fond des puits. Le silence insolite m'oppressait. Il faisait trop sombre pour progresser en toute sécurité. Impossible de continuer sans éclairage ! Mais où trouver du feu ? Je décidai de revenir aux cuisines.

Ayant fait demi-tour, jusqu'à la salle aux fleurs, je n'eus pas à aller bien loin. Quelqu'un marchait dans un couloir, et le bruit de ses pas se rapprochait. M'engouffrant derrière une porte, je sortis mon poignard. Muscles tendus, retenant mon souffle, je me tins prêt à me défendre.

Au lieu d'un agresseur, je vis arriver la lampe à huile dont j'avais besoin, portée à bout de bras par le nain idiot. Que faisait là le geôlier de Mérenrê ? Comment avait-il échappé à la mise à sac du palais ? Il tenait son luminaire dans une main et une galette de pain dans l'autre. C'était lui qui s'était réfugié aux cuisines. A pas feutrés, je sortis de ma cachette. Il sursauta sur ses jambes torses en me découvrant tout à coup, mais bientôt rassuré — j'avais rengainé mon poignard — il s'approcha de moi, avec un sourire niais qui semblait dire : « je t'ai reconnu ! »

— Où sont les prisonniers ? Que fais-tu ici ? lui demandai-je sèchement, avec la ferme intention de l'intimider.

Il se mit à rire et, jetant son pain dans ma direction, il plaça la main en paravent sur son oreille : j'avais oublié qu'il était sourd et muet.

— Où sont les prisonniers ? hurlai-je, près de lui, en espérant me faire entendre malgré tout.

Par une mimique expressive, il me fit comprendre qu'ils s'étaient enfuis.

— Et le roi ? demandai-je de la même façon.

Une expression de terreur parcourut son visage. Il enserra son cou entre ses doigts et tira la langue avec une horrible grimace. Croyant avoir deviné, je lui arrachai la lampe pour m'enfoncer au cœur de la prison.

L'échelle était en place, dans la dernière cellule, l'une des deux grilles de la trappe d'accès était levée. Apparemment il n'y avait personne dans la fosse. Je tendis la lumière au-dessus de l'ouverture en appelant :

— Mérenrê ?

Je n'obtins aucune réponse. En me penchant un peu plus, il me sembla voir quelqu'un debout, immobile dans l'ombre. Etait-il encore là ? Ne voulait-il pas répondre ? Je sortis mon poignard, sans hésiter, puis risquant le tout pour le tout, je descendis les échelons. Aux derniers barreaux, quelque chose heurta mon dos. Surpris, je bondis sur le sol, en pivotant brusquement, lame en avant, prêt à frapper.

Deux pieds, aux orteils trapus et rugueux que je connaissais bien pour les avoir détaillés de très près dans d'autres circonstances, se balançaient à hauteur de mon visage. Plus de doute, Mérenrê était mort, pendu par une solide corde à la grille fixe de la cellule. Levant la lampe, pour mieux l'identifier, je fus choqué de découvrir sur son corps une horrible mutilation. On avait tranché ses mains et son sexe, comme il était coutume de le faire, en temps de guerre, sur les cadavres des ennemis, afin de mieux dénombrer les vaincus.

Je contemplai, sans émoi, la dépouille mortelle du roi déchu de Haute et Basse-Egypte. Ce dégénéré exécré avait tardivement hérité de son vieillard de père un empire branlant, lézardé par la concussion, la cupidité des princes et les razzias impunies des Bédouins. Il avait fait preuve d'une incapacité totale pour diriger le Double Pays. Manœuvré par son entourage, déléguant ses pouvoirs à de vieux conseillers qui ne comprenaient pas la gravité de la situation, il avait préféré s'abandonner à ses vices. Mérenrê le Violeur était surtout un faible. Je pouvais le constater avec certitude : il était mort dans des conditions épouvantables, victime de sa faiblesse.

M'arrachant à mes réflexions sur la tragique destinée du roi, je décidai soudain d'aller retrouver ma mère. Puisque je savais maintenant qu'elle était allée jusqu'au bout, il ne me restait plus qu'à lui demander quelques explications. Elle me les devait ! Je fis demi-tour pour remonter à la surface. Malédiction, l'échelle n'était plus là ! Je ne pouvais plus sortir. J'étais prisonnier.

Un sentiment de rage impuissante m'envahit tout entier. Là-haut, dans l'encadrement de la trappe se découpait la face hilare du nabot. Ses réflexes de geôlier ayant repris le dessus, il m'avait emprisonné par pure répétition de gestes routiniers. Ma première réaction fut de maudire ce simple d'esprit, puis de lui intimer l'ordre de me libérer. Mais comme il était sourd, mon ton autoritaire n'eut aucun effet. Il m'examinait, d'ailleurs, avec une certaine bienveillance, tout heureux de retrouver une victime, et de reprendre enfin son travail quotidien. Comment convaincre ce débile mental ? Je tentai, avec application, de lui faire comprendre que j'étais son ami. Je mis à plusieurs reprises, une main sur le cœur et l'autre sur les lèvres pour lancer des baisers dans sa direction. Mais très vite, je ressentis une désagréable impression : il était imperméable à tous mes efforts de communication. Mon attitude me parut inefficace, et même grotesque.

Mes fragiles espoirs de convaincre ce nain idiot s'effondrèrent, d'un seul coup, lorsque je l'entendis rire à gorge déployée en s'éloignant dans le corridor. Il était satisfait de m'avoir enfermé dans ce puits, où la mort m'attendait, en compagnie d'un cadavre.

Combien de temps dura ma dépression ? je n'en sais rien ! Je demeurai prostré probablement plusieurs heures, sans bouger. En sortant de ma léthargie, je repris peu à peu confiance. Le découragement ne pouvait mener à rien. Je résolus de pousser, à intervalles réguliers, pour ménager mes forces, un cri le plus aigu possible. Quelqu'un traversant par hasard la salle aux fleurs pourrait entendre cet appel puisque la porte d'accès aux cellules était brisée et largement ouverte.

Je repris courage en constatant que ma lampe contenait encore beaucoup d'huile et qu'elle allait m'éviter la torture de l'obscurité totale. Après avoir poussé mon premier appel de détresse, je m'accroupis le dos au mur. Devant mes yeux, démesurément long et comme étiré par la pendaison, se balançait le corps du pharaon. Je distinguais mal son visage, mais je pouvais par contre examiner en détail ses mutilations. Une étonnante constatation, attirant soudain mon attention, me remit debout. J'approchai la lumière afin d'en vérifier de plus près l'exactitude. Ni les poignets tranchés, ni le bas-ventre dépecé ne portaient des traces de saignement. Pas de sang sur les plaies, pas de sang non plus sur le sol. Il s'était, donc, écoulé beaucoup de temps entre le moment de la pendaison et celui des amputations. Pourtant, le drame avait dû se dérouler rapidement en pleine émeute. Que fallait-il déduire de cette anomalie ? Fallait-il y discerner l'intervention de deux personnes différentes, ou imaginer un retour tardif de l'assassin auprès de sa victime ? Et pourquoi le pharaon ne se serait-il pas suicidé, en utilisant la corde avec laquelle je l'avais moi-même entravé quelques jours plus tôt ?

J'interrompis mes réflexions pour lancer un nouveau cri, de toute la force de ma gorge et de ma poitrine. Puis je tendis l'oreille, le cœur battant. Aucun écho, aucune réponse à mon appel. Pour patienter sans trop d'angoisse, je repris le cours de mes déductions. Le suicide paraissait difficile. Comment Mérenrê aurait-il accroché la corde, lui-même, en haut de la grille fixe ? Ce n'était pas possible. On l'avait donc pendu. Ce ne pouvait être ni Mériptah, ni les conjurés : ils seraient allés à l'encontre de leurs intérêts. Quant à Néféroukaït et ses femmes, cette façon de tuer le roi me semblait contraire à leur tempérament. La détermination de ma mère, dont j'ignorais encore l'origine, l'aurait conduite à poignarder celui qu'elle paraissait détester, mais non pas à le pendre comme un voleur. Mais alors, quel était le crime de Néférou ? Si elle n'avait pas tué Mérenrê, avait-elle émasculé son cadavre ? Non ! C'était plutôt un réflexe de soldat de trancher les mains et le sexe du vaincu. C'était un geste de champ de bataille.

J'en étais là de mes élucubrations, inquiet et perplexe, lorsqu'un appel lointain parvint à mes oreilles. « Nakht ! Nakht ! » On me hélait à l'intérieur ! On était à ma recherche. Je répondis à pleins poumons. En retour j'entendis crier : « Il est là ! » Sauvé ! j'étais sauvé ! on venait à mon secours.

Des voix de femmes me parvinrent distinctement, puis un bruit de galopade le long du corridor, au-dessus de ma tête. Je me plaquai le dos au mur pour attendre ma délivrance. L'échelle apparut par la trappe du plafond avec une incroyable lenteur. Elle fut mise en place précautionneusement. Mettrait-elle une éternité pour atteindre le sol ?

J'eus l'impression que Néféroukaït n'en finissait pas de descendre les échelons... Elle me découvrit soudain, dans l'ombre, et s'avança vers moi, bras ouverts.

— Nakhti ! mon petit ! dit-elle avec des sanglots dans la voix, Nakhti, tu es vivant !

Elle m'étreignit de toutes ses forces. Pour la première fois de ma vie, je sentis ma mère me serrer dans ses bras.

Troisième partie

Les sept admonitions

PREMIERE ADMONITION

Neuf jours après, j'arrivais à Koptos.

En apprenant la mort du pharaon et la disparition de la reine, Iqéri le Borgne, chef timonier du vaisseau royal, avait pris la décision de quitter Memphis et de remonter le Nil pour rejoindre le Grand Maître Shémaï. Grâce à son initiative le navire du roi était intact. Il avait eu la présence d'esprit, pendant les jours d'émeute, de le maintenir à distance respectable de l'embarcadère et de le préserver du pillage.

Néféroukaït connaissait Iqéri le Borgne depuis longtemps. Elle l'avait persuadé, en lui offrant de l'or, de me prendre à son bord comme unique passager. Par une volte-face subite, abandonnant sans aucun regret son projet initial, elle avait préféré rester dans la capitale.

— Il faut abattre Mériptah et neutraliser la conjuration, m'avait-elle déclaré sur un ton qui n'admettait aucune contradiction. Je contrôle la Balance des Deux-Terres avec mon groupe de femmes. J'y serai plus utile qu'en Haute-Egypte.

Je m'étais embarqué de nuit, à la hâte, n'ayant même pas eu le temps de revoir et d'embrasser mon père. Quant à ma mère, en favorisant mon départ, elle avait éludé toutes les questions qui se pressaient sur mes lèvres. Je l'avais quittée sans pouvoir obtenir la moindre explication sur son mystérieux comportement. Mais, comme ce qui m'importait le plus c'était de rejoindre Nitocris, j'avais accepté, malgré tout, ce départ précipité. A bord du vaisseau royal, poussé par des vents favorables, j'étais arrivé sans encombre dans la ville princière. Après les tourmentes de la révolution, je pouvais vivre, enfin, quelques jours de tranquillité.

Troublante Koptos ! Au carrefour des routes de Pount et des sept oasis de l'Ouest, elle accueillait en son sein toutes les races d'hommes : les Nubiens, noirs aux cheveux crépus qui descendaient le fleuve depuis l'île Eléphantine, les Bédouins, aux barbes carrées, venus de l'est en caravane, les oasiens de l'ouest et ceux du Téhénou avec leurs troupeaux d'ânes et de bétail. J'examinais avec curiosité cette population hétéroclite. Elle grouillait dans cette ville, parlant toutes les langues, criant, gesticulant, et s'affairant dans les boutiques. Ici chaque maison était une échoppe, un atelier ou un entrepôt et chaque citadin un marchand.

En flânant dans cette cité prospère de Haute-Egypte, je compris l'origine de la puissance du prince Shémaï et de son fils Idi. L'intense commerce régional les enrichissait sans arrêt : Koptos était, en fait, la capitale du négoce.

Le palais princier, devant lequel je venais de m'arrêter, me parut digne de cette prospérité. Si Néféroukaït n'avait pas menti, ma reine bien-aimée devait être à l'intérieur de ces murs. En contemplant son immense façade blanche, je me sentis ridiculement petit. Le porche d'entrée se détachait au milieu, orné de fleurs de lotus dorées. Douze soldats, vêtus de cuir, casqués de corde tressée, et armés jusqu'aux dents, en défendaient l'accès. Ils me refoulèrent dès que je fis mine d'y pénétrer.

Comment faire pour rencontrer Nitocris ? Ces rustres ne voulaient pas croire que j'étais son secrétaire. Ils ne me connaissaient pas. J'eus beau les supplier ou les menacer, ils demeurèrent inflexibles. Soucieux et presque découragé, j'allais faire demi-tour lorsque je vis sortir Iqéri le Borgne. Je le hélai. Il m'aperçut et vint vers moi en arborant un large sourire.

— Salut à toi, Memphite !

— Salut à toi, Koptite !

— Le prince Idi m'a félicité d'avoir ramené le vaisseau à Koptos, dit-il tout joyeux. Je viens de faire mon rapport.

— Pourquoi l'as-tu fait au prince Idi ? Est-ce lui qui te donne des ordres à présent ?

— Non ! c'est toujours la reine ! Elle est venue ici en quittant Memphis. Mais elle n'a pas pu me recevoir... J'ai cru comprendre qu'elle travaillait avec le Grand Maître.

Une énorme bouffée de joie envahit tout mon être. Nitocris

était à Koptos ! Je faillis embrasser le chef timonier et sauter à son cou en criant mon bonheur. Non seulement il m'apprenait une bonne nouvelle, mais encore il allait me permettre de pénétrer dans le palais.

— Mon cher Nakht, dit-il, en me fixant de son œil solitaire, je suis heureux de pouvoir bavarder avec toi sans témoins. C'était impossible à bord, à cause de l'équipage et de mes responsabilités de commandement.

Je fus sur le point de lui expliquer que je n'avais ni le temps ni l'envie de l'écouter. Maîtrisant malgré tout mon impatience, car je ne voulais pas le mécontenter, je lui dis seulement :

— As-tu des choses importantes à me communiquer ?

— J'ai des questions graves à te poser, répondit-il en prenant mon bras. Viens ! Allons nous installer à l'ombre de ce sycomore.

J'aurais préféré le quitter tout de suite et remettre à plus tard cette entrevue. Mais, pour pénétrer dans la Maison du Prince, j'avais besoin de son appui. Je le suivis donc sans rechigner, de peur de lui déplaire. C'était aussi une bonne occasion d'en faire un ami, ce qui n'était pas à négliger dans cette ville que je connaissais mal.

— Mon cher Nakht, reprit-il en s'appuyant contre le tronc de l'arbre, tu m'as dit hier au soir, avant de te coucher, des choses passionnantes. Malheureusement nous avions beaucoup bu et tu t'es endormi sans terminer ton histoire.

Il m'avait servi, la veille, un excellent vin du Delta Occidental et j'en avais bu plus que de raison. Quel mauvais tour m'avait joué l'ivresse ? Qu'avais-je raconté sous l'effet de la boisson ? J'avais beau creuser ma mémoire, il ne me restait plus aucun souvenir précis de cette soirée à bord du vaisseau royal.

— Je suis prêt à te dévoiler la suite, dis-je en déguisant mon émoi, à condition que tu me répètes tout ce que j'ai déjà dit. Je ne me souviens plus de rien.

— Rappelle-toi ! tu m'as parlé de la vie éternelle promise à tout homme dans la justice de Maât.

Iqéri m'apprit alors, avec force détails, comment j'avais captivé toute son attention en lui démontrant l'importance magique des hiéroglyphes sacrés pour parvenir au royaume d'Osiris.

— Tu as commencé l'étrange récit d'une expédition nocturne à l'intérieur de la pyramide de Néferkarê-Pépi, ajouta-t-il. Puis la chaleur du vin t'a fait sombrer dans l'inconscience. C'est incroyable, cher Nakht, as-tu vraiment osé une chose pareille ? Je crois plutôt que tu as tout inventé ! Vraiment, quelle imagination !

Il n'était nullement question de Nitocris dans tout cela. Je n'avais rien dévoilé qui puisse nous compromettre, rien raconté des événements de Memphis. Ce qui me laissait maintenant toute latitude pour lui confier n'importe quoi — et pourquoi pas la vérité ? — à propos de la tombe du Vieux.

— Puisque ma langue t'a enseigné les choses cachées, dis-je d'un air mystérieux, je vais continuer mon histoire. Nous avons vraiment conduit l'entreprise jusqu'au bout et nous avons pénétré dans la crypte de la demeure d'éternité, pour conquérir les formules magiques.

Iqéri paraissait sidéré par mes paroles. Son œil rond ne quittait pas mon visage. Comme tout habitant de Kémi, heureux de vivre au bord du Nil, il avait l'obsession de prolonger son existence dans l'au-delà. Et l'éternité était un sujet qui le passionnait. Pour être sûr de m'en faire un compagnon dévoué, je résolus de lui en apprendre davantage :

— Je détiens un rouleau de papyrus où j'ai recopié les textes de la pyramide. Je ne suis pas le seul d'ailleurs. Il y en a d'autres qui circulent dans Memphis. Car depuis cette nuit bienheureuse où nous sommes sortis vainqueurs de ce tombeau du Vieux, le pharaon Mérenrê et la corégente Nitocris ont accordé la généralisation de la momification. Le peuple pourra disposer, un jour, des formules d'éternité qui ouvrent les portes du royaume d'Osiris.

Buvant mes paroles sur mes lèvres, mon interlocuteur me regardait avec une admiration sans bornes. Décidé à pousser mon avantage le plus loin possible, j'ajoutai :

— Je te raconterai tout cela avec plus de détails lors d'une prochaine soirée. D'ici là, si tu désires recopier pour ton usage les hiéroglyphes sacrés, je te prêterai ce rouleau.

Iqéri, au comble de l'émotion, prit mes mains dans les

siennes. Je pouvais à présent lui demander n'importe quel service, même un nouveau passage sur le vaisseau royal.

— Est-ce bien vrai, cher Nakht? Est-ce bien vrai? questionna-t-il d'une voix tremblante d'émotion.

— C'est vrai, Iqéri! Tu as ma parole!

Se ressaisissant peu à peu, il me dit :

— J'habite Koptos, avec mon épouse Mirya. Ma maison est grande. Tu trouveras chez moi le gîte et le couvert quand tu voudras.

C'était une offre intéressante. Je l'en remerciai chaleureusement avant de lui demander :

— Peux-tu me rendre un service tout de suite, cher Iqéri?

— Certainement! je t'écoute!

— Veux-tu expliquer au chef des gardes que je suis ton ami, que je suis aussi le secrétaire du pharaon, et que je dois rencontrer le majordome pour solliciter une entrevue?

— Viens! dit-il en prenant ma main. Je vais t'y conduire moi-même.

Je les aurais reconnus entre mille, ces pieds à la peau si douce, que Nitocris intercalait entre la terre et mon visage. Quand elle m'autorisa à me mettre debout devant elle, je demeurai tête basse, fixant obstinément le sol, au lieu de la regarder bien en face. Je voulais m'habituer à sa présence, afin de mieux contrôler ma tenue.

Comme dans un rêve, sa voix me parvint à nouveau :

— Scribe Nakht, dit-elle, pourquoi ne montres-tu pas ton visage? Est-ce l'humilité ou la tristesse qui courbe ainsi ton front? Ta présence à Koptos ne te procure-t-elle aucune joie?

— C'est seulement la crainte d'être ébloui qui explique mon attitude, ô Majesté, répondis-je en redressant le menton.

Le rire cristallin de Nitocris remplit mes oreilles et mon cœur.

— Tu ne changeras donc jamais, mon cher scribe. Toujours aussi astucieux et naïf à la fois! Regarde-moi! c'est un ordre!

Qu'elle était belle, dans sa longue robe de lin blanc! La toile était si fine que son corps se devinait, nimbé de transparence.

Aux bras, autour du cou, et sur sa chevelure brune, ses larges bijoux d'or rayonnaient comme un soleil.

— Je suis heureuse de te retrouver en bonne santé, reprit-elle à mi-voix, sur un ton presque confidentiel.

Le Grand Maître Shémaï qui, jusque-là, était resté en retrait dans le fond de la salle, s'avança, à grands pas, à la hauteur de la souveraine.

Il déclara :

— Nous connaissons ton attitude courageuse, scribe Nakht. Tu as sauvé la reine ! En conséquence, elle t'accorde sa protection. Je t'offre moi aussi la mienne !

Il importait de profiter de cette proposition favorable. Je répondis sans hésitation :

— Je vous remercie de tout cœur de votre mansuétude. Je sais bien qu'à Memphis vous avez pu douter de ma sincérité. Je suis fier, à présent, d'avoir pu vous donner la preuve de ma loyauté.

Puis m'inclinant devant lui, j'ajoutai :

— Je sollicite du prince de Koptos l'autorisation de reprendre ici même mes fonctions de secrétaire royal.

— Accordé ! fit-il simplement.

Le ton suffit à me faire comprendre que j'avais bien agi en m'adressant à Shémaï. Il était le maître dans sa ville et chef tout-puissant en Haute-Egypte. Peut-être la souveraine n'était-elle entre ses mains qu'un otage sans pouvoir ? Il valait mieux louvoyer.

Surpris, cependant, d'avoir obtenu gain de cause si facilement, je souris à Nitocris. Elle avait dû apprécier l'habileté de ma démarche car elle souriait aussi : je venais de demander à Shémaï ma réintégration dans un corps constitué ; en l'acceptant, il avait implicitement admis ma présence aux côtés de la reine.

— Puisqu'à Memphis tu es secrétaire du pharaon, dit-elle, tu le resteras aussi à Koptos.

C'était la conclusion logique de l'entrevue. Je me réjouissais déjà de la bonne fortune qui me permettait de reprendre si vite mon rang, lorsque le majordome annonça :

— Le prince Idi demande audience !

— Qu'il entre ! dit Nitocris.

Je fus surpris, tout d'abord, par la prestance du jeune fils de Shémaï. Brun de peau, élancé, il avait la taille fine et les épaules larges. Ce n'était plus un adolescent mais pas encore un homme. Son visage, par contre, me parut assez ingrat. Le nez gros, le menton pointu, le regard fuyant formaient un ensemble peu sympathique. Dès qu'il fut annoncé, je me mis à l'écart, dans l'angle des serviteurs. Il vint s'incliner très bas devant Nitocris, sans se prosterner.

« Les mêmes privilèges que Shémaï ! me dis-je, malgré sa jeunesse, son pouvoir doit être considérable. »

— Parle, Idi ! fit la reine.

— J'ai de tristes nouvelles à vous apprendre.

J'eus l'impression qu'en répondant à la souveraine, il s'adressait plutôt à son père.

— S'agit-il de Memphis ? interrogea Nitocris.

— Oui ! et du pharaon...

Il faillit ajouter, avec la force de l'habitude, le souhait coutumier : *Qu'il vive, fort et sain, éternellement*, mais après une longue hésitation il prononça les mots accompagnant traditionnellement le nom d'un défunt :

— Du pharaon Mérenrê, *justifié devant les dieux*.

— Mérenrê est mort !

En poussant cette exclamation la reine se leva, les mains serrées sur sa poitrine, toute pâle de surprise. Et moi, je me rendis compte, tout à coup, que je n'avais annoncé ce décès à personne, pas même à Nitocris.

— Ainsi le roi est allé rejoindre les dieux, reprit Shémaï, assez décontenancé.

Idi restait figé et silencieux. Il attendait que le malaise se dissipe ou qu'on lui pose des questions. Très vite, Nitocris redevint impassible. Elle s'assit et demanda sans la moindre émotion dans la voix :

— Qui l'a tué ?

— Je ne sais pas. Personne ne sait comment il est mort. La ville de Memphis est à feu et à sang. Le maître timonier du vaisseau royal, qui a eu l'heureuse initiative de quitter la capitale, m'a fait le récit d'une affreuse révolte. Mais celui qui en sait le plus, d'après lui, c'est le secrétaire de Mérenrê, un nommé Nakht, qui était à bord du navire. Si nous trouvions cet homme, il nous donnerait plus de détails.

— Il est ici ! dit Nitocris.

— Avance, scribe Nakht ! ordonna Shémaï. Pourquoi n'as-tu rien dit de tout cela ?

— J'étais venu vous apporter ces nouvelles, répondis-je, en m'approchant. Mais le prince Idi m'a devancé et vous les avez apprises par sa bouche.

Je m'inclinai, avec déférence, devant Idi qui me scrutait d'un œil froid.

— C'est toi, le secrétaire ? Eh bien, parle ! Dépêche-toi ! fit-il avec un mouvement d'impatience.

Je me retournai vers la reine. Cet ordre donné devant elle me paraissait inconvenant. Elle dut comprendre ma pensée, car elle demanda :

— Raconte, scribe Nakht ! et dis-nous l'essentiel ! Plus tard, tu rédigeras un rapport complet de ces événements. Je veux que le monde entier sache comme l'Egypte a failli se détruire elle-même.

Sans me presser, en pesant bien mes phrases et mes mots pour ne raconter que ce qu'il était indispensable de dire, je fis un compte rendu de la révolution de Memphis. Je passai sous silence le nom de Néféroukaït et le rôle des femmes dans l'émeute. Par contre, je chargeai Mériptah de tous les maux. Je fis frémir Shémaï en expliquant que le prêtre de Ptah avait extorqué à Mérenrê une nomination de Grand Maître. J'aurais souhaité démontrer la responsabilité du général Sisené qui avait dégarni la capitale de ses troupes, mais connaissant l'attachement sentimental de Nitocris pour son grand-père, je n'en fis rien. Je m'attardai à décrire le sac du palais royal, le pillage des quartiers riches, l'incendie des administrations. La reine m'interrompit la première. Malgré l'émotion qui devait l'étreindre après la dramatique narration que je venais de faire, elle me questionna avec beaucoup de fermeté :

— Nakht ! dis-nous à présent qui a tué Mérenrê ! Ne cache rien : qu'est-il advenu de son corps ?

Je mentis délibérément, affirmant que Mériptah et ses conjurés l'avaient assassiné. Puis, emporté par le besoin de me faire valoir, je m'inventai sur-le-champ un rôle glorieux :

j'avais récupéré le corps du souverain, au péril de ma vie, pour le confier à Ankhma-Hor. Mon père s'était chargé de l'embaumer et de cacher sa momie en attendant des jours meilleurs.

— J'ai confiance en mon ami Ankhma-Hor, déclara pompeusement Shémaï. La dépouille mortelle de Mérenrê est dans de bonnes mains... et le trône de Haute et Basse-Egypte est désormais vacant.

Cette affirmation était injurieuse pour la corégente. Afin d'atténuer l'effet de ses paroles, il se pencha vers elle, en souriant :

— Vous êtes la seule héritière, ô Grande Epouse, puisque à ma connaissance Mérenrê ne laisse pas d'enfants.

— C'est probablement faux ! et vous le savez ! cria Nitocris, en se dressant vivement face à Shemaï.

Devant la tournure prise par la conversation, le Grand Maître, qui ne tenait pas du tout à me garder comme témoin, me congédia aussitôt. Je fis semblant de sortir par la porte de service, puis, profitant de l'inattention des interlocuteurs, je me cachai derrière une tenture. Il m'importait de savoir lequel, du ministre ou de la reine, détenait vraiment le pouvoir.

— Je ne vous comprends pas, dit Shémaï. Pourquoi cherchez-vous d'autres héritiers ?

— Vous me comprenez très bien, au contraire. Sous le règne de Pépi, son fils Mérenrê passait son temps à violer les princesses et les dames de la cour. Il a dû faire suffisamment de rejetons à ce moment-là. Où sont-ils donc, Grand Maître ? Et qu'en avez-vous fait ?

— Calmez-vous, Majesté ! dit Shémaï sans élever la voix. J'affirme qu'à part vous, qui êtes peut-être sa fille, il n'existe pas, dans tout Kémi, d'autre enfant vivant issu de Mérenrê.

Ainsi Shémaï savait ce que j'avais découvert, enfermé dans un coffre, pendant une nuit de Khamsîn. J'aurais dû m'en douter. Il était déjà tout-puissant à la cour du Vieux, bien avant ma naissance et celle de Nitocris. Il devait tout connaître des frasques de Mérenrê. Son fils Idi par contre ne devait rien savoir, car il intervint dans cette discussion, assez stupidement :

— Ainsi, Majesté, vous seriez la fille de Mérenrê ?

— Je suis ou sa fille, ou sa sœur. Lui-même n'en a jamais

rien su. Ce n'est pas cela qui réglera, d'ailleurs, le problème de sa succession. Mais je suis sûrement fille de Rê par ma mère, quel que soit mon père : Pépi ou Mérenrê. En tant que corégente, j'occupe légitimement le trône. Et je porterai la Double Couronne aux fêtes de la moisson à Koptos.

J'admirais la façon dont Nitocris se battait, face aux princes. Je me rendais bien compte qu'elle disposait encore d'une certaine autorité — dont j'ignorais l'origine — et qu'elle l'utilisait pour s'imposer.

— Loin de moi l'idée de contester votre légitimité ! s'exclama Idi.

— Pourquoi voulez-vous que nous la mettions en question ? appuya Shémaï. Nous soutiendrions plutôt le contraire. C'est vous-même qui paraissez en douter. Vous prétendez qu'il existe encore des descendants de Mérenrê. Pourquoi affirmez-vous cela ?

La demande était perfide. Elle sonnait faux, et je ne parvenais pourtant pas à deviner pourquoi.

— Cessez de me poser des questions dont vous connaissez d'avance les réponses ! Ça suffit !

Cette réplique cinglante de Nitocris allait-elle clore le débat ? J'en eus bien peur ! Une nouvelle maladresse d'Idi le relança.

— Nous sommes, croyez-le bien, vos loyaux serviteurs !

La reine, furieuse, fit un pas dans sa direction. Il recula, intimidé par ce mouvement.

— Vous avez le souci, dit-elle en élevant la voix, de maintenir sur le trône un souverain légitime. C'est bien ! je vous félicite ! Mais n'essayez pas de me faire croire que je règne à Koptos. En réalité je suis votre prisonnière. Je ne suis pas dupe : vos intentions sont claires. Quelle chance pour vous qu'une femme assume la corégence ! Il faudra bien un homme pour lui faire un enfant, n'est-ce pas ? Et pourquoi pas Shémaï, qui fait tout ce qu'il peut pour rester jeune ? Et pourquoi pas Idi, dont la puissante armée sera indispensable pour mater la révolte à la Balance des Deux-Terres ? Lequel de vous deux, princes de Koptos, a plus envie que l'autre de devenir roi d'Egypte, en épousant la reine ? Quelle bénédiction pour vous que Mérenrê soit mort sans descendance ! La place est libre, en l'absence d'héritier direct. Un jour vous serez pharaons, l'un ou l'autre, et le fils que vous donnera Nitocris sera obligatoirement, grâce à elle et par elle, un fils de Rê, juste descendant des glorieux souverains qui ont régné depuis l'Horus Narmer sur le Double Pays.

Je comprenais tout. L'explication donnée par Nitocris était limpide. Tant que Shémaï et Idi garderaient leur position actuelle, la reine n'aurait rien à craindre. Leurs aspirations au trône par la voie légitime leur feraient supporter toutes les avanies. Nitocris n'hésitait donc pas à les traiter rudement. Le ton employé devant les princes démontrait qu'elle était encore loin de s'incliner. Et pourtant, elle ne dressait aucune barrière formelle à leur ambition. La succession de Mérenrê devait donc la préoccuper elle aussi. Lequel des deux allait-elle épouser ?

Shémaï vint se placer à côté d'Idi. Il inclina la tête en disant :

— Permettez-nous de nous retirer, Majesté. Je reconnais humblement la vérité qui sort de votre bouche. Je regrette seulement que ce soit de façon agressive. Nous n'avons mérité ni l'un ni l'autre un pareil traitement.

— Je déteste l'hypocrisie, dit la reine.

Puis, voulant sans doute atténuer l'effet de l'algarade, elle reprit :

— Ma langue est vive, Shémaï. Elle dépasse parfois ma pensée. A l'avenir parlons-nous franchement ! Nous nous aimerons mieux.

Le père et le fils s'inclinèrent en même temps.

— Allez ! fit-elle. Quittons-nous en bons termes ! Je souhaite votre affection.

Ces derniers mots durent les satisfaire car ils se retirèrent tout souriants.

Avant même que j'ose quitter la tenture derrière laquelle je m'étais dissimulé, Nitocris avait regagné sa chambre. Dépité par ce départ déconcertant, j'étais allé à la recherche de l'intendant afin qu'il m'attribue un logement digne de mes fonctions. Lorsque ce fut fait, je sortis du palais pour rejoindre le vaisseau royal où j'avais laissé mes bagages.

Les paroles de la reine résonnaient encore dans mes oreilles.

J'admirais son habile manœuvre opposant le père et le fils dans la course au pouvoir. Malgré la jalousie qui me rongeait le cœur, j'arrivais à comprendre qu'elle envisage d'épouser Idi. Mais Shémaï ! Comment pouvait-elle lui laisser croire qu'il avait lui aussi toutes ses chances ?

Pressé d'arriver sur les quais, je pris un raccourci par la ruelle des marchands. Absorbé par mes réflexions, j'eus la malchance de trébucher sur un enfant noir qui jouait à quatre pattes dans la poussière. Ses larmes et ses cris perçants me sortirent de ma distraction. Je me penchai vers lui pour le consoler. J'avais, par mégarde, posé le pied sur sa main sans lui faire beaucoup de mal. En un instant je fus entouré de nègres surgissant de toutes les boutiques, hurlant des injures à mon égard, et prêts à me faire un mauvais sort. Brutalement le plus grand d'entre eux les écarta. Il leur dit quelques mots dans sa langue. Ils reculèrent d'un pas tout en me retenant prisonnier dans leur cercle. Puis il s'approcha de moi. Il prit dans sa main l'œil Oudjat que je portais en pendentif. C'était un bijou traditionnel, une amulette protectrice que m'avait offerte mon père. Beaucoup d'Egyptiens en mettaient de semblables autour du cou. La mienne, cependant, avait une particularité : elle était gravée sur les deux faces, avec un gros rubis incrusté à la place des pupilles.

— C'est toi, Nakht ? demanda-t-il en saisissant mes oreilles.

La peur qui m'étreignait jusque-là se transforma subitement en colère. Je tendis le poing vers lui en criant :

— Sais-tu à qui tu parles ? Je suis scribe royal ! Sais-tu ce que tu risques en me traitant ainsi ? Je peux te faire fouetter à mort si tu touches seulement un cheveu de ma tête !

Le Noir éclata de rire. Ceux qui nous entouraient en firent autant. Je compris qu'on m'avait tendu un guet-apens en me précipitant cet enfant dans les jambes.

— Qui es-tu ? A qui obéis-tu ? demandai-je sur un ton sec.

— Moi, fit-il en riant de toutes ses dents, je ne suis rien ! je ne te ferai rien ! je te répète seulement ce qu'on m'a ordonné de te dire : *Tes actions sont mauvaises, scribe Nakht. Memphis témoigne contre toi. Quitte au plus vite Koptos, si tu tiens à ta vie.*

— Qui t'a dit cela ? hurlai-je hors de moi.

— Va-t'en ! pars tout de suite sinon je lâche sur toi tous mes amis ! Ils ont bien envie de te corriger.

Conscient du danger qui me menaçait, j'obtempérai, la rage au cœur.

DEUXIEME ADMONITION

— Le scribe Nakht est né dans la soixante-dixième année du règne de Néferkarê-Pépi... le neuvième jour du second mois de l'Akhet... pendant l'inondation bienfaisante du Nil...

Après avoir hésité encore une fois, le devin convoqué par la reine laissa tomber sa prédiction :

— Ce qui laisse présager qu'il mourra de vieillesse !

Elle rit de bon cœur.

— Es-tu satisfait maintenant ? Tu deviendras un vieux bonhomme. Tu perdras les dents et les cheveux. Les douleurs dans les reins te casseront en deux. Tu n'auras plus ta belle faconde car la mémoire des mots te fera défaut. Tu seras probablement gâteux, et tu ne sauras plus écrire.

Les deux scribes, assis à mes côtés, se moquèrent de moi sans aucune retenue. Ils étaient envieux de ma fonction, et croyaient discerner dans cette plaisanterie une sorte de disgrâce. Je savais qu'il n'en était rien. J'en avais eu la preuve dès l'aube.

Ma première journée de travail avait commencé de façon surprenante. Appelé tôt le matin par un serviteur, pour écrire quelques lettres importantes, je m'étais préparé très vite, tellement j'avais hâte de rencontrer ma reine bien-aimée. En rentrant dans la salle du trône, j'eus la surprise de l'y trouver déjà. Mais d'un geste bref, coupant court à toutes salutations, Nitocris m'arrêta sur place :

— Ecoute-moi ! nous disposons de peu de temps, dit-elle avec, dans sa voix, une émotion contenue. Notre tête-à-tête ne durera pas, car Shémaï ne me laisse jamais seule. Tout le monde me surveille ici, employés, soldats, serviteurs. Ils rendent compte de mes actes au Grand Maître.

Puis tendant ses douces mains dans une attitude de supplication, elle ajouta :

— Je t'en prie, Nakht ! sois prudent pour toi et pour moi ! J'ai besoin de ton aide, et...

Elle n'avait pas pu en dire plus. Les deux scribes étaient entrés dans la salle. Sans un mot, ils étaient venus se prosterner à ses pieds avant d'installer leurs écritoires. J'avais compris aussitôt qu'ils étaient envoyés par les princes pour noter ce que déclarait la reine. N'ayant pas eu le temps de m'entretenir avec elle, j'étais obligé de deviner seul ce qu'elle attendait de moi. Comment pouvais-je lui être immédiatement utile ? En premier lieu, par ma discrétion ; en second lieu, par mon habileté à lui communiquer des informations extérieures, au nez et à la barbe des surveillants quels qu'ils soient. Ayant résolu de tester mes possibilités, j'avais profité d'une pose dans la dictée pour m'adresser à Sa Majesté et lui raconter mon étrange mésaventure dans le quartier nègre de Koptos. Les deux secrétaires ne s'attendaient pas à un tel récit. Ils semblaient offusqués par ma façon de soumettre à la souveraine un problème d'ordre privé. Ils le furent encore plus lorsque Nitocris demanda à l'un d'eux d'aller chercher l'astrologue de la Maison du Prince. Elle désirait l'interroger sur-le-champ.

Après avoir longuement consulté dans ses registres la liste des étoiles qui composaient le ciel au jour de ma naissance, le magicien avait rendu son verdict d'une précision implacable :

— Ce qui laisse présager que Nakht mourra de vieillesse !

Nitocris n'avait pas l'air de croire beaucoup aux devins. A voir de quelle façon elle avait plaisanté après avoir entendu la prédiction, le doute n'était plus possible. J'étais bien plus sensible qu'elle à cet oracle, et comme ses paroles étaient rassurantes sur mon avenir, elles avaient retenu toute mon attention.

— Puisque j'ai de fortes chances de mourir de vieillesse, dis-je, il est inutile que je m'inquiète outre mesure des menaces que l'on m'adresse.

— A ta place, scribe Nakht, je les prendrais au sérieux, intervint Nitocris. Pour ma part j'aimerais bien savoir qui a payé ces nègres pour t'admonester de la sorte. Dis-moi, astrologue, ta magie peut-elle éclaircir ce mystère ?

— Si les magiciens savaient faire cela, répondit le devin en souriant, ils seraient les maîtres du monde.

— Ta réponse est pleine de sagesse, dit la reine. Comment t'appelles-tu ?

— Sénedjem, fils d'Abédou.

— Eh bien, Sénedjem, reprit-elle, je veux te voir désormais plus souvent ! Tu viendras me rendre visite trois fois par mois pour me dévoiler, sans complaisance, tout ce qui est inscrit dans les astres à mon sujet. Tu me diras tout, n'est-ce pas ? Le bon, comme le mauvais ! Et sans crainte de me déplaire.

— Je ferai selon votre désir, ô Majesté, dit-il en s'inclinant.

— Scribes, notez ceci ! déclara Nitocris. Je nomme Sénedjem, fils d'Abédou, mon astrologue officiel. Qu'il assume dès aujourd'hui cette fonction, et qu'il bénéficie des avantages nombreux qu'elle procure à son titulaire !

Puis, s'adressant au nouveau promu, elle ajouta :

— Va ! tu peux te retirer ! Je sais que je peux compter sur ton dévouement et sur ta loyauté pour me communiquer les prédictions qui me concernent.

En disant ces mots, elle jeta dans ma direction un regard éloquent. Sénedjem, qu'elle devait connaître depuis longtemps bien qu'elle ne l'ait pas laissé voir, m'était ainsi désigné comme un messager sûr. Quant aux deux espions des princes, ébahis par la rapidité de cette nomination, ils n'avaient rien compris.

Le magicien se retira, enchanté de sa promotion. Il me salua légèrement de la tête en passant à ma hauteur. Son visage ne m'était pas inconnu.

— Travaillons à présent ! dit Nitocris en prenant dans un meuble quelques rouleaux de papyrus scellés du cachet royal.

Accroupis à ses pieds, jambes croisées, nous attendions, le pinceau à la main, prêts à écrire les hiéroglyphes. Elle n'allait pas forcément nous dicter une lettre. Il fallait un talent de scribe confirmé pour noter rapidement l'essentiel de ses paroles. En utilisant les indications recueillies à la volée, nous pourrions par la suite rédiger un texte correct et le lui soumettre.

— Nous commençons aujourd'hui le processus de reconquête de Memphis et du Delta, annonça-t-elle avec une certaine solennité. Je compte sur toi, scribe Nakht, pour reproduire fidèlement ma pensée. Et sur vous aussi, secrétaires des princes !

J'acquiesçai, pour ma part, d'un mouvement des paupières, comme tout scribe de Kémi, puis laissant tomber deux gouttes d'encre en libation à Imhotep, notre ancien maître à tous, je répondis :

— J'écoute, Majesté !

Les deux autres en firent autant.

Jamais, depuis le début de ma carrière, je n'avais effectué de travail aussi complexe d'une seule traite. Concentrée sur son sujet, consultant des documents qu'elle déchiffrait avec une surprenante rapidité, dictant une phrase précise ou s'envolant dans une improvisation créatrice, la reine Nitocris fit une impressionnante démonstration de son talent de pharaon. S'appuyant sur les structures de Haute-Egypte que n'avait pas ébranlées la révolution de Memphis, elle s'adressa par notre plume aux princes et aux gouverneurs, aux juges et aux prêtres, aux fonctionnaires du Trésor, à ceux des Maisons de Vie et même aux médecins, aux architectes et aux sculpteurs. Puisque la capitale, dans sa folie destructrice, avait fait disparaître les archives de Kémi et toute la science qu'elles renfermaient, Nitocris estimait indispensable de les reconstituer rapidement afin de ne pas compromettre l'avenir. Maintenir en priorité le savoir amassé au cours des siècles précédents, puiser dans les documents qui existaient ailleurs pour être prêts à reconstruire à la Balance des Deux-Terres une administration efficace digne de Memphis La Grande, c'était là son souci dominant. Toutes ses directives visaient cet objectif, laissant entendre en filigrane que la conquête militaire ferait le reste.

Emportée par son élan créateur, la reine paraissait nous avoir oubliés. Elle parlait très vite, accumulant les arguments, les références ou les commandements, comme si elle avait devant elle tout l'auditoire des responsables auxquels elle s'adressait.

Les deux mouchards semblaient dépassés. Posant leurs calames, ils levèrent les bras au ciel pour bien montrer qu'ils ne pouvaient plus suivre.

— Qu'y a-t-il ? fit-elle sèchement. Pourquoi vous arrêtez-vous ?

— Il est impossible, Majesté, de noter aussi rapidement, dit l'un d'eux.

— Est-ce vrai, Nakht ? demanda-t-elle.

J'étais encore penché sur mon papyrus, faisant semblant de tracer les dernières phrases. Je relevai la tête en souriant.

— Certes, il est difficile d'écrire à cette cadence. Cependant j'y parviens et je peux continuer s'il le faut.

Nitocris connaissait, de longue date, mon exceptionnelle vitesse d'écriture. J'étais le scribe le plus rapide du Double Pays. Elle avait fait exprès d'accélérer son débit pour mettre en difficulté les secrétaires des princes. J'avais suivi efficacement. Nous venions ainsi de découvrir un nouveau moyen d'échapper, en partie, au strict contrôle dans lequel le Grand Maître l'enfermait.

— Reprenons ! dit-elle. Compte tenu de l'importance de ce travail, je parlerai plus lentement.

Après des heures de labeur acharné, la reine appela ses serviteurs. Elle nous fit apporter une collation en nous proposant un moment de répit. A notre grande surprise, elle resta avec nous pour partager le rcpas. C'était hors de toute tradition. Les souverains ne recevaient d'habitude que le soir. Les deux autres scribes en furent tout intimidés. Ils prenaient à leur compte l'honneur considérable qu'elle nous faisait en nous invitant à sa table à la mi-journée. Pour ma part, je n'eus aucun doute : c'était moi seul qu'cllc recevait !

Elle me fit asseoir à ses côtés, devant un guéridon chargé de mets appétissants.

— Simple pause dans notre travail ! dit-elle. Mangeons vite ! Nous continuerons tout à l'heure et jusqu'à ce soir. Ce que je fais pour le Double Pays ne souffre aucun retard.

Pourquoi donnait-elle cette explication superflue ? Pour les espions probablement. Je la devinais familière et complice lorsqu'elle me dévisageait, mais froide et distante pour les autres.

— Bavardons tout en mangeant ! dit-elle. Scribe Nakht, tu dois avoir bien des choses à raconter sur les événements de Memphis !

J'avais surtout des énigmes à résoudre, mais je ne pouvais en souffler mot. Je ne savais rien de sa fuite. Pourquoi ne s'était-elle pas réfugiée chez Ankhma-Hor ? Comment était-elle parvenue à Koptos ? Avec l'aide de qui ? Que de questions j'aurais pu lui poser, sans la présence des deux scribes !

Elle insista, et posa sa main sur la mienne.

— Nakht, parle-moi du palais royal ! Dans quel état est-il ? Peut-on le réparer ? Faut-il le rebâtir ?

En apparence elle continuait sa tâche de reine : il s'agissait d'un problème technique relevant de sa compétence. En réalité elle me donnait toute latitude pour faire passer dans ma réponse une gerbe de subtilités que les scribes des princes seraient incapables de cueillir. Sa tactique, en les invitant à sa table, me parut efficace : ces idiots étaient en train de faire ripaille et de boire goulûment sans plus faire attention à nous.

Je décrivis avec force détails les incendies et les dévastations. J'insistai, en m'attendrissant au passage, sur le saccage de ses appartements, la destruction de son mobilier, la disparition de ses bijoux. Je ne dis rien de la tête de statuette — que j'avais emportée dans mes bagages — car elle était liée à des souvenirs trop douloureux.

— Toi aussi, Nakht, tu aimais ma résidence ! fit-elle d'un air triste.

— Comment aurais-je pu faire autrement, ô ma reine ? lui dis-je avec passion. Tous ces lieux étaient imprégnés de ton charme.

Son regard me prouva qu'elle pardonnait mon audace. Elle prit une coupe, y trempa les lèvres, puis releva la tête avec un sourire radieux. Ce geste évocateur me ramena en arrière. Je la revis dans la salle aux fleurs, débordante de sensualité, devant le roi endormi, buvant à ma santé le vin noir du Delta.

Je repris mon récit du pillage, dépeignant avec rage les splendides fresques, à jamais perdues sous les lacérations des insurgés. Elle m'arrêta, émue :

— C'était ma pièce préférée. Elle était pleine de bons ou mauvais souvenirs. T'en souviens-tu, Nakht ? J'aimais aussi beaucoup le lac sacré de Ptah !

L'allusion était directe. Je crus sentir tout à coup son corps nu et mouillé pressé contre le mien après l'horrible nuit du

Khamsîn. Mon cœur battit à tout rompre à l'évocation de cet instant inoubliable.

Ainsi elle m'aimait ! Elle avait réussi à me le dire malgré la surveillance des espions du prince.

— Peut-on rebâtir ce palais, oui ou non ? demanda stupidement l'un des deux scribes en rotant.

Le butor ! il venait de rompre l'envoûtement ! J'eus une envie de meurtre en regardant cet homme.

— On peut toujours reconstruire, dis-je d'un ton menaçant. Les cuisines et les communs sont demeurés à peu près intacts. Mais en quoi cela te concerne-t-il, Koptite ?

— Nakht, ne sois pas courroucé contre ces destructions, murmura Nitocris. Ensemble nous réparerons, un jour, tous ces dégâts. Nous rétablirons l'ordre de Maât, Maîtresse de Justice et de Vérité, et tout sera plus beau qu'avant.

Le repas était terminé. Elle se leva et se dirigea vers son trône.

— Ce sera plus efficace et plus rapide de ravaler l'ancien palais que de construire une nouvelle résidence, dit-elle. Pour revenir à la situation normale il faudra agir vite. Je vous dicterai mes directives à ce sujet.

Elle frappa dans ses mains et donna des ordres aux serviteurs. Lorsqu'ils eurent desservi, elle nous fit signe de nous asseoir à ses pieds :

— Prenez vos écritoires, scribes, nous reprenons notre travail !

Après cette journée harassante, la tête meurtrie et le cœur enchanté, je résolus de passer la soirée chez Iqéri le Borgne.

Mirya, son épouse, me fit bon accueil :

— Quelle excellente idée de nous rendre visite ce soir ! dit-elle en me donnant une chaleureuse accolade. Nous recevons justement nos amis pour préparer la fête de demain.

Mirya devait avoir une quarantaine d'années. Elle était petite, boulotte, déjà un peu ridée, mais vive et toujours souriante.

— De quelle fête s'agit-il ?

Elle éclata de rire.

— Tout le monde le sait ici, sauf toi, mon pauvre Nakht ! Dans quelle ville sommes-nous ? en quelle saison ? et quel est notre dieu ?

Koptos, au début de l'été, célébrait avec éclat le culte du Dieu Min, le maître de la fécondité. Je le savais ; j'avais seulement oublié quel jour nous étions. C'était depuis longtemps le dernier de mes soucis.

— Réjouissons-nous de la gloire de Min, dis-je en riant de ma distraction. Le chef Iqéri est-il là ?

— Pas encore ! il est allé chercher le vin qu'il a ramené spécialement de Basse-Egypte, dans les cales du vaisseau royal. Il sera bientôt de retour.

— J'ai apporté ceci pour lui, dis-je en montrant mon rouleau de papyrus. Je tiens ma promesse.

Elle tomba à genoux devant moi, les bras levés, les paumes ouvertes dans ma direction comme si elle adorait un dieu.

— Comment pourrons-nous te rendre un jour ce bienfait ? s'exclama-t-elle.

— Je vois qu'il t'a tout raconté.

— En serais-tu fâché ? fit-elle soudain craintive.

Je m'agenouillai devant elle, pour me placer à sa hauteur, et je frottai mon nez contre le sien en signe d'amicale affection.

— Toi aussi, chère Mirya, tu as droit à l'éternité, lui dis-je tout joyeux.

Juste à ce moment-là, Iqéri le Borgne apparut sur le seuil. Il portait sur son dos une énorme jarre.

— Je vois qu'on ne s'ennuie pas pendant mon absence, déclara-t-il d'un air jovial. Veux-tu me voler ma femme, scribe de Memphis ?

Mirya lui sauta au cou, tandis que je l'aidais à descendre son fardeau.

— Nakht a apporté le rouleau, dit-elle à voix basse. Je me suis prosternée devant les signes sacrés !

Iqéri prit le papyrus avec respect, puis il me regarda longuement sans rien dire. Pour couper court à son adoration muette je lui recommandai de placer l'objet en lieu sûr. Il était inutile de me le rendre : c'était une copie faite par moi-même à son intention. Soulevant une tenture au fond de la pièce, il disparut un moment pour ranger son trésor, puis, revenant vers moi, il dit avec un tremblement dans la voix :

— Nakht ! tu m'as offert l'éternité ! Comment pourrai-je un jour te rendre un tel cadeau ?

— Par petits bouts successifs, cher Iqéri ! fis-je en riant. Et tu vas commencer dès ce soir en me recevant à ta table.

Je ne sais si ma bonne humeur fut communicative mais, quelques heures après, tous les convives réunis cette nuit-là chez Mirya furent passablement éméchés. Le vin apporté par Iqéri était fameux, les mets cuisinés par la maîtresse de maison avaient un goût exceptionnel.

Je croyais le repas terminé, lorsque la servante, une gamine aux fesses bien rondes, qui nous apportait les plats, déposa devant moi quelques plants de laitue.

— En l'honneur de Min ! cria-t-elle de sa voix de fausset.

Voyant mon étonnement, mon voisin de table, un sculpteur réputé, qui se nommait Antef, se pencha à mon oreille pour me donner quelques explications : au cours de cette soirée, qui précédait la fête, tous les habitants de Koptos consommaient solennellement de la laitue. On la cultivait dans les jardins de Min, car le suc blanc s'écoulant du pied sectionné de la plante pouvait évoquer la semence humaine. Cette salade symbolisait la fécondité.

Bien que peu friand de cette nourriture, je dus l'ingurgiter en grandes quantités en même temps que les autres afin de ne choquer personne.

J'étais en train de mâchonner quelques feuilles, lorsqu'un officier de la garde, assis à côté de Mirya à l'autre bout de la pièce, lança d'un ton provocateur :

— Croyez-vous que notre Dieu Min, surnommé « le taureau de sa mère » sera satisfait, demain, de voir une femme présider sa fête ?

La question me fit sursauter. Elle mettait en cause Nitocris. Les autres convives dressèrent l'oreille. Il y eut un instant de silence, chacun attendant que son voisin réponde. Le militaire, réjoui de l'effet produit, insista :

— Cette femme, qui usurpe le trône de nos rois, pourra-t-elle mieux faire que l'un de nos princes ?

J'allais répliquer lorsque la maîtresse de maison me devança :

— N'accuse pas injustement la reine ! Elle n'est pas usurpatrice, puisqu'elle est corégente de la Double Couronne.

— La corégence ne consiste pas à voler la place d'un prince.

— En l'absence du pharaon, son devoir est de le remplacer dans tous ses actes. Elle est « le roi ». Le prince doit lui céder sa place.

— Comment une femme peut-elle être le roi ? s'exclama l'officier en levant les bras au ciel.

— Tiendrais-tu de tels propos si tu étais une femme ? répliqua Mirya, décidée à tenir tête.

— Je suis un soldat. Ce que je viens de dire, tous les soldats de la garde d'Idi le pensent, tout comme la plupart des gens de Koptos. Nitocris est une reine. Elle doit garder son rang. Elle ne peut pas régner en pharaon à la place de Mérenrê.

Désireux d'apaiser le débat, Iqéri le Borgne arrêta d'un geste son épouse et intervint sur un ton modéré :

— Ne crois-tu pas que la présence de Shémaï aux côtés de Nitocris représente une garantie suffisante ? Ne sais-tu pas ce qui s'est passé à Memphis ? Mérenrê est mort, assassiné par des rebelles. Sur le trône de Pépi, laissé vacant par son fils, il ne reste plus que Nitocris, sa fille, comme héritière légitime. Elle se remariera un jour en nous donnant un vrai roi.

— Nitocris est stérile ! déclara un vieil homme qui se gavait de salade. Elle n'aura pas de descendance !

— Pas du tout ! répliqua son épouse assise auprès de lui. Rien ne prouve qu'elle soit inféconde. Par contre, la rumeur publique a toujours accusé Mérenrê d'impuissance.

— Qu'en pense celui de Memphis ? demanda le sculpteur Antef. N'est-il pas mieux placé que nous pour savoir ce qui s'est dit dans la capitale ?

J'étais au pied du mur. J'aurais préféré ne pas participer au débat mais il m'était impossible de me dérober. Comment faire pour ne vexer personne et ne pas trahir mes sentiments secrets ? Je choisis d'intervenir en plaisantant :

— On a toujours considéré Mérenrê comme un taureau

puissant car il a chevauché les concubines de son père. Malheureusement il n'a jamais mangé la vaillante laitue de Koptos et sa pâle semence memphite n'a jamais germé nulle part.

Tout le monde rit, sauf le militaire.

— Si cette femme est stérile, elle doit s'effacer au profit de nos princes !

— Elle est fille de Rê, les princes ne le sont pas ! répliquai-je à l'entêté soldat.

— Une femme n'est pas un pharaon !

— La femme de chez nous serait-elle inférieure à l'homme ? demanda tout à coup Mirya, posant ainsi le vrai problème.

L'officier comprit alors qu'il allait trop loin. Il avait, contre lui, l'opinion de tous les convives. Peut-être pas sur le fond de la question, mais sur la tournure agressive que prenait le débat. Il choisit de capituler en beauté :

— Même si c'est ce que je crois, dit-il en s'inclinant galamment devant elle, ta seule présence ici et la qualité de ton accueil, ma chère Mirya, démontrent amplement le contraire.

Le compliment déclencha des vivats unanimes. L'altercation était close. Pour moi, elle était riche d'enseignements et me confortait dans la nécessité de quitter Koptos avec Nitocris. L'opinion de ce gradé traduisait bien celle du prince et de son armée. L'égalité des sexes était remise en cause à propos de la reine. Idi incarnant la force du glaive, il était dangereux de s'opposer de front à sa puissance.

Profitant de la détente générale, Iqéri fit signe aux servantes d'approvisionner les tables. Je vis chalouper devant moi les fesses rondes de la gamine. J'avais une envie folle d'y appliquer une claque affectueuse. Je me retins, cependant, en pensant que ce geste leste offenserait peut-être la maîtresse de maison.

— Et maintenant, dit le Borgne en arborant un œil réjoui, je vous propose de boire mon meilleur vin. Il a plus de vingt ans d'âge. Il mûrit dans la Branche Occidentale du Delta. Le sol caillouteux à la limite du désert y nourrit des vignes réputées. Buvons, amis, jusqu'à satiété pour célébrer la fête de Min, le Maître des Acclamations !

La porte s'ouvrit brutalement. Toutes les têtes se tournèrent vers l'entrée. Un soldat nubien, de la garde du prince, se tenait sur le seuil.

— Y a-t-il ici un scribe nommé Nakht qui travaille au palais ?

— Oui, dis-je surpris, c'est moi.

— Qui me prouve que c'est toi ?

— Je m'en porte garant, fit l'officier en se levant de table pour s'approcher du Nubien. Ce convive s'appelle Nakht. Il est secrétaire de la reine.

— J'apporte un message, dit l'autre en s'inclinant devant son supérieur. Je vous demande de m'excuser d'arriver si tard, mais j'ai cherché dans toute la ville.

— C'est de la part de qui ? demandai-je en prenant le feuillet qu'il me tendait.

— De la part du chef de compagnie qui me donne des ordres.

Il sortit, aussi brusquement qu'il était arrivé. Je pris connaissance du billet, tandis qu'Iqéri le Borgne remplissait les coupes dans l'allégresse générale. Cet incident n'avait pas altéré la bonne humeur de l'assemblée.

Le texte était laconique :

« *N'insiste pas, scribe Nakht, tu as tort ! Quitte Koptos dès demain si tu tiens à ta vie !* »

— Rien de grave ? demanda Mirya, en bonne maîtresse de maison s'occupant de ses invités.

— Non ! dis-je. Ça ne valait pas la peine de déranger tout le monde si tard !

Je fis brûler le papyrus à la flamme de la lampe à huile. J'avais reconnu l'écriture d'un des deux scribes des princes. Il avait une façon caractéristique de tracer certains signes. Les menaces venaient donc de lui ou d'Idi, ou de Shémaï. Je commençais à y voir plus clair, et loin de m'intimider cette nouvelle admonition me confortait dans mon désir de soustraire Nitocris à l'action néfaste des Maîtres de Koptos. J'étais décidé à partir un jour ou l'autre certes, mais pas tout seul !

Le vin qu'avait servi le Borgne donnait envie de boire.

— Remplis ma coupe à ras bord, dis-je à mon voisin qui soulevait la jarre.

Je l'avalai d'un trait.

— En l'honneur de ton *ka* et de celui de ta chère épouse, déclarai-je à l'intention de nos hôtes. C'est un souhait pour votre éternité. Pour vous prouver mon amitié, je veux boire jusqu'à l'ivresse. Chef timonier, ton vin est un nectar !

— Je suis heureux qu'il te plaise ! répondit Iqéri. Il faut le finir ce soir !

J'en bus sept coupes pleines à la suite, sous les acclamations et les chants d'encouragement des convives. Mon exemple fut contagieux. Je vis l'officier déclarer qu'il en boirait dix de la même façon. Mirya le servit en riant aux éclats. Les femmes, me sembla-t-il, furent largement égales aux hommes dans cette lutte. Après, tout devint assez vague... Je dus appliquer une claque sur les fesses dodues de la petite servante. Elle tomba sur moi en se retournant... je crois bien qu'à part Mirya et Iqéri, radieux du succès de leur soirée, tout le monde roula sous les tables.

TROISIEME ADMONITION

Koptos semblait vide : personne dans les rues, personne sur les places, pas un chat ! Quelques essaims de mouches bourdonnaient, çà et là, sur des tas de crottin. La brise du nord ne remontant plus le Nil, la chaleur de l'été accablait la ville.

Nul ne dormait pourtant. Levés dès l'aurore, les habitants étaient restés, pour la plupart, enfermés dans leurs maisons, à l'ombre des murs blanchis à la chaux. Tapis derrière les volets clos, s'apprêtant à jaillir à l'extérieur quand le moment serait venu, jeunes et vieux guettaient le signal de la fête.

Chez Iqéri le Borgne, tout était prêt. J'avais expliqué au chef timonier ma décision d'assister aux cérémonies malgré les étranges menaces proférées contre moi. Convaincu qu'il ne s'agissait que d'une manœuvre d'intimidation, il avait décidé, cependant, de m'escorter par mesure de sécurité. Nous nous étions mis d'accord pour solliciter, en même temps, l'aide du sculpteur Antef, ami fidèle et sûr.

Tout à coup, dans la chaleur torride, retentit sur les terrasses une éclatante sonnerie de trompettes. Koptos tressaillit d'allégresse. Je bondis dans la rue, encadré par mes gardes du corps. Chacun de nous portait un poignard dissimulé sous son pagne, pour faire face à toute éventualité. La masse des Koptites envahit rapidement la ville, pour venir se concentrer sur l'avenue du temple. En courant toujours, nous nous précipitâmes aux premiers rangs.

Dans un tintamarre de tambourins, de claquettes et de sistres, le cortège sacré fit son apparition sous le porche doré de la Maison du Prince. En tête, venait Min, le dieu ithyphallique. Dressée sur un socle d'ébène, portée sur les épaules de douze prêtres en tenue d'apparat, la statue était de taille humaine. Le grand prêtre du sanctuaire avait enduit le visage et les mains du dieu d'un bitume noir dont il était le seul à connaître la formule sacrée. Un maillot de lin blanc moulait entièrement le corps de la divinité, emprisonnant les jambes jointes. Glissé sous ce vêtement, le bras gauche descendait jusqu'au bas-ventre, et la main encerclait à sa base un phallus démesuré.

— Ne nous laissons pas séparer par la bousculade ! me lança Iqéri.

La pression de la foule, en effet, se faisait de plus en plus forte. Hommes et femmes, riant, criant, trépignant de joie, tendaient les mains vers l'idole en signe d'adoration. Son aspect singulier piquait ma curiosité. Je ne la quittais pas des yeux. Deux larges plumes, très hautes et très droites, surmontaient le casque d'or massif enserrant la tête de la statue. Une fausse barbe, tressée en pointe, prolongeait son menton. Dans sa tranquille impudeur, qui semblait enchanter le peuple, Min, exhibant en signe de fécondité son sexe en érection, rayonnait de majesté.

Antef se mit brusquement devant moi pour m'avertir :

— Fais attention aux soldats qui vont dégager le passage !

La procession avançait lentement, écartant avec peine la multitude des adorateurs. Derrière l'image du dieu, je découvris soudain la litière princière. Elle était précédée d'un détachement de Nubiens qui repoussaient les gens sans aucun ménagement.

J'avais le soleil dans les yeux, et je distinguais mal son occupant. Je dus attendre qu'elle soit parvenue à ma hauteur pour reconnaître, avec stupeur, le président de la Fête de la Moisson : c'était ma reine bien-aimée !

Dignement installée sur un siège d'ébène incrusté de turquoises, Nitocris, transfigurée par sa fonction, regardait son peuple en liesse. Décidée à imposer son autorité en présence du dieu à la virilité éclatante, la reine avait abandonné sa robe et sa perruque pour s'habiller en pharaon. Elle avait revêtu, comme unique costume, le pagne court des rois de Kémi. Afin de masculiniser davantage son aspect, un large collier en demi-cercle recouvrait son torse, débordant légèrement les épaules et cachant ses seins nus. Sur sa tête, la Double Couronne blanche et rouge de Haute et Basse-Egypte proclamait aux yeux de tous sa souveraineté sur les Deux-Terres. Son beau visage demeurait rigoureusement impassible, indifférent à l'immense ovation qui s'élevait de la foule.

Cette vision dépassait mon entendement. Je ne pouvais détacher mon regard de ce pharaon resplendissant, qui me paraissait, paradoxalement, encore plus séduisant que la femme que j'aimais. Elle passa devant moi sans me voir.

— Le peuple n'est pas du même avis que les militaires d'Idi ! glissa le Borgne à mon oreille. Il acclame Nitocris comme un roi.

— Quelle femme ! s'écria Antef avec enthousiasme.

Son regard de sculpteur était particulièrement sensible à la beauté de la souveraine.

— Quelle fête ! m'écriai-je, ravi. Les gens sont fous de joie.

L'hommage vibrant des Koptites ne s'adressait pas qu'à Nitocris. Derrière elle venaient le Grand Maître Shémaï et son fils Idi. Je compris bien vite qu'une part importante des acclamations leur était destinée. Somptueusement installés dans une double chaise à porteurs, ils suivaient de très près la litière royale. Le peuple acclamait les gouverneurs de la Haute Vallée autant que le dieu, ou le roi, en les associant dans le même triomphe. Quelle devait être la satisfaction des deux princes ! Leur habile manœuvre rencontrait un succès complet. Ils cautionnaient par leur présence l'authenticité de cette souveraine, jeune et belle, que les gens du Sud découvraient pour la première fois. En faisant reconnaître la légimité de la Maîtresse du Double Pays, ils confortaient leurs chances d'accéder au pouvoir, s'ils l'épousaient un jour.

J'étais de plus en plus persuadé qu'Idi était à l'origine des deux admonitions. Cherchant à se débarrasser de moi, sans mécontenter la reine, il avait essayé de m'éloigner par la menace. C'était une tactique maladroite de jeune homme. Son père, en vieux ministre roublard, s'y serait pris autrement.

— Attention ! me dit Iqéri. Il serait plus prudent de s'éloigner d'ici, car je vois arriver le bœuf sacré avec les nègres qui l'escortent.

— Impossible de s'en aller ! constata Antef. Nous sommes entourés de Noirs. Ils font obstacle à notre départ.

Captivés par le passage de la reine et des princes, nous

n'avions pas remarqué la modification progressive de composition de la multitude qui nous pressait de tous côtés. Nous étions cernés de gens hostiles.

— Laissez-nous passer ! hurla Iqéri le Borgne en essayant de se frayer un passage.

Il ne récolta que des quolibets et des sourires narquois.

— Ils sont trop nombreux, dis-je, même à coups de couteau nous ne franchirons pas leur barrage. Il vaut mieux ne pas bouger tant qu'ils ne donnent pas de signes d'hostilité.

Derrière les princes, des prêtres aux crânes rasés conduisaient un taureau blanc. Il portait entre ses cornes un disque solaire en or surmonté de deux plumes. Le bovin paraissait accoutumé de longue date au bruit et à l'affluence car il avançait paisiblement malgré les vociférations des choristes qui l'escortaient. Un nègre de Pount, totalement nu, dansait autour de l'animal. Son corps enduit de graisse semblait aussi noir et brillant que celui du Dieu Min. Sa puissante musculature ondulait sous sa peau à la cadence des tambourins. J'étais fasciné.

Tout à coup, à un pas devant moi, le nègre s'arrêta, pieds joints. Il me dévisagea avec insistance, détaillant mon visage comme s'il cherchait à me reconnaître. Antef et Iqéri m'encadrèrent. Nos mains se crispaient fébrilement sur les manches des poignards.

— Es-tu Nakht ? demanda le danseur d'une voix rauque en désignant du doigt l'amulette que je portais en pendentif.

— Oui ! dis-je sans bouger. C'est moi !

— On m'a prié de te dire ceci : *Aujourd'hui tu n'as rien à craindre, c'est la fête de Min ! mais demain, si tu es encore là, nous te tuerons !*

Avant même qu'aucun de nous trois ait pu esquisser le moindre geste, le Noir bondit devant le taureau et reprit ses contorsions cadencées. Le cortège avançait de façon continue. Nous eûmes le temps de voir le nègre de Pount s'éloigner peu à peu au rythme des sistres et des claquettes. A aucun moment il ne daigna regarder dans notre direction. Il concentrait toute son attention sur les cornes du taureau blanc de Min, qu'il ne quittait pas des yeux, en l'honorant de sa danse rituelle.

— Le connais-tu ? me demanda Iqéri.

— C'est celui qui m'a déjà menacé, dans la ruelle des marchands d'amulettes !

Le Borgne me regardait, et son œil rond trahissait son inquiétude.

— J'ai eu peur, avoua-t-il.

— Moi aussi ! fit Antef en écho.

— Il n'y a plus rien à craindre à présent. Je ne risque plus d'agression jusqu'à demain.

— Oui, mais que ferons-nous ? questionna Iqéri encore sous le coup de l'émotion.

— Rassure-toi ! je quitterai Koptos, car je tiens trop à ma vie. D'ailleurs, ajoutai-je, je ne veux pas exposer la vôtre inutilement, comme je l'ai fait un peu trop à la légère aujourd'hui.

Un mouvement de foule nous ramena dans l'ambiance de la fête. La procession avait atteint le sanctuaire ; la cérémonie se poursuivait sur le parvis. Le dieu et le pharaon étaient maintenant face à face. Un serviteur avait tendu une faucille d'or et une gerbe de blé. Un grand silence se fit lorsque le grand prêtre, sortant du temple, tourna sept fois autour du trône en récitant une incompréhensible litanie.

Je n'avais d'yeux que pour Nitocris. Avec des gestes lents et mesurés, elle coupa tous les épis pour les déposer, un par un, au pied de la statue du dieu. L'officiant en prit une poignée. Il la remit solennellement à Sa Majesté de la part de la divinité, en gage de moisson abondante.

Pour ne pas être en reste, et bien montrer à tous qu'ils présidaient eux aussi cette fête, Shémaï et le prince Idi lâchèrent quatre geais bleus, qui s'envolèrent droit au ciel, comme des âmes de défunts. Les prêtres entonnèrent aussitôt un chant repris en chœur. Dans cet hymne de louanges, je pus distinguer ces paroles :

« *Ô Min, taureau de ta mère, combien est mystérieuse ton action dans les ténèbres de la terre ! Maître des Acclamations, puisses-tu donner la vie éternelle à ceux qui t'adorent !* »

Iqéri me regarda, puis me dit en hochant la tête :

— La vie éternelle, Nakht ! nous aurons la vie éternelle !

« Ça ne peut plus durer ainsi ! » me dis-je en regagnant mes appartements. « Si je ne fais rien, Nitocris épousera Idi, faute d'autre choix. »

La jalousie me tordait le cœur. Au lieu de m'aveugler, elle me rendait lucide. Tout me paraissait clair à présent. J'appréciais mieux l'habileté de ce prince rival : il avait réussi à me faire peur, à me donner l'envie de fuir. Au lieu de me tuer, au risque de subir la réprobation de Nitocris, il était sur le point de se débarrasser de moi sans effusion de sang. En partant, je me rendrais ridicule. Je croyais entendre les phrases caustiques dont il se servirait pour expliquer mon absence :

— Ce pauvre Nakht s'est réfugié chez sa mère ! J'avais déjà remarqué son manque de courage ! Quel couard !

Ces mots m'assassineraient plus sûrement qu'un coup de couteau anonyme. Et de plus, en faisant des ronds de jambes devant Nitocris, il garderait le beau rôle.

Il n'était donc pas question de quitter Koptos. Oui mais !... Quelles que soient les précautions que je pourrais prendre, les nègres de Pount finiraient par m'éliminer, malgré les prédictions de longue vie de Sénedjem le magicien. Etait-il possible de se cacher ? Et d'abord quel intérêt y avait-il à le faire ? Si je disparaissais complètement pour me mettre à l'abri, j'étais voué à l'inutilité. A quoi bon sauver sa vie pour la perdre ? Si je me dissimulais temporairement, je serais à nouveau vulnérable en sortant de ma cachette. Le problème restait entier.

Une idée jaillit tout à coup : le devin Sénedjem ! La reine n'avait-elle pas désigné cet homme à mon attention en affirmant, devant moi, que l'on pouvait compter sur son dévouement et sa loyauté ? Pour échapper au cruel dilemme qui me torturait, pourquoi ne pas consulter le devin ? C'était un sage. Il me conseillerait. Et de plus, il approchait la reine quand il lui plaisait. Pour ma part, je ne pouvais la rencontrer qu'en présence de témoins importuns. Sénedjem logeait au palais. Il ne me restait plus qu'à découvrir son appartement, en souhaitant qu'il soit chez lui.

Je ne rencontrai pas grand monde dans les couloirs de la Maison du Prince. La fête de Min battait encore son plein et tous les Koptites avaient à cœur d'y participer. Je déambulai le long des corridors déserts, à la recherche de quelqu'un qui puisse me renseigner. En errant du côté des communs, où logeaient tous les domestiques, je ne trouvai personne, pas même un soldat. Fallait-il se sentir puissant et sûr de soi pour abandonner ainsi une demeure princière ! Mais Koptos n'était pas Memphis ! Idi et Shémaï n'avaient rien à craindre : les voleurs respectaient leur palais. La force et la prospérité engendraient l'ordre.

Déçu de rentrer bredouille, j'allais rebrousser chemin pour retourner à mon appartement lorsque j'entendis soudain un pas dans un passage latéral. Enfin quelqu'un ! Je me précipitai dans cette direction pour questionner le quidam, et apprendre où logeait Sénedjem le devin.

Je faillis tomber à la renverse ! Incroyable apparition ! Stupéfiante présence ! Le jeune homme avançait calmement, comme s'il était chez lui, sans aucune méfiance. Lorsqu'il me reconnut, il réagit spontanément et se figea sur place.

— Nenki !

— Nakht !

Nous restâmes un instant face à face, sans broncher, à vingt pas de distance. Il bougea le premier en disant :

— Je t'ai trouvé, Nakht ! c'est incroyable ! je t'ai trouvé ! Nous tombâmes dans les bras l'un de l'autre.

— Que fais-tu ici, Nenki ? Comment es-tu rentré ?

— Par la porte ! elle n'est pas gardée !

— Comment as-tu appris que j'étais ici ?

— C'est Néféroukaït qui m'envoie. A Memphis ta mère m'a dit : « Cherche Nakht à Koptos, dans la Maison du Prince, c'est là que tu auras le plus de chances de le rencontrer ! »

— Viens ! lui dis-je. Ne restons pas ici.

Nous partîmes côte à côte, au pas de course, dans les couloirs du palais. A plusieurs reprises je me tournai vers lui tout en courant. Il ne cessait de me regarder et son visage exprimait une telle joie que toutes les réticences ou arrière-pensées que j'aurais pu avoir à son égard s'évanouirent. Je pouvais compter sur Nenki l'architecte !

Juste à l'instant où nous atteignions la porte de mon appartement, j'aperçus devant moi le devin de la reine. A certains moments de l'existence les événements heureux semblent s'accumuler, comme si une divinité bienfaisante intervenait miraculeusement en notre faveur. C'était le cas ! Sénedjem était là ! Par quel sortilège se trouvait-il sur ma route à l'instant précis où j'avais le plus besoin de lui ? Son talent de magicien était-il en cause ? S'agissait-il, plutôt, d'une conjonction favorable des étoiles qui réglaient ma destinée ?

— Sénedjem, fils d'Abédou, dis-je, je suis le scribe Nakht, secrétaire de Nitocris, et j'ai un service à te demander.

— Je te connais, répondit-il en souriant. J'ai déjà établi ton horoscope. Que puis-je pour t'aider ?

— Vois ! j'ai ici, à côté de moi, un ami qui vient directement de Memphis. C'est le témoin privilégié des événements qui se sont déroulés dans la capitale. Il faut qu'il rencontre la reine dans les plus brefs délais.

Nenki me lança un regard effrayé. Pour lui, comparaître devant la souveraine devait être une épreuve surhumaine.

— Tu dois parler, dis-je. Nitocris doit tout savoir dans les moindres détails. Néféroukaït ne t'a-t-elle rien ordonné à ce propos ?

— Non ! elle m'a simplement recommandé de t'obéir en toutes choses.

En entendant le nom de ma mère, le devin fronça les sourcils, et serra les lèvres. Manifestement, il devait la connaître.

— Tu as raison, scribe Nakht, dit-il vivement. Tout ceci me semble de la plus haute importance. La cérémonie du temple de Min est terminée. Dès que Sa Majesté sera de retour, je me débrouillerai pour la prévenir.

— Comment le saurons-nous ?

— Rentre chez toi ! Elle te convoquera.

Je regardai Sénedjem, persuadé pour la seconde fois que son visage ne m'était pas inconnu. Il semblait acquis à la cause de la reine ; je ne pus m'empêcher de l'interroger :

— Qui es-tu, Sénedjem ?

Il éclata de rire et me déclara, avant de faire demi-tour :

— Je suis fils d'Abédou, comme toi fils d'Ankhma-Hor !

QUATRIEME ADMONITION

— Raconte ! ordonna Nitocris. Parle, sans crainte de déplaire ! Ne cache aucune vérité, même désagréable !

A sa droite Shémaï, à sa gauche Idi, avaient pris place sur des fauteuils. Devant elle se tenait Nenki, tellement intimidé et rouge de confusion que j'eus le sentiment qu'il ne parviendrait pas à s'exprimer. Les deux scribes des princes et moi-même étions assis entre lui et la reine, prêts à noter tout ce qu'il allait dire. Consciente du trouble intense du jeune homme, Nitocris reprit :

— Je connais déjà beaucoup de choses sur cette révolution. Je sais en particulier ce qui s'est passé jusqu'à l'assassinat de Mérenrê. Je t'écoute à présent !

J'étais sans inquiétude. Pendant toute la nuit, dans mon appartement, nous avions préparé cet exposé. Nenki ne dirait rien du pharaon défunt, ni de Néféroukaït, ni de la révolte des femmes, pour ne pas me placer en porte à faux. Par contre nous étions d'accord sur le même point : ne pas épargner Mériptah !

— Après avoir saccagé le palais et la ville, commença Nenki, le peuple, accablé par la famine, est retombé dans une sorte d'apathie...

— J'ai pourtant envoyé plusieurs bateaux remplis de blé, pour nourrir la capitale, interrompit Shémaï. C'était un ordre de la reine !

— Ils ne sont jamais arrivés ! répliqua Nenki. Quelqu'un a dû les intercepter !

— Qui donc ? à quel endroit ?

— Je n'en sais absolument rien. A Memphis, nous avons eu faim. Il a fallu se contenter de la maigre récolte que les Bédouins nous ont abandonnée.

Nenki mentait bien. Il savait où était passé le blé et me

l'avait raconté. C'était le général Siséné qui s'en était emparé ! Revenant du Delta, après avoir chassé les Asiatiques, Siséné n'avait pas arrêté ses vaisseaux à Memphis pour combattre la révolution. Ses troupes étant trop affaiblies il craignait qu'elles ne se rebellent au lieu de s'opposer à l'insurrection. En vieux renard, le général avait continué à remonter le fleuve jusqu'à Chmounou, ville prospère et stable, restée loyale au roi. Installé là, à mi-chemin de Memphis et de Koptos, il avait profité des chalands de blé de Shémaï pour nourrir et renforcer son armée. Je me souvins de Néféroukaït parlant de Siséné · « Je crois savoir où il a débarqué ce malin ! » Informée de tout, elle le savait déjà !

Ce qui semblait bizarre, c'était la question posée par Shémaï. Ignorait-il la présence de Siséné à Chmounou ? Cela paraissait peu probable, compte tenu du trafic fluvial important entre les deux villes. En réalité, il savait que Siséné avait volé le blé destiné à Memphis. En faisant semblant de ne pas le savoir il évitait de nous communiquer une précieuse information. Le général, grand-père affectueux de la reine, représentait un atout considérable : il avait une armée !

— Si vous interrompez sans cesse ce jeune homme, déclara Nitocris, il n'en finira jamais de s'expliquer. Je ne suis pas responsable de la famine qui a accablé mon peuple. Et personne ne sait qui a volé le blé !... Continue, à présent !

Timidement, Nenki raconta comment Mériptah et les soixante-dix conjurés avaient pris la direction du pays. Il expliqua la façon dont le prêtre de Ptah s'était fait nommer Grand Maître de Memphis. J'intervins pour renforcer son témoignage.

— Il a extorqué cette nomination, dis-je. Elle aurait dû s'annuler dès le décès de Mérenrê. Mais, Mériptah a trafiqué le décret que le roi m'avait dicté sous la contrainte.

— Puis il s'est installé au palais royal, reprit Nenki. Les premiers jours il a gouverné normalement, organisant le ravitaillement de la ville autant qu'il était possible de le faire. Peu à peu, il a reconstitué une modeste garnison en regroupant des déserteurs et même en enrôlant des Bédouins et des oasiens, qu'il a payés avec le trésor de la résidence.

— Qui a pillé le trésor ? Est-ce le peuple ? demanda la reine.

— Non, Majesté, les conjurés s'en sont emparés avant le soulèvement populaire. Mériptah dispose de l'or à sa guise. Lui seul sait où il est. C'est là toute sa puissance ! Dès qu'il a pu réunir des armes et des soldats en quantité suffisante, il a fait régner la terreur sur la ville. L'ordre qu'il a instauré par la force a fait couler dans Memphis plus de sang que les émeutes. Je dois dire qu'il n'était pas facile de revenir à une situation normale. Les riches qui avaient été dépossédés de leurs richesses essayaient de les récupérer par tous les moyens. Les pauvres qui s'en étaient emparés avaient pris goût à l'opulence et les défendaient farouchement. Celui qui, auparavant, possédait des vêtements de lin, était désormais en guenilles. Celui qui ne connaissait même pas la lyre avait à présent une harpe. Quant à celle qui n'avait pas même une boîte, elle détenait des coffrets et des miroirs, alors qu'elle s'était contentée jusque-là de mirer son visage dans l'eau. Pire encore, celui qui dormait sans femme a trouvé, grâce aux biens volés, de nobles dames dans son lit. Poussées par la faim, elles ont consenti à tout pour se nourrir, tandis que leurs anciennes servantes se sont comportées à leur égard comme d'impitoyables maîtresses.

« La terreur instaurée par Mériptah a supprimé les pillages et les règlements de comptes. Sa justice, aussi sommaire qu'efficace, n'a connu qu'une seule sanction : la mort ! Mais l'ordre ancien n'est pas rétabli pour autant : aucun fonctionnaire n'a repris sa place ; les artisans ne travaillent plus ; les scribes n'écrivent plus ; les magasins ne sont plus gérés ; le bétail erre sans que personne s'en soucie ; tout est tombé en ruine. Le sourire a disparu. On ne sait plus vivre à Memphis, on se lamente, ou on se tait.

— Qui gouverne vraiment le pays ? demanda Nitocris. Est-ce Mériptah ? N'a-t-il pas des comparses ?

La question prit Nenki au dépourvu. Après sa longue tirade débitée sans trop d'hésitations, il rougit à nouveau, ne sachant plus que répondre. La reine l'encouragea en souriant :

— Je t'ai ordonné de parler sans crainte de déplaire ! Réponds-moi !

— J'obéis, Majesté, j'obéis ! dit-il.

Nenki lança un regard dans ma direction pour chercher un soutien. Par un imperceptible mouvement de la bouche et un battement de paupières je lui signifiai mon accord. Il me connaissait bien et savait lire sur mon visage. Rasséréné par mon comportement il reprit son récit :

— Constatant que le trône de Haute et Basse-Egypte était inoccupé, Mériptah a mis en cause cette vacance pour justifier le malheur accablant la capitale. L'absence du pharaon représentant, d'après lui, la source de tous les maux, il importait donc de le remplacer au plus vite. Comme il semblait impossible de trouver un héritier légitime, il a décidé de s'en passer. Pour lui, il était inutile d'être d'origine divine et fils de Rê pour devenir roi de Memphis. Le pouvoir appartenait au peuple, disait-il, et le peuple devait l'exercer par ses représentants, c'est-à-dire les soixante-dix conjurés.

Idi éclata de rire. Son père lui lança un regard courroucé. La reine resta impassible.

— Y aura-t-il soixante-dix pharaons à Memphis ? demanda-t-il. Avec cent quarante couronnes ? Quelle est cette mascarade ? De qui se moque-t-on ?

— Vous faites erreur ! reprit Nenki. Un seul pharaon règne à la Balance des Deux-Terres. Il porte les Deux Couronnes, mais pour un jour seulement. Le lendemain, à l'aube, un autre prend sa place.

Idi rit à nouveau. Il paraissait insensible à l'aspect sacrilège du comportement des conjurés.

— A cette cadence de succession, il n'y aura plus de pharaon sur le trône dans soixante-dix jours, constata-t-il en se frottant les mains de contentement.

Nitocris, par contre, semblait très contrariée.

— Je suis de la sixième dynastie, dit-elle en se tournant vers Shémaï puis vers Idi. Celle que les imposteurs ont installée à Memphis sera donc la septième. Il faut l'exterminer ! Depuis combien de temps existe-t-elle ?

— Vingt-sept jours, aujourd'hui !

— Nous disposons donc de quarante-trois jours, fit remarquer Shémaï.

— Peu m'importe que ces faux pharaons vivent plus ou moins longtemps ! dit-elle en haussant le ton. Je veux les détruire. Ils ont bafoué mon honneur et celui de mes ancêtres. Ma vengeance sera terrible !

Contrôlant sa colère, elle s'adressa à Nenki :

— Change-t-on aussi chaque jour de Grand Maître ?

Avant même qu'il ait pu réagir, Nitocris ajouta :

— Mériptah ne cède ses fonctions à personne, n'est-ce pas ?

— Vous avez raison, ô Majesté, dit le jeune homme, surpris par la perspicacité de la reine. Cela se passe ainsi !

Mériptah, en effet, n'avait jamais porté la Double Couronne. Après avoir tiré au sort l'ordre de succession des autres compagnons, il avait décrété qu'il régnerait le dernier. A aucun moment le problème du cycle à recommencer n'était venu en discussion. J'évaluais fort bien la mentalité du prêtre de Ptah. Lorsque cet homme s'emparerait du trône, il ne serait plus question de le céder à qui que ce soit. Pour l'en déloger, il faudrait le tuer.

Ayant pris la parole, à la place de Nenki, pour donner ces explications, je fus interrompu par le Grand Maître Shémaï :

— C'est bien ce que je disais, commenta-t-il avec un sourire satisfait. Nous ne disposons plus que de quarante-trois jours pour abattre cette fausse dynastie. Quant au problème de la succession légitime, il se posera plus tard. Et nous aviserons en temps utile.

Il n'avait pas quitté la reine du regard. L'allusion était claire. Shémaï serait à ses côtés pour reconquérir le pouvoir et chasser les imposteurs. Mais il était, plus que jamais, décidé à fonder la huitième dynastie en l'épousant.

Je n'arrivais pas à deviner s'il travaillait pour lui-même ou pour son fils. Nitocris m'interrompit dans mes réflexions, en ramenant à nouveau l'intérêt sur Memphis.

— Parle encore ! ordonna-t-elle. Où règnent ces fantoches ?

— Au palais royal ! fit Nenki avec surprise.

— N'a-t-il pas été détruit et incendié ?

— Deux jours après l'émeute, Mériptah l'a fait réparer.

— Bien sûr ! dit la reine. Cette demeure est pour lui le symbole de la puissance. Il est normal qu'il s'acharne à la remettre en état. Il aura besoin de splendeur, pour jouer au souverain. A-t-il reconstruit autre chose dans la capitale ?

— Non ! seuls les particuliers ont rebâti des maisons sur les ruines.

— Et la Cité des Morts ? Dans quel état est-elle ?

— Intacte. Pas une pyramide, pas un tombeau n'a été violé. Mériptah s'y est opposé.

Le prince Idi ricana insolemment. Je sentis tout à coup qu'il allait m'agresser.

— Il veut garder, sans doute, l'exclusivité de la profanation des sépultures, n'est-ce pas, scribe Nakht ? dit-il d'un air méprisant. A moins qu'il ne t'attende pour le faire !

Je bondis sous l'insulte, prêt à répliquer. Mais je vis Nitocris froncer les sourcils et me désigner le sol. Prosterné à ses pieds, comme elle l'exigeait, j'eus le temps de me maîtriser, pour dire sans élever la voix :

— Je souhaite apporter des précisions, Majesté, à propos de la conduite de Mériptah dans la Cité des Morts.

— Parle ! dit la reine.

En relevant la tête, je lus dans son regard une intense satisfaction. « Respecte le protocole, Nakht, me disaient ses yeux. Ne te trahis pas devant les princes. Même s'ils suspectent quelque chose, ne leur donne aucune certitude. »

Idi avait décidé de me provoquer. Il m'attaqua le premier :

— N'étais-tu pas de ceux qui ont ouvert le sarcophage de Néferkarê-Pépi ? et ton ami Nenki, qui vient ici, tardivement, pour tenter de se racheter, n'y était-il pas aussi ? *Vos actions sont mauvaises ! Memphis témoigne contre vous ! Je réclame votre jugement !*

Plus de doute à présent ! les admonitions venaient d'Idi : il employait des termes semblables à ceux des lettres. Finalement, il était moins habile que je ne pensais, ou peut-être plus généreux. Il cherchait à m'éloigner et non pas à m'assassiner : en me menaçant directement, il venait d'adopter une nouvelle tactique assez maladroite.

Je n'eus aucune difficulté à me disculper. Je pris à témoin Shémaï lui-même qui avait assisté à ma sortie de la pyramide, et plus tard, à ma discussion avec le roi. Il fut obligé de me donner raison devant son fils. J'expliquai longuement la position des conjurés vis-à-vis des hiéroglyphes d'éternité, leur foi en la vie éternelle au royaume d'Osiris. J'en profitai, au passage, pour insister sur le rôle modérateur et constructif qui avait été le mien. Mérenrê n'avait-il pas approuvé mes positions ? La reine, corégente, n'avait-elle pas signé le décret de généralisation de l'embaumement ?

— C'est le seul élément positif de la révolution, dis-je avec véhémence. Vous pouvez reconquérir Memphis par les armes, mais le cœur du peuple, vous l'obtiendrez par ce décret. Je suis fier, prince Idi, d'y avoir participé !

— Le jugement que tu réclames, Idi, a déjà eu lieu, ajouta Nitocris. C'est Mérenrê qui l'a rendu en ma présence. Il a si bien pardonné au scribe Nakht qu'il l'a pris pour secrétaire.

Le prince était tout rouge de colère contenue. Il venait de subir un échec cuisant. Je crus qu'il allait quitter la salle mais probablement plus sage que je ne croyais, il sut se contenir.

— Soit ! dit-il. Je m'incline devant la volonté du pharaon défunt. Si j'ai agi ainsi, c'est pour défendre l'honneur des anciens rois.

— J'y suis sensible, prince, car ce sont mes ancêtres ! s'exclama Nitocris. Et je m'en souviendrai !

Il rougit de confusion cette fois. J'avais gagné la partie en utilisant mon talent d'orateur. Nitocris en avait profité pour manœuvrer ses adversaires et semer la discorde entre eux. Notre victoire était complète.

— Princes, déclara la reine, je vous attends, demain, pour bâtir avec vous un plan concret de reconquête. Il est temps de mettre de l'ordre à Memphis.

En regagnant mon appartement, j'aperçus un attroupement à l'extrémité du grand couloir. Nenki me suivait en silence. Je le poussai dans l'embrasure d'une porte, où nous nous dissimulâmes pour identifier les visiteurs, en toute sécurité. Ils parlaient haut. Leurs voix nous parvenaient incomplètement. Peu à peu, je reconnus leur façon de s'exprimer. Ce n'étaient pas des nègres de Pount, mais des gens qui m'étaient familiers. Des bribes de conversation me permirent de lever définitivement le doute :

— ... nous l'avons accompagné, Antef et moi... sur mon intervention la reine l'a reçu... nous pouvons faire confiance à Nakht... Mirya... horoscope...

Ils nous attendaient : Iqéri le Borgne, chef timonier, Antef le sculpteur, Sénedjem le devin. Je sortis de ma cachette.

— Qui sont ces gens-là ? demanda Nenki en me suivant.

— Ce sont nos seuls amis à Koptos ! Des amis sûrs !

Les présentations faites, nous nous installâmes dans ma chambre.

— Les nègres sont repartis au pays de Pount ou ailleurs, déclara Iqéri. Il fallait que tu en aies connaissance au plus tôt. Sénedjem, que nous avons rencontré à l'entrée du palais, nous a conduits jusqu'à toi.

— Pount ? demanda Nenki. Qu'est-ce que Pount ?

Antef donna la réponse. C'était une contrée mystérieuse qui fournissait aux gens de Kémi le bois d'ébène, le baume de térébinthe, la gomme d'oliban pour encenser les dieux, et le mélange or-argent connu sous le nom d'électrum. Koptos étant le lieu de la Vallée où le Nil se rapproche le plus de la mer, la ville marquait le point de départ de la route conduisant à Pount.

— Quand m'amènerez-vous dans ce merveilleux pays ? demanda Nenki avec une spontanéité qui nous fit tous rire.

Antef lui expliqua à quel point il était difficile d'y parvenir. Sur les plages de sable, où l'on pouvait embarquer pour ce voyage, on ne trouvait pas d'arbres à abattre. Il était impossible de construire les navires sur place. Il fallait transporter un vaisseau en pièces détachées et l'assembler ensuite au bord de la mer. Cet important charroi passait par le désert inhospitalier. Plus de mille personnes se déplaçaient ainsi en caravane, ce qui posait un sérieux problème de ravitaillement en vivres et en eau. En conséquence, de telles expéditions n'étaient organisées que par les princes ou les pharaons.

— Les nègres de Pount ne sont donc pas partis chez eux, fis-je remarquer, puisque à ma connaissance, ni Shémaï, ni Idi n'ont prévu de mission. Peuvent-ils atteindre leur pays tout seuls ?

— C'est peu probable, dit Iqéri. Ils sont assez nombreux, avec femmes et enfants. La traversée par la vallée du Rohanou est une rude épreuve.

— En admettant qu'ils y parviennent, ajouta Antef, ils auraient encore à résoudre le problème du navire, sur le bord de mer.

Ils étaient partis ailleurs. Cela paraissait évident. Dans l'immédiat, ce départ — qui venait s'ajouter aux nouvelles prises de position du prince Idi — me dégageait de la hantise d'un attentat sur ma personne. A la réflexion, ce déplacement semblait difficile à expliquer. Etait-ce une migration de tribu due au hasard ? ou bien avaient-ils reçu l'ordre de se déplacer ? Pour tenter de résoudre l'énigme, je me tournai vers le devin :

— Sénedjem ! c'est ton métier de tout savoir ! N'as-tu pas quelque opinion sur ces gens-là ?

— Les conjonctions d'étoiles annoncent un jour favorable, aujourd'hui. Mais je n'ai rien lu dans le ciel concernant les nègres de Pount. Je sais, par contre, qu'ils obéissent aveuglément au prince Idi. Il leur communique ses directives par l'intermédiaire d'un officier de la garde.

— Comment s'appelle-t-il ? demanda Iqéri.

— Chaf !

— C'est une chance que ce soit lui ! Nous avons mangé la laitue ensemble.

— Va trouver Chaf ! dis-je au chef timonier, et bavarde avec lui pour obtenir quelques renseignements. Donne-lui du vin, au besoin ! Mirya peut t'aider à le faire parler.

— Faudra-t-il qu'elle couche avec lui pour te sauver des Noirs ? demanda Iqéri en riant. J'y cours tout de suite, avec Antef. Nous reviendrons ici dès que nous saurons quelque chose.

Nenki s'installa sur mon lit, et Sénedjem sur mon fauteuil. Je me mis à marcher de long en large.

— Eh bien, Nenki ! dit tout à coup le devin Sénedjem, as-tu de bonnes nouvelles de Néféroukaït ?

Je sursautai. Pourquoi cet homme-là prononçait-il le nom de ma mère ? Et pourquoi posait-il cette question au jeune architecte ? Nenki, dérouté lui aussi, ne savait que répondre et nous regardait alternativement l'un et l'autre.

— Vous voilà bien embarrassés, reprit le magicien. J'ai l'impression que vous me cachez quelque chose. Ne doit-on pas être plus sincère entre amis ?

Il se moquait de notre trouble et souriait de notre désarroi. Reprenant une question à laquelle il n'avait répondu la veille que par un subterfuge, je demandai :

— Qui es-tu, Sénedjem ?

— Je te l'ai déjà dit, je suis fils d'Abédou.

— Et qui est Abédou ?

— Le père de Ritha !

Ce visage, ces traits connus, c'étaient ceux de l'épouse de Bébi : Sénedjem était le frère de Ritha. Il lui ressemblait beaucoup. J'aurais dû m'en apercevoir plus tôt. Je compris à l'instant toute la sympathie qu'il m'avait prodiguée. Soudain, au souvenir du drame qui s'était produit à Memphis pour venger la mort de sa sœur, je ressentis une violente émotion.

— Ritha... pauvre Ritha... dis-je en hésitant. Sais-tu ce qui s'est passé ?

— Oui ! répondit-il tête basse. Mériptah l'a assassinée. Ce crime réclame réparation dans le sang.

— Mais Néféroukaït ? qui est-elle pour toi ?

— Je suis à son service ! Il est temps, à présent, de vous dévoiler mon vrai rôle. Ta mère m'a envoyé à la cour des princes de Koptos pour la tenir au courant des événements. Tu connais sa façon de faire : elle a placé des espions partout.

J'étais bien loin de me douter, malgré tout le talent dont elle faisait preuve, que ma mère avait réussi à surveiller les Maîtres de Haute-Egypte. Avec une poignée de femmes et quelques indicateurs judicieusement disposés, Néféroukaït semblait mener le jeu à elle seule, et sa puissance occulte commençait à me troubler. Tant d'énigmes subsistaient encore ! Tant de secrets qu'elle gardait pour elle ! Que savait Sénedjem à son sujet ? Je voulus en avoir le cœur net.

— Sais-tu qui est Néféroukaït ?

— Bien sûr, fit-il en riant, puisque je travaille pour elle. Je sais qu'elle est l'épouse d'Ankhma-Hor, et la mère du scribe Nakht. C'est une grande dame d'Egypte.

— A-t-elle rencontré Nitocris ?

Il me regarda, abasourdi, comme si j'avais proféré une énormité.

— Ne te moque pas de moi, Nakht ! répondit-il. Tu sais bien que c'est grâce à elle que Nitocris est arrivée saine et sauve à Koptos.

— Je ne le savais pas ! dis-je sans réfléchir. Néféroukaït ne me dit pas tout.

Je me mordis les lèvres, dès que j'eus prononcé cette phrase. Sénedjem n'allait-il pas se méfier de moi, et rester silencieux de peur de commettre quelque impair ? Pour rattraper cette erreur, je pris un ton désinvolte :

— Je me ferai raconter tout cela par Nitocris. Je n'ai pas eu la possibilité de lui parler de ma mère. Dès que l'occasion se présentera, j'en profiterai. Mais ne veux-tu pas me donner quelques renseignements au préalable ? Cela m'éviterait d'avoir l'air un peu trop niais devant la reine !

Il sourit, gêné de deviner sans peine mes mobiles. Sénedjem était très intelligent. Ne pas en tenir compte eût été maladroit. Sans attendre sa réponse, je repris :

— Je sais pas mal de choses. J'en ignore beaucoup d'autres. Je cherche à obtenir le plus d'informations possible pour mener mon combat. Je m'adresse à toi sans arrière-pensées.

— Je n'ai rien à te cacher, Nakht ! Que veux-tu savoir ?

Cette fois, je ne m'étais pas trompé. La franchise devenait plus payante que la ruse.

— Que sais-tu de Sisené, à Chmounou, et qu'en sait Nitocris ?

— Le général a réussi à reconstituer une armée aussi puissante que celle du prince Idi. Shémaï en a eu récemment connaissance. La reine n'est pas encore avertie. Je souhaite le lui apprendre au plus tôt.

— Comment le Grand Maître a-t-il réagi à cette nouvelle ?

— Je n'en sais rien !

Pour ma part, je m'en doutais bien. A partir du moment où, par le secours de son grand-père, Nitocris pouvait envisager de reconquérir Memphis, elle échappait aux pressions des princes. Le mariage de l'un d'eux avec la reine, sans être à proprement parler aléatoire — il fallait bien essayer de donner un héritier au trône — était cependant retardé. Nitocris étant jeune et libre, elle avait certainement envie de régner seule. Elle choisirait plus tard son époux, en toute sérénité. Tant que Shémaï et Idi garderaient le souci de parvenir au pouvoir par une voie légitime, tout se déroulerait au niveau des intrigues de palais. Mais si l'un des deux, le jeune prince en particulier, ne pouvait refréner son impatience, ce serait la guerre civile : Idi de Haute-Egypte contre Sisené de Basse-Egypte, pour la plus grande satisfaction de Mériptah à la Balance des Deux-Terres. La situation se compliquait de plus en plus. La moindre maladresse de Nitocris serait fatale à son retour au pouvoir.

— Parle-moi de Néféroukaït à présent ! dis-je à Sénedjem. De quelles forces dispose-t-elle ?

— De ses ouvrières ! Tu les a vues à l'œuvre pour déclencher l'émeute. Ces femmes peuvent harceler Mériptah. Le vaincre, c'est autre chose : on ne réussit pas toujours un soulèvement populaire.

— Ma mère sera plus utile, désormais, dans un règlement pacifique que dans une guerre ouverte, murmurai-je. Qu'en penses-tu ?

— Je ne me pose pas ce genre de problèmes, répondit Sénedjem. Mon rôle se limite à espionner pour le compte de Néféroukaït. En échange, elle m'a promis de m'aider à venger la mort stupide de Ritha.

— Tu peux compter aussi sur moi ! lui dis-je, heureux de voir que nos ambitions différaient, tout en restant complémentaires.

Le nom de Ritha provoquant une inévitable association d'idées, je me retournai vers Nenki qui nous écoutait attentivement sans participer à notre débat.

— A propos, qu'est devenu son époux, notre ami Bébi ?

Nenki baissa tristement la tête. Depuis notre rencontre à Koptos, nous n'avions pas eu l'occasion d'aborder ensemble ce sujet. La question lui remettait en mémoire des souvenirs désagréables.

— Je ne t'ai pas raconté, dit-il d'une voix sourde, les deux premiers jours de la septième dynastie. Pour moi, ce sont les plus douloureux que j'aie jamais vécus. Pardonne-moi si j'abrège le récit que je vais t'en donner, mais il pèse sur mon cœur. Je fais tout pour oublier ces instants de malheur. Lorsque Mériptah a tiré au sort l'ordre de montée sur le trône des soixante-dix, mon nom est sorti le premier. J'ai dû donner l'exemple, faire semblant d'être le pharaon, jouer jusqu'au bout l'affreuse comédie. Mon front brûle encore de fièvre, comme il brûlait lorsque le prêtre maudit a posé sur lui la Double Couronne. Il m'a forcé à le suivre dans le temple de Ptah pour encenser le dieu puis devant le taureau Apis, âme divine incarnée. Dans les regards des serviteurs sacrés je pouvais lire l'horreur du sacrilège. J'ai choisi un « nom d'Horus » et ce titre officiel a été gravé en haut d'une stèle où doivent figurer jour après jour les noms des autres conjurés. J'ai signé des décrets sans avoir le courage de les lire. Mériptah les avait préparés. Cette épouvantable journée, je l'ai vécue sous le signe permanent de la honte. Ce soir-là, je me suis couché, décidé à quitter Memphis coûte que coûte, même contre la volonté de Néféroukaït si besoin était.

Le lendemain matin, le sort avait désigné Bébi. Il savait que Mériptah dans une crise de colère avait étranglé Ritha. Comme il vivait séparé de son épouse, en faisant croire qu'il la détestait, il n'avait rien laissé paraître de sa souffrance. En réalité sa haine contre le maudit prêtre n'attendait qu'un prétexte pour éclater. En coiffant la Double Couronne, en présence de tous les compagnons, Bébi crut vraiment qu'il était devenu un pharaon tout-puissant. Il décida sur-le-champ de prendre pour concubine la prostituée qu'il avait rencontrée la veille, en la nommant Grande Epouse Royale. A la mi-journée il était déjà ivre et ne se contrôlait plus. Mériptah eut le mauvais goût de lui reprocher son inconduite. Bébi le gifla violemment puis, s'emparant du sceptre en crosse, il l'abattit sur le pseudo-Grand Maître avec l'intention évidente de le tuer. L'ivresse de Bébi, ou la promptitude de Mériptah pour esquiver, ont fait échouer sa tentative. Dans la nuit, Bébi est mort, empoisonné !

— Le monstre ! m'écriai-je bouleversé. Il a tué Bébi !

Je l'aimais, cet ami simple et sincère ; je l'aimais de tout mon cœur et la nouvelle de sa disparition me fit monter les larmes aux yeux. Nenki s'était tu. Il pleurait, lui aussi.

— Là où Bébi a échoué, dit Sénedjem, j'espère bien réussir lorsque l'heure sera venue.

Iqéri le Borgne poussa soudain la porte de ma chambre. Sa mine réjouie nous apprit sur-le-champ le succès de ses recherches.

— L'officier Chaf a quitté Koptos. Sa femme m'a renseigné. Il a été envoyé en mission à Chmounou, en compagnie des nègres de Pount, pour rencontrer éventuellement le général Siséné.

Que signifiait cette démarche du Grand Maître ? Nous en débattîmes longtemps, mais aucun de nous, pas même le devin Sénedjem, ne put fournir une explication rationnelle. Après tout, peut-être était-elle sans grande importance ? Ce soir-là, cependant, nous nous séparâmes perplexes. L'avenir nous semblait bien incertain.

CINQUIEME ADMONITION

Tôt le matin, je fus convoqué chez le prince Shémaï. Cela ne présageait rien de bon.

Il était en train de recevoir des plaignants. En effet, il n'y avait pas de Haute Cour à Koptos. Le Grand Maître rendait la justice lui-même, non pas au nom du roi, comme il aurait dû le faire, mais au nom de Min. Il se servait du dieu pour affirmer la légitimité de ses actes.

En me présentant à son audience, je pris conscience de la dégradation du pouvoir central : l'autorité des pharaons semblait en voie de disparition. A la tête de chacune des quarante-deux provinces du Double Pays, rien n'empêchait les princes d'agir à leur guise, tout comme Shémaï à Koptos.

« Pour rétablir la situation et la force de l'Empire, me dis-je, il faudra à Memphis autre chose qu'un Mériptah et sa ridicule équipe de pseudo-pharaons successifs. »

— Avance, scribe Nakht, viens recevoir mes ordres !

Je dus me prosterner aux pieds de Shémaï. Son siège était presque un trône, et la solennité de sa réception était celle d'un roi.

— J'ai besoin de ta compétence pour une mission exceptionnelle, dit-il d'un ton bienveillant. J'organise une expédition dans la vallée du Rohanou pour ramener des blocs de pierre noire de Bekhen... et j'ai décidé de te confier la direction de cette mission.

— C'est un travail que j'ignore totalement. Un architecte ou un sculpteur seraient plus habilités à l'exécuter.

— Justement, dit-il, tu amèneras avec toi tes amis Nenki et Antef, pour utiliser leur qualification.

J'étais pris au piège : Shémaï nous éloignait de Koptos. Il fallait réagir.

— Où est le Rohanou ? demandai-je pour me laisser le temps de réfléchir.

— A l'est ! A mi-chemin entre le fleuve et la mer, sur la route de Pount.

Shémaï nous envoyait dans le désert.

— L'expédition durera plusieurs jours, dis-je. Je suis secrétaire de la reine et je n'ai pas le droit de m'absenter longtemps.

— Six journées, tout au plus ! Il suffit d'aller identifier sur place les pierres à détacher et à emporter. Les carriers prendront ensuite le temps nécessaire pour les extraire et les transporter jusqu'à Koptos.

— Il me faut l'autorisation de Sa Majesté ! m'écriai-je

— Je m'en charge !

Shémaï ajouta :

— Ces blocs serviront à tailler des statues géantes de Nitocris, que nous ferons poser devant le palais royal de Memphis et dans le temple de Ptah. N'est-ce pas une bonne idée, scribe Nakht ?

J'eus un ultime sursaut de défense :

— Pourquoi les sculpter dans la pierre de Bekhen ?

— C'est la plus belle de toute l'Egypte ! Sa patine noire donne aux personnages représentés une prestance et une majesté incomparables. Nous affirmerons de cette façon l'autorité de Nitocris, souveraine des Deux-Terres.

Il réussissait à nous éloigner, Nenki, Antef et moi. Sa machination était bien ourdie et combien plus efficace que les admonitions du prince Idi ! Je n'avais plus qu'un seul recours : la reine.

— Ah ! j'oubliais ! dit Shémaï, le départ a lieu dans une heure environ. Préviens tes amis et préparez-vous vite !

Il appela un officier.

— Accompagne ce scribe ! Tu le conduiras jusqu'à l'entrée de la piste du Rohanou où le convoi est en train de se former. Quant à toi, Nakht, prends ce rouleau de papyrus ! Il contient mes instructions. Bonne chance et à bientôt !

Réflexion faite, il ne restait plus qu'à rencontrer Nitocris. Je savais que j'allais la placer en situation délicate en la priant d'annuler l'ordre du Grand Maître, mais cela me semblait la seule solution possible. Le garde du corps que m'avait adjoint Shémaï devait avoir reçu auparavant des indications précises, car il ne me lâchait pas d'un pouce. Il était armé, plus fort que moi, et bien capable d'intervenir énergiquement si je tentais de lui échapper. Pour voir la reine, et franchir le barrage des sentinelles qui gardaient ses appartements en la retenant quasiment prisonnière, je pouvais faire appel au devin Sénedjem. Malheureusement, il n'était pas chez lui. Tout s'acharnait contre moi.

Toujours flanqué de mon gardien, je revins dans ma chambre où Nenki m'attendait. Je le mis rapidement au courant. Nous fîmes nos bagages en échangeant quelques mots à voix basse :

— Que comptes-tu faire, Nakht ?

— Je n'en sais rien encore.

— Partirons-nous vraiment dans ce désert ?

— Il n'en est pas question. Tiens-toi prêt !

Je fis une tentative pour me débarrasser de l'officier :

— Afin de ne pas perdre de temps, lui dis-je, tu devrais aller prévenir le sculpteur Antef qu'il doit nous accompagner. Sais-tu où il loge ?

— J'ai l'ordre de ne pas te quitter ! répondit-il. Finis de te préparer ! Nous irons le chercher ensemble.

Je compris, au ton employé, qu'il était inutile de discuter avec ce militaire : l'ordre c'était l'ordre, et il n'en démordrait pas.

Un moment après nous sortions, tous les trois, de la Maison du Prince pour nous rendre chez Antef. Il habitait dans le même quartier qu'Iqéri. J'eus la chance de le trouver à son domicile. Tandis que j'attendais à l'extérieur, après lui avoir transmis les directives de Shémaï, Nenki put prendre contact avec lui. A l'insu du garde du corps il réussit à l'avertir de notre intention de résister.

— Nous nous échapperons !

— Comment et quand ?

— Selon les circonstances ! Seul Nakht décidera !

— Dois-je prendre une arme ?

— C'est plus prudent.

— Dépêchez-vous ! intervint l'officier en entrebâillant la porte. Nous devons être au point de rendez-vous dans moins d'une heure.

J'intervins pour affirmer, en tant que responsable de l'expédition, l'importance de nos préparatifs. Tant pis, si le départ s'en trouvait retardé. Comme je voulais prévenir Iqéri, j'ajoutai qu'il me manquait encore quelques affaires oubliées chez lui, que je tenais à récupérer. Le militaire devait avoir une certaine aptitude à se plier aux commandements car il rectifia sa position au rappel de mon titre de chef de mission.

L'épouse du timonier nous reçut avec sa gentillesse habituelle. Elle nous fit asseoir et nous servit de la bière fraîchement brassée. Nous ne nous quittions pas des yeux, Nenki, Antef et moi ; nous étions trois contre un, à présent. Il devenait possible de neutraliser notre gardien, sans prendre trop de risques.

« A la première occasion favorable, me dis-je, nous nous débarrasserons de lui. Il faut choisir le bon moment. »

Mirya nous apprit une nouvelle stupéfiante. Iqéri avait reçu l'ordre de rejoindre au plus vite le vaisseau royal, ce qui signifiait évidemment un départ très prochain.

— Allons au port ! dis-je. Je veux absolument récupérer l'écritoire que j'ai laissée à bord.

— Les quais sont loin du chemin de Rohanou, intervint l'officier, cela va nous retarder. As-tu vraiment besoin de cet instrument ?

— Que vaut un soldat sans son arme ? Pas plus qu'un scribe sans écritoire, n'est-ce pas ?

Il prit le parti d'en rire et nous nous dirigeâmes d'un bon pas vers le fleuve.

Les embarcadères étaient encombrés de coffres, de sacs, de bagages divers. Des centaines de mariniers s'affairaient à l'équipement d'une flottille de navires de toutes tailles. On chargeait beaucoup d'armes, et peu de nourriture. Il n'était pas difficile de deviner ce qui se préparait.

— L'armée quitte Koptos, dis-je à l'officier. Accepteras-tu de partir, ignoré de tous, dans une expédition civile au

Rohanou ? Tes camarades se couvriront de gloire pendant que tu trimeras dans le désert !

Il tomba dans le piège.

— Comment se couvriraient-ils de gloire en voyageant ? Ils ne se déplacent pas pour aller au combat !

— Voudrais-tu me faire croire qu'ils partent en promenade avec un tel armement ?

— Le prince Idi se rend à Chmounou. Il est normal que sa garde l'accompagne pour le protéger.

J'avais enfin un renseignement précis, sans savoir cependant ce qu'il signifiait. Qu'est-ce qui se tramait à mon insu ? Idi voulait-il attaquer les troupes du général Sisené ? Avait-il opté pour la manière forte et la guerre civile ? Quel serait dans ces conditions le sort de Nitocris ? De toute façon je comprenais mieux, à présent, l'empressement de Shémaï à m'éloigner de Koptos, juste au moment précis où je risquais d'être le plus utile.

Sur le vaisseau royal, splendide bâtiment qui dominait tous les autres en beauté comme en taille, c'était aussi la bousculade. On préparait les voiles ; on enroulait des câbles ; on dressait une cabine de voyage. Iqéri le Borgne, debout à la poupe, distribuait les ordres à son équipage.

— Interdiction de monter à bord ! cria un matelot lorsque nous nous présentâmes.

— Je veux voir Iqéri ! Je suis le scribe Nakht.

La tête du chef timonier apparut à la passerelle.

— Nakht ! tu peux monter !

L'officier fit mine d'escalader l'échelle derrière moi.

— J'ai dit Nakht seulement ! Matelot, ne laisse passer personne d'autre !

Je grimpai quatre à quatre. Sur le quai, le garde du corps avait l'air ennuyé. Nenki et Antef riaient sous cape.

— La reine part demain, dit Iqéri en m'entraînant dans la cabine. Nous allons à Chmounou. Idi nous suit avec son armée.

— Est-elle prisonnière, ou agit-elle de son plein gré ?

— Sénedjem te le dira mieux que moi. Il te cherche partout pour te remettre un message de la part de Nitocris. Où étais-tu donc passé ?

Je lui expliquai la situation, les décisions de Shémaï, le rôle de l'officier qui m'attendait, en bas, avec Antef et Nenki.

— Que faisons-nous ? demanda Iqéri.

— Il faut lui fausser compagnie.

— Je me charge de le neutraliser. Ne bouge pas d'ici.

Son œil unique et rond pétillait de malice. Il appela quatre mariniers et leur donna quelques consignes à mi-voix puis, se penchant sur la rambarde, il cria :

— Nakht ne veut plus descendre à terre ! Que dois-je faire ?

— Attends-moi, dit l'officier. Je viens le chercher.

Il n'eut pas le temps de regretter cette décision trop impulsive. Plaqué au plancher, dès qu'il eut posé pied à bord, il fut bâillonné, ficelé, enroulé dans une toile et dissimulé sous une pile de cordages, avant d'avoir pu lancer le moindre appel au secours.

— Montez vite ! dit Iqéri au sculpteur et à l'architecte. Apportez vos baluchons et rejoignez Nakht dans la cabine !

Un moment après, il venait nous retrouver avec quatre maillots à manches courtes, comme en portaient tous les marins du vaisseau royal.

— Avec ça, et sans vos perruques, vous passerez inaperçus dans les rangs des rameurs. Demain, quand nous aurons quitté la ville, nous relâcherons l'officier sur une barque de papyrus, au large d'Abydos. Il lui sera difficile de prévenir Shémaï avant trois jours. Peut-être même n'osera-t-il pas retourner à Koptos de peur d'être puni ?

— Félicitations, Iqéri ! dis-je tout heureux. Tu nous as tirés d'un mauvais pas.

— Que ne ferais-je pas pour toi ! s'exclama-t-il. Je te dois bien ça, mon cher Nakht.

Un problème énorme restait encore à résoudre. Comment allions-nous agir à Chmounou ? Pour y voir clair, il fallait que je rencontre Nitocris. Elle seule pouvait m'indiquer la conduite à tenir.

— Le prince Idi sera-t-il sur le vaisseau royal ? demandai-je.

— C'est peu probable.

— Pourquoi donc ?

— Je n'ai reçu l'ordre d'aménager que cette seule cabine

pour la reine. D'autre part, le navire princier est à quai, à côté du nôtre. Il est prêt à recevoir des passagers.

L'information était solide et rassurante. La descente du Nil jusqu'à Chmounou demanderait trois jours au plus. J'avais le temps de m'entretenir avec Nitocris avant de débarquer.

Ce qui m'ennuyait le plus, c'était la rencontre avec Siséné. Je gardais toujours en mémoire la solennelle mise en garde d'Ankhma-Hor, contre le général : « Méfie-toi de lui, Nakhti, je ne peux pas t'en dire plus. » Et je n'avais toujours pas compris comment le grand-père de Nitocris pouvait me menacer. Pourquoi cet homme était-il aussi dangereux ? Mon père n'avait pas lancé cet avertissement à la légère. Il n'aurait pas refusé sans raison grave de me donner d'autres explications. J'essayais de rechercher les causes de cette mystérieuse attitude. Je n'en trouvais aucune. Du côté de la reine tout semblait limpide. Elle l'aimait beaucoup, ce général ! Comme il l'avait pratiquement élevée depuis sa naissance, cette affection était normale, naturelle. Le grand-père devenait-il agressif pour protéger contre n'importe qui sa chère petite-fille ? Cela paraissait trop naïf pour un vieux militaire, et certainement peu réaliste. Ayant épuisé les considérations théoriques, je dus admettre qu'il devait exister un motif bien précis pour me méfier de Siséné. En conséquence, je décidai de rester sur mes gardes en attendant d'en savoir plus. En bons matelots qui s'apprêtent à appareiller, il nous fallut participer au chargement du navire. C'était la meilleure façon de passer inaperçus. Antef, dont le métier, plus manuel que celui de Nenki ou de moi-même, avait durci les mains et les muscles, s'en tira sans difficulté. Iqéri nous houspillait lorsque nous traînions dans un coin. Mais sans en avoir l'air, il s'arrangeait pour envoyer quelqu'un à notre aide. L'équipage était complice. Ce qui importait, c'était de donner le change aux navires voisins, et à celui du prince Idi en particulier.

Fourbu de fatigue, à la fin de la journée, j'étais affalé sur un rouleau de cordages, lorsque j'entendis quelqu'un qui appelait sur le quai :

— Nakht ! Nakht !

Je fis un bond jusqu'à la rambarde pour faire taire l'importun. C'était Sénedjem le devin. Il comprit à mon attitude et à mon déguisement de marin qu'il avait été maladroit en m'appelant par mon nom.

— N'y a-t-il pas à bord un matelot nommé Nakht ? demanda-t-il gauchement, pour rattraper sa bévue.

— Que lui veux-tu ?

— J'ai un message à lui remettre.

— Monte ! j'envoie l'échelle !

Je l'entraînai jusqu'à la cabine.

— Excuse-moi, me dit Sénedjem. Je n'aurais pas dû te héler ainsi.

Je le rassurai. Nous étions en situation irrégulière, certes, mais personne ne nous surveillait. Ce qui comptait pour nous, c'était d'être à bord du vaisseau royal avec la certitude de naviguer vers Chmounou le lendemain.

— Veux-tu venir avec nous ? lui proposai-je.

Il déclina mon offre, faisant valoir qu'il devait rester à Koptos pour surveiller Shémaï. En effet, selon toutes les apparences, seul le prince Idi devait s'embarquer pour accompagner Nitocris. Le Grand Maître ne serait pas du voyage.

— Sa Majesté m'a remis ceci dès ce matin, dit-il en me tendant un rouleau, scellé du cachet de la reine. J'ai couru après toi toute la journée sans te trouver. Je suppose que ce billet ne t'apprendra plus rien, à présent.

Je déroulai le papyrus :

« *Scribe Nakht, je pars demain pour Chmounou et j'ai besoin de toi sur le vaisseau royal. Quoi qu'on t'ordonne par ailleurs, n'obéis pas ! Exécute uniquement les ordres que je te donne, moi, Nitocris.* »

S'il était exact que ce mot ne m'apprenait rien, il représentait cependant un document de très haute importance : je n'étais plus en état de désobéissance grave par rapport à Shémaï. Il ne pouvait rien désormais contre moi.

— Nous devrions relâcher ce pauvre officier qui m'avait été désigné comme garde du corps, dis-je. La reine couvre mon escapade de son autorité.

Sénedjem intrigué par mes paroles me demanda quelques précisions. Il ignorait tout, en effet, des péripéties qui nous avaient conduits sur le bateau. En lui racontant la façon dont les choses s'étaient passées, il me vint à l'esprit qu'il était préférable de retenir encore notre prisonnier quelque temps. Shémaï n'apprendrait ainsi qu'après coup ma présence à bord du vaisseau en compagnie de la reine. A quoi bon l'avertir plus tôt ?

— Vas-tu prévenir Néféroukaït, à Memphis ? demandai-je. Et comment t'y prendras-tu ?

— Tiens ! répondit Sénedjem en me tendant un deuxième rouleau de papyrus. Tu remettras ceci de ma part au grand prêtre de Thôt à Chmounou. Il se chargera de le faire parvenir à ta mère.

Le réseau de renseignements qu'elle avait mis en place était vraiment extraordinaire. Il se développait dans toutes les couches de la société, depuis les gens les plus humbles jusqu'aux personnages les plus puissants. Toutes les grandes villes de Haute et Basse-Egypte devaient être pourvues d'informateurs à sa solde.

— Mais comment Néféroukaït a-t-elle monté une organisation pareille ? demandai-je, étonné.

— Pendant des années, dans l'ombre, patiemment, elle a tissé sa toile sur le Double Pays.

— Ses collaborateurs, comment les a-t-elle recrutés ?

— Avec de l'or parfois, avec du cœur souvent. Ta mère est bonne et généreuse, Nakht, plus que tu ne crois.

— A Memphis, elle a commis des horreurs dont je ne connais pas la raison.

— Moi non plus ! dit Sénedjem. Je lui fais confiance.

En l'observant, à la dérobée, je compris qu'il mentait. Il ne voulait rien dire. Ma très puissante mère imposait le secret à ceux qui travaillaient pour elle. Si je parvenais, un jour, à disposer de son réseau en faveur de Nitocris, il représenterait pour le pouvoir central un instrument d'une remarquable efficacité.

— Je vais prévenir le chef timonier Iqéri des ordres que m'envoie Nitocris. Cela le tranquillisera d'apprendre qu'il n'a plus à son bord des passagers clandestins. Antef et Nenki étant sous mon autorité bénéficient de la même protection que moi.

— Je redescends à terre. Bon voyage, Nakht !

Avant d'enjamber la rambarde pour reprendre l'échelle, Sénedjem dit en riant :

— J'oubliais ! j'ai encore deux autres rouleaux de papyrus pour toi ! Tu les liras en présence de tes amis, car ils sont concernés, eux aussi. Commence par le plus petit !

Intrigué, je fis signe à Antef et à Nenki de venir me rejoindre dans la cabine, tandis que Sénedjem s'éloignait en saluant d'un geste. Je les mis rapidement au courant de la lettre de Nitocris. Puis j'ouvris devant eux le petit billet de Sénedjem. Il était laconique :

« *N'oublie pas, scribe Nakht, que les nègres de Pount sont à Chmounou !* »

— Le prince Idi continue ! m'écriai-je.

Nenki, effrayé, posa sa main sur ma bouche.

— Parle moins fort ! On peut nous entendre à côté.

— C'est quand même incroyable ! Ces admonitions d'Idi sont ridicules.

— Il n'empêche, fit Antef, qu'il faut prendre cette menace au sérieux.

— D'accord, nous nous méfierons, dis-je en ouvrant le second billet du devin. Mais écoutez la suite et vous comprendrez :

« *Non, le prince n'est pas responsable de cet avertissement ! C'est seulement ton ami Sénedjem qui te recommande la prudence ! Ta présence à Chmounou est indésirable pour tous tes adversaires. Je sais bien que ta date de naissance laisse présager une mort de vieillesse, mais tiens-toi sur tes gardes tout de même, cher Nakht. Bonne chance !* »

SIXIEME ADMONITION

Nitocris était habillée en pharaon, comme aux fêtes du Dieu Min.

Elle portait le pagne court et, masquant ses seins nus, le grand pectoral d'or. Sur sa tête, au lieu de la Double Couronne, blanche et rouge, de Haute et Basse-Egypte, elle avait disposé le némès : un voile blanc rayé de bleu, enveloppant les cheveux et retombant sur les épaules. Cette coiffure avait été portée par tous les souverains depuis Djoser le Magnifique, cinq siècles auparavant. Un diadème d'électrum soutenait au-dessus de son front les effigies des déesses Vautour et Cobra, protectrices du trône.

Les géants nubiens de l'escorte avaient été disposés en rangs serrés, de part et d'autre du quai d'embarquement. Elle avançait au milieu d'eux, solitaire, fragile comme une reine, mais plus rayonnante de majesté qu'un roi.

Je me tenais à la proue du navire, dissimulé derrière un tas de voiles, ce qui me permettait de voir sans être vu. Iqéri le Borgne, debout en haut de la passerelle de cérémonie, attendait, pâle d'émotion, que la souveraine se présente à son bord. L'équipage, en grand uniforme, s'était aligné sur le pont, prêt à se prosterner au commandement de son chef.

J'observais Nitocris dans chacun de ses gestes. Elle prenait son temps, effectuant chaque mouvement avec une lenteur calculée. Elle dévisagea, au passage, les officiers de la garde répartis à intervalles réguliers devant les soldats. Le silence insolite qui planait sur la cérémonie impressionnait lourdement les participants. Je connaissais suffisamment la reine pour deviner qu'elle entretenait cette ambiance particulière. Toute l'énorme puissance militaire des princes, rassemblée sur le port pour cette circonstance, ne réussissait pas à l'écraser. Elle la dominait, au contraire, de sa splendeur, imposant son autorité prestigieuse à tous ceux qu'elle regardait.

Parvenue au bout de sa longue marche silencieuse, elle s'apprêtait à quitter l'embarcadère pour monter vers le vaisseau royal, lorsqu'une sonnerie de trompettes retentit. Idi, fils de Shémaï, apparut soudain au bout du quai, casqué et ceinturé de cuir noir. Il avançait à grands pas, précédé de porteurs d'oriflammes et suivi de joueurs de cymbales rythmant sa marche.

Nitocris s'arrêta, stoppée par cette bruyante apparition à laquelle elle ne s'attendait pas. Je la voyais d'assez près, à présent, pour pouvoir analyser l'expression de son visage. J'y découvris, avec plaisir, un imperceptible sourire ironique et méprisant. Elle se moquait certainement d'Idi, ce qui me confortait dans l'opinion qu'elle n'aimait pas cet homme et qu'elle ne l'aimerait jamais. En admettant qu'il réussisse un jour à l'épouser par contrainte, il ne pourrait obtenir d'elle qu'hostilité ou raillerie. J'en éprouvai une grande satisfaction. Quelles que soient les circonstances, je n'avais rien à craindre de mon puissant rival, même pas sa force brutale.

Arrivé près de la reine, Idi s'inclina pour la saluer, puis il l'accompagna sans rien dire, tout le long de la passerelle. Sur le pont, ce fut une prosternation générale. Réfugié dans mon poste d'observation, je dus dissimuler ma tête sous un tas de cordages pour ne pas me faire repérer. Je pus apercevoir le prince conduisant la souveraine jusqu'à la cabine de toile dressée au pied du mât central. Cela me rendit perplexe. Allait-il voyager en sa compagnie ? Iqéri m'avait pourtant certifié qu'il n'avait rien prévu, et qu'il n'avait reçu aucun ordre à ce sujet. Que venait-il donc faire sur le vaisseau royal ? Installer la reine où s'installer avec elle ?

Au risque de dévoiler ma présence, j'écartai les cordes qui me cachaient pour ne rien perdre de ce qui allait se passer. Ils parlaient à voix basse. J'étais trop loin pour entendre leur dialogue. Mais à l'aspect d'Idi, je compris tout de suite que Nitocris l'éconduisait. Il serrait les poings, les bras collés au corps. Il pointait son menton en avant, accentuant de façon ridicule le développement exagéré du bas de son visage. Elle s'adressait à lui, toute souriante, la tête légèrement inclinée, dans une attitude favorable aux confidences. Il bouillonnait de colère contenue, mâchoire inférieure crispée. S'il avait osé je crois qu'il aurait frappé du pied comme un enfant contrarié. A un moment donné il dut s'exprimer assez maladroitement car elle se mit à rire de bon cœur. Le timbre cristallin de sa voix vint charmer mes oreilles. La conversation tourna court.

Idi fit deux pas en arrière. Sans courbette ni salut d'aucune sorte, il partit en courant presque, dévalant la passerelle jusqu'au quai. Sans prendre le temps de souffler il grimpa quatre à quatre sur son navire ancré non loin de là. Les trompettes retentirent à nouveau et les oriflammes s'agitèrent, donnant le signal du départ. Dans un branle-bas général les drisses se tendirent, les amarres sautèrent, les voiles blanches s'élevèrent le long des mâtures. Elles se gonflèrent sous la brise favorable, et la flottille appareilla.

En tête le bateau princier traçait la route, emportant à son bord le jeune maître de Koptos, irrité et déçu. A la proue, trois marins, cordeaux de sonde en main, donnaient à tout instant la profondeur du fleuve. Derrière suivaient les chalands de transport, pleins à craquer de militaires. Le prince n'avait pas lésiné : il amenait son armée au grand complet.

Les soldats, tout réjouis de ce déplacement, se mirent bientôt à chanter en chœur. Quelques bâtiments plus ordinaires venaient ensuite, chargés de ravitaillement. En dernier, et détaché du groupe, le vaisseau royal déployait ses voiles, refermant sur sa poupe à l'élégance majestueuse les eaux calmes du Nil.

En me dépêtrant des cordages et des voiles qui m'avaient abrité à l'avant du navire je sortis de ma cachette, arpentant le pont pour me dégourdir les jambes. Il était inutile de continuer à se cacher puisque Idi filant loin devant nous ne pouvait plus m'apercevoir. D'ailleurs, bénéficiant de la totale complicité de l'équipage d'Iqéri, je ne courais plus aucun risque. Je me sentais enfin libre.

Une mauvaise surprise m'attendait. Je n'en crus pas mes yeux. Devisant d'un air satisfait, installés sur deux tabourets devant la cabine de la reine, les deux scribes des princes étaient là. Mes confrères en écritures avaient dû monter à bord, discrètement, bien avant l'arrivée de Nitocris. Elle n'avait pas eu connaissance, probablement, de leur venue sur le vaisseau. A moins que dans ses pourparlers avec le prince Idi, dont je n'avais pu percevoir un seul mot, elle n'ait accepté de supporter ces espions durant tout le voyage. Pour ma part, leur présence en ce lieu me parut intolérable. Dès que toutes les manœuvres de départ furent achevées, et que Koptos eut disparu à l'horizon du sud, je rejoignis, sans me faire voir, Iqéri le Borgne qui dirigeait les timoniers sur la plate-forme, à l'arrière.

— J'ai repéré deux indésirables, lui dis-je en aparté. Ce sont les scribes de Shémaï et d'Idi. Que pouvons-nous faire ?

— Va les chercher ! répondit-il. Trouve un prétexte pour les conduire auprès de moi, puis éloigne-toi de quelques pas. Je me charge du reste.

. Il me fixait de son seul œil, la prunelle coquine, en riant sous cape du bon tour qu'il préparait.

— Tu ne vas pas ?... demandai-je inquiet.

Il me coupa la parole.

— Un accident est si vite arrivé, mon cher Nakht ! Surtout lorsque circulent à bord des personnes inexpérimentées ! Va les chercher, te dis-je !

En pensant qu'après tout, ces sbires des princes devaient assumer jusqu'au bout les risques inhérents à leurs fonctions, je me dirigeai vers la cabine. La solution expéditive suggérée par Iqéri m'apparut séduisante et je fis selon ses directives. Après avoir salué courtoisement mes deux confrères, afin de ne pas éveiller leurs soupçons, je leur proposai de visiter le bâtiment. Ils s'étonnèrent quelque peu de me voir si familier des lieux. Je leur fis remarquer qu'en tant que secrétaire du roi, il m'était arrivé à plusieurs reprises de l'accompagner dans ses déplacements sur le fleuve.

— Et de plus, leur dis-je, le chef timonier est un de mes bons amis. Allons ensemble à l'arrière, vous ferez sa connaissance ! C'est un homme charmant !

Ils me suivirent sans méfiance, jusqu'au plat-bord de poupe, où quatre mariniers tenaient les avirons de gouverne. Ayant fait les présentations, je réussis à m'esquiver au moment précis où Iqéri leur disait aimablement :

— Penchez-vous un peu, vous verrez des oiseaux qui viennent pêcher leur nourriture dans le sillage.

Presque immédiatement après, je l'entendis hurler en prenant à partie un matelot :

— Attention, maladroit ! tire fort sur le manche !

Il se précipita en même temps sur un gouvernail, comme s'il avait dû effectuer une manœuvre urgente, puis s'élança de toutes ses forces à reculons. Sans la moindre réaction, sans un cri, avec un accord parfait, les deux scribes basculèrent pardessus la rambarde et tombèrent dans le fleuve, sous mes yeux ébahis.

— J'espère qu'ils savent nager, dit Iqéri et qu'il n'y a pas de crocodiles dans les parages.

Nous avancions à bonne allure, le courant étant assez fort. Je les vis se diriger à grandes brasses vers le bord et grimper sur la berge en nous tendant le poing. Ils étaient saufs — tant mieux — et nous étions débarrassés de leur présence importune. Le matelot, qu'Iqéri avait rabroué pour une erreur fictive, se demanda pourquoi son chef riait à gorge déployée en compagnie du scribe de la reine, après avoir envoyé deux passagers par-dessus bord sans rien faire pour tenter de les récupérer.

Pour la première fois depuis mon arrivée à Koptos, j'étais enfin délivré de toute contrainte pour approcher ma reine bienaimée : elle était là, dans la cabine de toile au centre du vaisseau. Jamais je ne m'étais senti aussi près d'elle. Un simple rideau de lin nous séparait. Mais cette mince barrière, si ténue pourtant, restait encore un obstacle insurmontable. Qu'y avait-il de commun entre une reine d'Egypte et un scribe ? Tout nous séparait : sa beauté, son talent, sa grandeur, son trône et, par-dessus tout, son origine divine. Elle était fille de Rê.

Ma générosité — tout le monde me disait généreux — m'avait entraîné à corps perdu dans une révolte désespérée qui n'avait pas tardé à me dépasser par son ampleur. Hélas !... Pour conquérir par la force un pouvoir susceptible de me rapprocher de Nitocris, il m'aurait fallu plus d'audace et plus d'ambition. Mes compagnons et Mériptah régnaient maintenant à Memphis.

Au coucher du soleil, Iqéri le Borgne arrima le vaisseau royal près de la berge. Par mesure de prudence, il avait préféré interrompre toute navigation pendant la nuit. Le reste de la flottille avait dû en faire autant, à quelques encablures plus au nord.

— Qu'allons-nous faire de ce garde-chiourme que Shémaï avait accroché à tes talons ? me demanda le chef timonier.

Notre prisonnier était encore ficelé, bâillonné et enroulé dans une toile, au pied du mât. Je proposai de le libérer, jugeant inhumain de le retenir plus longtemps dans d'aussi mauvaises conditions. Nous étions assez loin de Koptos : il ne pouvait plus nuire désormais. Nenki et Antef approuvèrent ma proposition. Iqéri sembla plus réticent. Cependant, il me donna son coutelas à large lame, en déclarant sentencieusement :

— Prends garde à toi ! Les gens qui servent les princes en veulent à ta vie.

— Ne voilà-t-il pas que les admonitions viennent de mes amis maintenant ! dis-je en riant aux éclats.

Lorsqu'il me vit, penché sur lui, le poignard à la main, l'homme crut que j'allais le tuer. Terrorisé, il ne me quittait pas des yeux. Dès que j'eus ôté son bâillon, il comprit qu'il aurait la vie sauve.

— J'ai soif, dit-il. Veux-tu me donner de l'eau ?

— Retourne-toi ! ordonnai-je. Je vais trancher tes liens. Ainsi tu iras chercher à boire toi-même.

— Pourquoi me libères-tu ? demanda-t-il.

— Parce que je n'ai plus rien à craindre de toi, répondis-je en sectionnant ses attaches. Tu ne pourras pas me traîner de force dans la Vallée du Rohanou.

J'aurais vraiment dû me méfier davantage. Cet officier était rompu aux techniques de combat. A peine eut-il les mains libres qu'il sauta sur moi, tordant violemment mon poignet et m'arrachant le couteau. Puis retournant mon bras, il posa la lame sur mon cou en criant :

— Obéis sans résistance, sinon je t'égorge !

Dans sa farouche détermination, je le jugeais capable de mettre sa menace à exécution. Il m'obligea à marcher jusqu'à l'avant du bateau, ordonnant aux mariniers qui travaillaient par là de s'éloigner rapidement, et d'aller chercher le chef timonier. Réfugié à la pointe du navire, il ne craignait plus d'agression dans son dos. Devant lui, mon corps servait de rempart et d'otage.

— Que veux-tu ? cria Iqéri en s'avançant vers nous.

— Pose une passerelle jusqu'à la berge ! Je descendrai à terre avec le scribe.

— Tu es libre ! s'exclama le Borgne. Pars tout seul, et relâche Nakht. Nous ne ferons rien contre toi, je t'en donne ma parole.

— J'ai reçu l'ordre d'amener ce scribe au Rohanou hurla-t-il, je le ferai ! Personne ne m'en empêchera !

— C'est bien ! Tu es un homme d'honneur !

Nitocris venait subitement d'apparaître. Elle intervenait, calme et autoritaire. Alertée par la violence des paroles échangées, quittant aussitôt sa cabine, elle avait jaugé en un instant le drame qui se déroulait.

— Shémaï t'a donné un ordre et tu l'exécutes coûte que coûte, continua-t-elle, à l'adresse de mon adversaire. Tu as raison ! Mais moi, je donne des ordres à Shémaï !

La torsion du bras s'accentua violemment dans mon dos et je grimaçai de douleur. La reine était arrivée presque à notre contact. Son regard, d'une étrange fixité, semblait transpercer l'officier de part en part.

— Donne-moi ce poignard ! commanda-t-elle en tendant la main vers lui. Et prosterne-toi à mes pieds !

Vaincu, il obéit et s'effondra sur le pont. Elle recula d'un pas, puis me sourit en tendant l'arme qu'elle venait de récupérer.

— Reste à bord du navire, dit-elle au militaire. J'apprécie ta bravoure. Comment t'appelles-tu ?

— Kaâper est mon nom !

— Kaâper, tu seras mon garde du corps et désormais, je veux être la seule à te donner des ordres, déclara Nitocris.

Puis s'adressant à Iqéri :

— Occupe-toi de lui ! Fais-le manger et boire à sa faim. Lorsqu'il sera rassasié, qu'il monte la garde devant ma cabine !

SEPTIEME ADMONITION

Le vent et le courant additionnant leurs effets favorables, la flottille filait bon train. Le lit du fleuve, creusé par l'abondante inondation précédente, évitait aux bateaux à fond plat de racler et de ralentir sur les bancs de sable.

En fin de matinée, remis des émotions de la veille, je vins m'asseoir au pied du mât. Je ne voyais plus rien, je n'entendais plus rien, je ne vivais plus normalement. J'attendais depuis le lever du jour. J'attendais que Nitocris m'appelle.

Kaâper montait la garde devant sa cabine. Il était impassible. J'étais insensible à sa présence.

Iqéri le Borgne vint frapper sur mon épaule. Je sursautai, brutalement tiré de mon absence, tandis qu'il déclarait à voix forte pour être bien entendu :

— Conditions de voyage idéales, scribe Nakht ! Nous voici à la mi-journée. Nous avons dépassé Abydos.

Brave Iqéri ! J'avais été bien inspiré en lui offrant le rouleau de hiéroglyphes d'éternité. A tout moment, il était prêt à me rendre service et ne s'en privait pas. De plus, son imperturbable bonne humeur semait la joie autour de lui. Pour faire bonne mesure il ajouta :

— Quel dommage que les scribes des princes soient tombés par-dessus bord ! Tu n'as plus aucun confrère pour te tenir compagnie. Tu t'ennuies, mon pauvre Nakht !

Nitocris souleva le rideau. Elle souriait. Notre première réaction fut de nous prosterner à ses pieds, mais elle nous arrêta d'un geste.

— Mes compliments ! dit-elle à Iqéri. Tu rends mon voyage agréable, chef timonier. Je te félicite.

Le Borgne rougit de satisfaction. J'étais heureux pour lui.

— Au travail, scribe ! fit-il tout à trac.

— Mon écritoire est toujours prête, dis-je en m'inclinant.

— Tout doux ! s'exclama Nitocris, je veux manger d'abord.

Rattrapant son sérieux, Iqéri annonça avec fierté :

— Le cuisinier est déjà à ses feux, Majesté. Il peut vous servir immédiatement si vous le désirez.

— Très bien ! dit-elle. Je prendrai mon repas devant la cabine. Mais je déteste manger seule. Restez avec moi ! Vous êtes mes invités.

Le chef timonier me dévisagea avec étonnement. Il se demandait pour quelle raison la souveraine lui accordait une telle considération en l'acceptant à sa table. Ayant soudain deviné qu'il me devait cet honneur et que l'invitation s'adressait surtout à moi-même, Iqéri prit un air contrarié. Il expliqua, avec force détails techniques, qu'il ne pouvait confier à personne la responsabilité de la direction du navire et qu'il était impossible d'abandonner trop longtemps le poste de commandement à de simples matelots. Nitocris écoutait ses arguments avec beaucoup d'attention.

— Va ! dit-elle. Va gouverner ton navire et conduis-nous à bon port !

Le Borgne se retira. Sa généreuse manœuvre me comblait d'aise. En abandonnant l'honneur d'être à la table de la reine, il venait de réussir à me ménager un tête-à-tête avec elle. Peut-être avait-il souhaité se soustraire, par la même occasion, à un entretien trop intimidant pour lui ?

Nitocris ordonna au garde du corps de se retirer jusqu'à l'avant du navire. Puis elle fit signe aux matelots de service d'apporter les plats. Elle toucha à peine aux mets succulents qu'avait préparés le cuisinier. Elle m'assaillit de questions, et, tout en mangeant, je répondis de mon mieux. Elle parut mécontente en découvrant de quelle façon Shémaï avait tenté de se débarrasser de moi. Elle rit de bon cœur au récit de la neutralisation de l'officier Kaâper préposé à ma surveillance. Mais elle fut contrariée d'apprendre que les nègres de Pount s'étaient déplacés à Chmounou.

— Prends garde à toi, Nakht ! me dit-elle. Ne me quitte plus jusqu'à nouvel ordre ! Reste toujours dans mon entourage sinon ils te tueront !

— C'est la septième admonition que l'on m'adresse, ô ma

reine, lui dis-je, débordant d'amour. Les quatre premières m'ont inquiété ou importuné, les deux autres m'ont fait sourire, mais celle-là me comble de bonheur.

Comme je m'étonnais de la rapidité avec laquelle elle avait quitté la Haute-Egypte, et de la présence de l'armée d'Idi pour l'accompagner en flottille jusqu'à Chmounou, Nitocris me fournit quelques explications. J'appris ainsi qu'elle avait décidé unilatéralement ce départ, abandonnant Koptos. La réaction des princes n'avait pas longtemps tardé. Shémaï, craignant de la voir échapper à son influence si elle se plaçait sous la protection du général Sisené avait offert de l'accompagner. Son fils Idi, le plus amoureux ou le plus ambitieux des deux, s'était lancé dans la surenchère, proposant son armée en escorte. Saisissant l'occasion, Nitocris lui avait imposé ses conditions : ses troupes viendraient renforcer celles de Sisené pour investir Memphis et abattre les usurpateurs. Le jeune prince avait engagé sa parole, espérant voyager en compagnie de la reine.

— Il est jaloux de toi, Nakht ! dit-elle en conclusion. S'il se rend compte à quel point ses tentatives d'intimidation sont inefficaces, il n'hésitera pas à te supprimer.

Moi, je me moquais de la menace d'Idi ! Je me félicitais avant tout de sa jalousie, car elle était la preuve flagrante de l'affection privilégiée que me portait Nitocris.

Nous avions fini le repas. La reine, soulevant la tenture, me demanda de l'accompagner dans la cabine. Je la suivis, tremblant d'émotion.

Il régnait à l'intérieur une ambiance irréelle que je mis, tout d'abord, sur le compte de mon émoi. Puis, en me maîtrisant peu à peu, je pus constater que la lumière tamisée par les parois de toile aux larges rayures bleues était en bonne partie responsable de cette impression. Je fus surpris aussi par la forte chaleur et par l'odeur d'extrait de fleurs qui imprégnait l'atmosphère. C'était le parfum préféré de la souveraine. Je l'aurais reconnu entre mille. Jamais encore je n'avais eu l'occasion de le respirer avec une telle intensité.

Nitocris décrocha son diadème. Enlevant d'un geste brusque son voile de pharaon, elle libéra ses longs cheveux bruns dans un gracieux mouvement de tête.

— Je n'ai jamais compris, déclara-t-elle, pourquoi mon

grand-père Siséné te déteste. Cela nous posera un problème à Chmounou.

— Ankhma-Hor m'a mis en garde contre le général.

— Ton père et lui ont le même âge. Ils se connaissent bien. Ils ont vécu ensemble au palais, à la cour de Néferkarê-Pépi. Ne s'est-il rien passé entre eux ?

Je m'étais déjà posé cette question auparavant. Une brouille entre Ankhma-Hor et Sisené aurait pu justifier, à la rigueur, cette attitude à mon égard. Je ne croyais pourtant pas à cette explication.

— Le général, demandai-je, serait-il assez vindicatif pour me reprocher une erreur commise par mon père ?

Elle fit un geste de la main, comme pour s'excuser et répondit en souriant :

— Non ! je suis stupide d'avoir imaginé une telle chose ! Sisené est franc et généreux. Il doit y avoir une raison plus profonde à son antipathie.

J'avais une autre hypothèse. Elle était assez délicate à exposer mais puisque l'occasion se présentait, il fallait en profiter. L'opinion publique avait accusé le général d'entretenir des relations homosexuelles avec le pharaon Pépi. Or, dans la capitale, le Dieu Ptah condamnait formellement cette forme de sexualité.

— Pour transgresser un tel interdit, s'aimaient-ils donc vraiment ? demandai-je.

— Oui, Sisené, le père de ma mère, aimait passionnément son gendre Pépi, répondit la reine.

Je ne voulais pas porter un jugement sur cette liaison, mais elle suffisait à expliquer une violente réaction affective du général qui se serait produite au moment du rapt de la momie du roi.

— Cette version ne me convainc pas, dit Nitocris, pour deux raisons : d'une part, c'est grâce à toi, cher Nakht, que le corps embaumé de mon père a été retrouvé, d'autre part, je peux t'affirmer que Sisené n'appréciait pas ta présence à mes côtés comme secrétaire bien avant l'affaire de la pyramide. Il m'avait demandé, depuis longtemps, de me passer de tes services.

Elle fit quelques pas en avant, et vint se placer tout contre moi. Puis elle dit, avec beaucoup de douceur :

— Moi, je n'ai pas obéi, Nakht ! je t'ai gardé avec moi !

Etait-ce le parfum capiteux flottant dans cette cabine de toile, qui nous troublait ? Etait-ce la lumière immatérielle qui nous faisait croire à un rêve ? N'était-ce pas plutôt l'irrésistible envie que nous sentions vibrer de plus en plus intensément dans nos corps ? Nous nous regardions, sans rien dire, pétrifiés par notre désir réciproque. C'est elle qui rompit la première cet interminable face-à-face :

— Veux-tu dégrafer mon pectoral ? dit-elle en me tournant brusquement le dos. Il est trop lourd ! Il finit par accabler mes épaules et meurtrir ma poitrine.

Cette immense distance hiérarchique qui nous séparait, elle était prête à la franchir volontairement, devinant que je l'aimais trop pour oser le faire moi-même. Intuitivement, elle avait choisi d'effectuer le premier pas. Je fis ce qu'elle me demandait. Lorsque j'eus dans mes mains le bel ornement d'or et de pierres précieuses qui décorait son buste, elle se retourna pour me l'ôter des doigts et le poser sur un meuble. Elle revint vers moi, torse nu, offrant à mes regards affolés sa divine poitrine.

— J'aime beaucoup ce large collier, dit-elle avec un sourire. C'est mon père Pépi qui me l'avait offert. Il me permet de m'habiller en homme.

Elle passa ses bras autour de mon cou en me demandant :

— Nakht, m'aimes-tu en pharaon ?

Pour toute réponse j'inclinai la tête, déposant avec fougue un baiser sur sa nuque. Elle se blottit contre moi. Son oreille s'offrait à ma bouche, j'en mordillai le lobe en chuchotant des mots insensés. J'effleurai sa joue. Ses lèvres vinrent à la rencontre des miennes.

Nous restâmes longtemps immobiles l'un contre l'autre, étroitement enlacés. Puis peu à peu, au-delà de nos bouches, avides de se connaître, une sensation nouvelle nous envahit : nos peaux se découvrirent, étrangement complémentaires, trouvant dans leur contact un plaisir infini. Nos corps se frottèrent l'un contre l'autre, dans une ondulation lente et imperceptible, cherchant à intensifier plus encore la vivante chaleur et la douce fraîcheur de notre première étreinte.

Un hurlement horrible retentit sur le navire, nous séparant. Ce fut une douloureuse déchirure. Des cris, des appels désespérés venaient de l'arrière :

— Au feu ! alerte au feu ! au secours !

Sur le pont, les mariniers couraient de toutes parts, dans un affolement général. Un simple coup d'œil à l'extérieur nous permit d'évaluer les dégâts. Le tiers postérieur du navire était recouvert de flammes. Une épaisse fumée noire montait en tourbillon, rejetant une pluie de cendres et de tisons. Nous vîmes le cuisinier, brûlé sur tout le corps se tordre de douleur, tantôt hurlant et tantôt gémissant. Même sa chevelure avait flambé.

Le vaisseau avait pris feu à partir des cuisines. Le sinistre s'était étendu avec une incroyable rapidité à cause de son ornementation inflammable : tentures décoratives et peintures d'enjolivement pour masquer le bitume imperméabilisant la coque. Tous ces matériaux alimentaient le foyer et la brise attisait l'incendie.

Sous les ordres précis d'Iqéri le Borgne la lutte s'organisait progressivement. Des matelots munis de seaux accrochés à des cordes puisaient l'eau du fleuve par-dessus le bastingage. D'autres faisaient la chaîne, en se passant les récipients de main en main pour acheminer l'eau jusqu'au brasier. D'autres, encore, munis de haches, tranchaient les tronçons enflammés pour les lancer par-dessus bord, et dégageaient le pont des cordages et des toiles susceptibles d'alimenter le feu.

Tout à coup, les haubans retenant le grand mât se rompirent, rongés par les flammes. Avec un craquement sinistre, celui-ci s'abattit sur le côté et se coucha en travers, au-dessus du fleuve, entraînant la grand-voile avec lui. Devant moi, à trois pas de la cabine, quelques câbles tendus à se rompre le retenaient encore, s'opposant à sa chute hors du bateau.

— Nakht ! cria Iqéri. Sectionne ces filins pour libérer le mât et la voilure. Prends bien garde à toi dès que tu l'auras dégagé.

— Il ne faut pas rester ici, dis-je à Nitocris. Cours vers l'avant du bateau où tu seras plus en sécurité. J'effectue ce travail puis je viens te rejoindre.

Le navire, déséquilibré par l'effondrement de la mâture

tournoyait sur lui-même. Il était impossible de l'en empêcher, car nous avions perdu les avirons de gouverne et nous nous trouvions dans l'incapacité de manœuvrer. Par moments, la coque oscillait dangereusement et menaçait de chavirer. Tailladant à violents coups de couteau les haubans latéraux, je réussis, non sans mal, à libérer le mât brisé à la base. Il bascula à grand fracas dans le Nil. Le bateau, poussé vers la rive, vint s'échouer sur un banc de sable.

Un coup de vent soudain raviva le brasier. Malgré les efforts désespérés de l'équipage, le feu fit un immense bond en avant, jusqu'au milieu du pont, ainsi qu'en profondeur, tout le long de la coque.

Iqéri, évaluant la situation, comprit qu'il n'y avait plus rien à faire pour maîtriser le sinistre. Il lança l'ordre d'évacuer.

— Nous n'en viendrons pas à bout ! cria-t-il. Fuyez ! sauve qui peut !

J'avais couru jusqu'à l'avant pour rejoindre Nitocris. Elle observait l'incendie, sans aucune frayeur.

— Nous avons dérivé dans un bras du fleuve assez étroit, dit-elle. La rive est à notre droite, une île longue et couverte de végétation à notre gauche. Mais d'un côté comme de l'autre, c'est infesté de crocodiles. Que pouvons-nous faire ?

Elle était très bonne nageuse et moi aussi, pas assez cependant pour battre de vitesse les terribles mâchoires. De toutes parts nous vîmes des matelots sauter par-dessus la rambarde. Affolés par le feu, ils n'avaient pas pris la précaution d'observer au-dessous d'eux les monstres qui s'approchaient de la coque. Le crépitement des flammes, l'éclatement des poutrelles de bois, les tourbillons de fumée, nous épargnèrent la vue et les horribles bruits du carnage.

J'aperçus tout à coup Nenki et Antef, qui nous cherchaient autour de la cabine, à la limite de l'incendie. Je fis de grands gestes en m'époumonant pour attirer leur attention. Ils nous virent et nous rejoignirent en courant.

— Nous avons intérêt à attendre le plus longtemps possible, dis-je. Lorsque la coque flambera, l'eau s'engouffrera à l'intérieur et le navire coulera peu à peu. Les flammes, la fumée, la vapeur dégagée par les brandons projetés dans le fleuve chasseront les charognards qui nous guettent.

— Nous risquons de brûler vifs ! dit Nenki. C'est peut-être le sort d'Iqéri !

— Iqéri ? Où est-il ? Qu'est-il devenu ?

— Je l'ai vu foncer vers l'arrière après avoir donné l'ordre d'évacuation.

Tous nos regards se tendirent vers le brasier. Le chef timonier avait disparu, comme tout l'équipage. Il ne restait plus que nous quatre à bord. Les flammes s'élevaient, gigantesques ; les craquements et les crépitements devenaient terrifiants, la fumée de plus en plus suffocante. La chaleur de la fournaise nous brûlait la peau. Je pris un seau pour puiser de l'eau, et le renverser tour à tour sur la reine et mes compagnons, avant de m'arroser moi-même.

— C'est dangereux de rester là ! dit Antef assez peu rassuré. Si l'arrière s'effondre, la coque peut basculer en dressant l'avant verticalement. Je crois qu'il faut sauter tout de suite.

— J'ai envie de sauter, moi aussi ! bégaya Nenki pâle de frayeur contenue.

— Faites comme vous voulez ! trancha Nitocris. Je pense que Nakht a raison et qu'il faut tenir ici le plus longtemps possible. Je reste avec lui.

Sa main serra la mienne. L'architecte et le sculpteur plongèrent, nous laissant les derniers à bord. Je pris ma bien-aimée dans mes bras. Ensemble, nous nous sentions invulnérables.

Mes prévisions s'avérèrent bientôt exactes. En nous aspergeant mutuellement le corps, nous pûmes faire échec à l'atroce chaleur et demeurer à la pointe du navire jusqu'au moment où, rongé par le feu, il s'enfonça progressivement dans le fleuve. Une immense colonne de vapeur jaillit soudain de ses flancs embrasés. Nous nous élançâmes en même temps dans le Nil. L'eau n'était plus qu'à une coudée de nos pieds. De toutes nos forces, nous nageâmes côte à côte, vers la rive. Les crocodiles, effrayés par l'effondrement de la coque brûlante, s'étaient enfuis assez loin pour nous permettre d'atteindre la terre ferme hors de leur portée.

La nuit tombait. Je pris Nitocris par la main pour l'aider à grimper sur la berge. Parvenus au sommet d'un tertre, nous

nous retournâmes pour voir l'épave disparaître dans l'eau, rouge de sang, de feu, et de soleil couchant.

— Viens ! s'exclama-t-elle. Viens avec moi !

Elle dégrafa son pagne mouillé et m'invita à en faire autant avant de s'élancer, toute nue, vers les terres. De vastes plantations de lin bleu bordaient la rive. Elle fonça dans leur direction, laissant après son passage un étroit sillage au milieu des hautes tiges.

Je bondis à sa poursuite. Après une course effrénée, elle s'arrêta, plantée au milieu du champ, et fit tournoyer ses vêtements au-dessus de sa tête.

Je la rejoignis en quelques enjambées. Nous étions tout mouillés, trempés d'eau et de sueur mêlées, souillés de cendres et balafrés de traces noirâtres, aussi nus et crottés l'un que l'autre.

Merveilleusement belle et désirable, elle éclata de rire en se pendant à mon cou. Eperdus de désir, nous roulâmes dans les hautes herbes, soudés dans une étreinte folle.

Quatrième partie

Les sept châtiments

PREMIER CHATIMENT

Dès son arrivée à Chmounou, Nitocris régna en maître absolu sur la Moyenne-Egypte, l'armée reconstituée par son grand-père Sisené lui permettant d'asseoir son autorité. Elle profita de ce nouveau pouvoir pour dicter des ordres aux princes du Double Pays, afin de compléter l'œuvre de réorganisation amorcée à Koptos.

Nous ne nous quittions plus ! Dans la riche demeure mise à sa disposition par le gouverneur de la ville, l'appartement de la reine et le mien étaient contigus. Nous vivions ensemble, au grand jour pour travailler, et secrètement la nuit pour nous aimer. Infatigable, elle m'accabla de multiples tâches, refusant de faire appel à d'autres scribes. « Il importe d'éviter toute indiscrétion éventuelle sur mes intentions », disait-elle, en riant, lorsque j'avais tendance à renâcler. En réalité, elle souhaitait n'avoir affaire qu'à moi seul... pour notre plus grande satisfaction !

Le prince Idi, qui nous avait recueillis après le tragique naufrage en décidant de faire demi-tour pour remonter le Nil, ne se montrait plus dans l'entourage de la souveraine. Il avait même abandonné toute tentative de surveillance par secrétaire interposé. J'appris aussi, avec un sérieux soulagement, qu'il avait renvoyé à Koptos l'officier Chaf et la dangereuse cohorte des nègres de Pount. Ma vie n'était plus menacée. Cependant, je n'entretenais aucune illusion sur le comportement de mon puissant rival. Soumis à l'autorité royale, il ne courbait l'échine que par prudence ou tactique, en attendant des jours meilleurs. Aimait-il Nitocris ? Je pouvais en douter. Par contre, il devait apprécier à sa juste valeur son ambition de reconquête du trône et ses efforts pour rétablir le pouvoir pharaonique sur les Deux-Terres. Soupçonnant notre liaison — qu'il prenait pour une amourette — il avait pris le parti de l'ignorer, persuadé que le temps jouait en sa faveur : installée à Memphis, Nitocris épouserait un prince et non pas un scribe de cour.

Qu'en serait-il au juste? Je refusais de me poser cette question. Je ne voulais pas y réfléchir. Seul comptait mon bonheur présent. Je devenais imperméable à toute autre pensée et l'avenir ne m'intéressait plus.

Antef le sculpteur et Nenki l'architecte avaient eu la chance d'échapper aux crocodiles du Nil, mais mon ami Iqéri le Borgne était mort dans l'incendie du vaisseau royal. Lui qui rêvait d'éternité future et de vie dans l'au-delà, où était-il maintenant ? Son corps n'avait pas été retrouvé. Les conséquences de cette disparition me semblaient trop injustes ; pas de momie, pas de prières, pas de formules magiques pour ouvrir à son *ka* les portes du royaume d'Osiris. A quoi bon avoir dérobé pour lui, ou pour les autres, les textes sacrés de la pyramide de Pépi le Vieux ?

— Quelle tristesse dans ton regard ! s'écria soudain Nitocris en interrompant sa dictée.

J'étais accroupi devant elle, écrivant à grande vitesse, comme elle me l'imposait, les lettres de convocation qu'elle avait décidé d'adresser à Idi, Shémaï et Siséné, pour préparer avec eux l'attaque de Memphis.

— Pourquoi es-tu loin de moi, Nakht ?

— Loin ? dis-je surpris, en caressant son petit pied. Non, je suis tout près, au contraire. Vois ! je peux te toucher.

— Ne raille pas ! Dis-moi plutôt les raisons de ton trouble !

— Je pensais à la mort d'Iqéri.

En me rapprochant d'elle, je pus appuyer ma tête sur ses genoux. Tandis qu'elle lissait mes cheveux entre ses doigts, je lui fis part de mes réflexions :

— Tes ancêtres, les pharaons reposent dans leurs pyramides ; à côté d'eux, dans leurs tombeaux, les nobles glorifiés en font de même. Dis-moi, ma bien-aimée, que reste-t-il de leurs palais ou de leurs résidences ? J'ai lu les Enseignements d'Imhotep. Partout les hommes célèbrent sa sagesse. Mais où est maintenant sa maison ? Les murs en sont rasés. Il ne reste plus trace de son emplacement, comme si elle n'avait jamais existé. Les morts ne sont jamais sortis du lieu où ils se trouvent, pour nous dire ce qu'ils sont devenus. Pourquoi ne viennent-ils pas nous apaiser, jusqu'à ce que nous allions, à notre tour, là où ils sont allés ?

Un éclat de rire, frais comme une eau vive, vint sanctionner mes paroles. Elle tira ma chevelure à pleines mains, en lançant sur un ton narquois :

— Superbe méditation ! Prends note de tout ça, Nakht ! Compose un beau poème ! Je le ferai chanter à la veillée, par mon harpiste préféré.

— Tu as bien raison de te moquer de moi, dis-je en riant à mon tour. Je suis stupide de m'attrister ainsi en pleine félicité.

— Il faut rédiger ce texte. Mais il est trop pessimiste et me semble incomplet. A tes réflexions sur la mort, je propose d'ajouter ces quelques mots.

Je pris mon calame, pour ne rien perdre de ce qu'elle allait dire. Nitocris se leva et s'avança jusqu'à la fenêtre. Je la dévorais des yeux. Bien que familier de ma reine bien-aimée, j'étais toujours impressionné par la majesté de sa démarche. Elle tourna le dos au rayon de soleil qui auréolait sa silhouette. Puis elle se mit à parler, lentement, en pesant chaque phrase, comme si, à travers moi, elle s'adressait à tout le peuple de Kémi.

— Oublie l'instant fatal où tu seras glorifié, pour conserver d'abord ta joie ! Tout au long de ta vie réalise tes souhaits ! Agis selon ton plaisir tant que tu es sur terre ! Ne permets jamais que ton âme s'attriste avant que vienne pour toi le moment des lamentations. Sans te lasser, fais de chaque jour un jour heureux, car nul n'emportera ses biens avec lui dans l'au-delà et personne ne reviendra après s'en être allé.

Elle était adorablement belle en disant cela, et sa voix chantait dans mon cœur.

Le majordome, ouvrant la porte, nous ramena à la dure réalité.

— Le Grand Maître Shémaï, prince de Koptos, demande audience à Sa Majesté.

— Qu'il entre ! dit-elle.

Très digne, comme à l'accoutumée, il s'avança vers elle, et mit un genou à terre, prêt à se prosterner. Posant la main sur son épaule, elle l'arrêta puis, toute souriante, lui donna l'ordre de se relever. Comme son fils Idi, le Grand Maître Shémaï avait choisi de courber le dos devant la souveraine, en se soumettant — provisoirement peut-être — à son autorité. Elle ne semblait pas dupe de cette nouvelle attitude. Elle en profitait, tout en faisant preuve d'une généreuse indulgence.

— Je suis heureuse de te voir, Shémaï. Aujourd'hui même, je m'apprêtais à t'envoyer un message pour t'appeler à mes côtés. Ta perspicacité te permet-elle de lire dans mes pensées ? demanda-t-elle, avec une pointe d'ironie.

— Les fêtes de Koptos sont terminées et la moisson est bonne, déclara-t-il sans sourciller. C'est pourquoi, mon travail terminé, je suis venu reprendre ma place auprès du trône.

— Tu as bien fait, Shémaï, car j'ai besoin de toi tout de suite.

J'enrageais ! Pourquoi se montrait-elle aussi aimable pour ce vieux beau ? Il ne m'avait même pas salué, comme pour me signifier son mépris. En vérité, il me tournait le dos. M'avait-il vraiment aperçu en entrant ? Je fis exprès de toussoter plusieurs fois pour attirer son attention. Il ne daigna pas se retourner.

— Nakht ! Je veux rencontrer le plus tôt possible le prince Idi et le général Siséné ! dit Nitocris en se rapprochant de moi. Pars à leur recherche ! Envoie des messagers à leur rencontre ! Prends toutes dispositions nécessaires pour les amener ici dans les meilleurs délais !

— Tiens ! s'exclama Shémaï, en me regardant enfin, voici mon déserteur ! Pourquoi n'es-tu pas allé au Rohanou, scribe Nakht ?

— Contrordre du pharaon ! fis-je sèchement avant de m'esquiver.

Peu désireux de rencontrer Idi ou de faire connaissance avec Siséné dans de telles circonstances, je m'acquittai cependant de la mission que m'avait confiée Nitocris, en faisant appel au sculpteur Antef. Il était pratiquement inconnu du prince et du général et pouvait donc transmettre anonymement la convocation de la reine. J'avais d'abord pensé à utiliser Nenki. Mais trop compromis dans la révolte de Memphis, il aurait été mal accueilli. Je préférais éviter tout semblant de provocation.

J'avais réussi à les loger, tous deux, dans des chambres de service, au quartier des communs. Ils se tenaient ainsi à ma disposition en cas de besoin. Tandis qu'Antef jouait les messagers, je m'informai auprès de Nenki des nouvelles de Chmouṇou et des potins de la résidence.

— Cette lune de miel te coupe du reste du monde !

— Que dis-tu là ? fis-je vivement.

— Ne joue pas la comédie, Nakht. Tout se sait ici : les soubrettes de la reine ont la langue bien pendue, et de plus, je crois qu'elles sont expertes dans l'art d'écouter aux portes.

Je pris le parti de rire au lieu de m'irriter de cette indiscrétion. Mieux valait n'entretenir aucune illusion, et agir en conséquence. A quoi bon nier un fait établi ? Sur un plan pratique, il suffirait de conserver une certaine retenue dans les relations entre la reine et moi. Afficher notre liaison, sous prétexte qu'elle était connue de tous eût été maladroit. L'énorme écart, hiérarchique et sacré entre Nitocris et moi, m'imposait l'effacement.

— Sais-tu qui règne aujourd'hui à Memphis ? demanda soudain Nenki en déroulant un papyrus.

— Est-ce la liste des conjurés que tu consultes pour me lancer un nom ?

— Oui ! voici leur ordre de passage établi par tirage au sort. C'est Méritaoui le cordonnier qui occupe en ce moment le trône de Mérenrê.

— Je ne me souviens même pas de son visage.

— Tiens ! je vais repérer quelqu'un que tu connais bien, dit Nenki en parcourant du bout de l'index l'alignement de hiéroglyphes. Voilà ! cinq jours plus tôt c'était Sébek-Aa le bouvier.

Celui-là restait bien gravé dans ma mémoire. C'était le plus jeune des compagnons, celui qui avait osé enlever la Double Couronne de la tête du pharaon déchu. Je l'aimais bien cet adolescent aux cheveux frisés, si sain, si spontané, certainement le plus pur de nous tous. Comment avait-il consenti à poser sur sa tête le pschent de Haute et Basse-Egypte qu'il vénérait tant ? Par quelle pression physique ou morale le prêtre Mériptah l'avait-il obligé à jouer l'infâme comédie ? Depuis pas mal de temps nous n'avions aucun signe de vie des soixante-dix. Il eût été opportun de se tenir au courant du moindre événement survenant à la résidence de Memphis. Je fis part de mes réflexions à Nenki, en déplorant cette insuffisance d'information.

Il baissa la tête sans répondre. Un voile de tristesse était tombé tout à coup sur son visage.

— Une envoyée de Néféroukaït vient d'arriver chez moi, dit-il. Elle apporte des informations qui te concernent. Elle s'appelle Ida.

— Ida ? la femme de chambre de Nitocris ? Où donc est-elle ?

— Ici ! fit Nenki.

Il souleva la tenture qui nous séparait de la pièce voisine. Je me précipitai. Ida, vêtue de toile grossière, cheveux enveloppés sous un large bandeau, nous attendait debout derrière le rideau. En l'embrassant comme une amie, je remarquai ses yeux rougis et embués de larmes.

— Parle sans crainte ! dis-je assez ému. Les mauvaises nouvelles sont toujours pénibles à transmettre, mais il ne sert à rien de les dissimuler trop longtemps.

Elle prit mes mains dans les siennes avant de parler.

— C'est ta mère qui m'envoie vers toi, cher Nakht. Je viens t'annoncer le décès d'Ankhma-Hor.

— Mon père est mort !

Ma gorge s'était brutalement nouée. Je ne pouvais plus rien dire.

— Il s'est éteint dans son lit... en dormant... sans souffrance. Dès que la vieille servante est venue la prévenir, Néféroukaït s'est occupée de la dépouille mortelle. Sur la rive gauche du Nil, elle a fait dresser la Tente de Purification pour le travail des embaumeurs. Puis, elle a envoyé une équipe de peintres et de graveurs à la Cité des Morts. Ils terminent la décoration de la demeure d'éternité que Pépi le Vieux avait accordée à Ankhma-Hor lorsqu'il était directeur de tous les travaux du roi et de la cour de justice.

La voix d'Ida me parvenait dans un bourdonnement confus. Elle parlait avec douceur, mais ses paroles s'envolaient sans pénétrer dans mon cœur. Toute mon attention se concentrait sur une pensée, une image terriblement présente, plus précise et plus dense qu'une réalité, mon père criait : Nakhti ! en m'ouvrant ses bras. Et moi, désespéré d'apprendre que ma bien-aimée n'était pas auprès de lui, je sanglotais comme un petit enfant.

Il fallait soixante-dix jours pour momifier un corps. Ankh-ma-Hor étant décédé depuis dix jours, je disposais de deux mois avant d'assister aux funérailles. En temps normal, j'aurais pris le deuil aussitôt, cessant toute activité, ne me rasant plus, jeûnant ou ne mangeant que des légumes, et recouvrant ma tête de limon du Nil. Mais la situation exceptionnelle dans laquelle je me trouvais m'obligeait à ne rien changer à mes habitudes.

Le soir venu, je fis part à Nitocris du chagrin qui me frappait et des problèmes qu'il me posait. Je tenais absolument à participer à *l'Ouverture de la Bouche*. C'était un rite magique, remontant au temps des anciens rois et destiné à transmettre au défunt les facultés d'accès à la vie éternelle. A l'occasion de cette cérémonie, je voulais déposer dans le sarcophage les textes sacrés volés dans la pyramide de Pépi. Ce geste de piété filiale me semblait le meilleur justificatif à l'action révolutionnaire à laquelle j'avais participé. Or, j'étais à Chmounou, et la sépulture aurait lieu à Memphis. La capitale, occupée par Mériptah et sa dérisoire septième dynastie, m'était interdite sous peine de mort.

— Rassure-toi, Nakht ! dit Nitocris. Je régnerai pacifiquement sur les Deux-Terres, au moment où le corps de ton père ira reposer dans la Cité des Morts. Quant aux imposteurs qui occupent mon trône, je les aurai châtiés bien avant ce temps-là.

Comme je m'étonnais de cette affirmation péremptoire, elle m'expliqua, avec force détails, le plan de reconquête qu'elle avait mis sur pied, durant l'après-midi, en compagnie de Shémaï, d'Idi et de Siséné.

Afin d'éviter un affrontement sanglant, et pour épargner au peuple d'inutiles souffrances, elle envisageait de s'emparer de Memphis, quartier par quartier. La ville serait d'abord ceinturée par un cordon de troupes, les soldats de Siséné étant assez nombreux pour autoriser une telle stratégie. Il importait de s'opposer à toute tentative d'évasion des conjurés. Le prince Idi, et ses forces d'élite bloqueraient le fleuve, les embarcadères, et les faubourgs du port. A partir de là, par bonds successifs, ils occuperaient par surprise, et si possible sans combats, la zone administrative, les rues des artisans, puis le temple de Ptah. Pendant ce temps, Sisené resserrerait son étau, en se rapprochant chaque jour du palais royal.

— Je vais enfermer Mériptah et ses compagnons à l'intérieur de la résidence, déclara-t-elle en mimant des deux mains un geste d'étranglement.

Le désir de vengeance allumait de curieuses lueurs dans ses prunelles. J'en étais étonné, et presque inquiet.

— Le dernier assaut sera épouvantable, dis-je. Je connais mes anciens compagnons : ils se défendront avec acharnement, pied à pied, jusqu'à la mort.

— Il n'y aura pas de dernier assaut. Je ne veux pas que ces fantoches versent le sang de mes nobles soldats !

Elle avait lancé cette phrase avec rage, dans un emportement brutal. Qu'elle était belle dans sa colère ! Et comme je l'aimais ainsi ! Pour connaître ses intentions, et pour le plaisir de la provoquer, je lui dis :

— Il faudra bien arriver à se battre : Mériptah n'acceptera jamais de périr affamé, après un siège sans combat.

A ma grande surprise, elle éclata de rire, puis s'approchant de moi, elle ébouriffa mes cheveux — elle adorait faire ça — et chuchota à mon oreille :

— Nakhti ! gentil Nakhti que j'aime ! Je me charge, à moi seule, de détruire la septième dynastie ! Avant d'en arriver là, je veux infliger à ces hommes les pires châtiments ! Le premier est en cours.

Méticuleusement, gardant en permanence un sourire moqueur au coin des lèvres, elle m'expliqua comment elle avait réussi à entrer en contact avec Néféroukaït, grâce au réseau d'espions que ma mère entretenait. Après échange de lettres, elles avaient mis au point un supplice raffiné : un empoisonnement collectif des conjurés. Mais pas n'importe comment : Nitocris avait souhaité des modalités spéciales ; le poison végétal serait dosé de manière à ne pas tuer. Il devait rester cependant assez agressif pour affaiblir ceux qui l'ingurgiteraient.

— C'est Ida qui l'a distribué aux cuisines ! dit-elle en s'approchant tout près de moi. Elle est venue à Chmounou pour t'annoncer un bien triste décès, mais aussi pour échapper aux représailles éventuelles de Mériptah.

Je pris Nitocris dans mes bras. Elle s'y blottit en ronronnant comme une chatte.

— J'aime mieux être ton amant que ton adversaire, dis-je tout bas.

— Le poison a été efficace, reprit-elle en s'écartant un peu.

Puis elle pouffa de rire en disant :

— Ils sont tous malades du ventre, et fientent comme des canards.

— Ce n'est pas une punition bien sévère !

— Détrompe-toi ! dit-elle soudain sérieuse, l'un d'eux est mort après avoir absorbé le produit. Selon toute probabilité il était plus fragile que les autres. Ida m'a donné son nom : Sébek-Aa, je crois...

Le sort avait frappé le meilleur, celui qui moins que tout autre compagnon méritait ce châtiment. Malgré sa candeur d'adolescent — ou peut-être à cause d'elle — Sébek-Aa avait pourtant osé enlever le pschent de la tête du pharaon Mérenrê. Nitocris m'apprit qu'il s'était effondré après le repas du soir, au moment précis où, terminant son règne éphémère, il ôtait la Double Couronne pour la remettre à son successeur. Par une étrange ironie du destin, la vengeance de la reine s'était abattue sur lui, à l'instant même où il transportait solennellement l'objet sacré. Pauvre Sébek-Aa ! Ce petit bouvier, enthousiaste et crédule, avait finalement payé de sa vie les ambitions démesurées de Mériptah.

— Pourquoi cette mort t'attriste-t-elle autant ? demanda Nitocris. Etait-il ton ami ?

— Pas plus que ça ! mais je l'aimais bien. C'était un beau jeune homme, un tendre ingénu...

Son rire de cristal me fit sursauter.

— Aimerais-tu les hommes à présent ? dit-elle en couvrant de baisers ma nuque et mes épaules. Vilain Nakhti ! Aurais-tu les goûts particuliers de mon grand-père Sisené ?

J'eus un haut-le-corps. Comment pouvait-elle me comparer à ce vieux général bedonnant que je détestais depuis longtemps ?

— Sisené ! fis-je, parlons-en ! Je ne l'ai jamais rencontré ; peux-tu m'expliquer, enfin, pourquoi il me hait tant ?

— Tu te trompes ! Il ne te hait plus. Je crois qu'il t'aime bien au contraire.

— Ne te moque pas de moi, je t'en prie !

— Je parle sérieusement. Mon grand-père te tient en haute estime. Il est ravi de notre liaison. Il souhaite qu'elle dure toujours.

Je n'en croyais pas mes oreilles. Par quel surprenant changement de fortune étais-je devenu un favori du vieux général ? Il avait dû se produire, à mon insu, quelque événement insolite pour motiver un tel revirement. A moins que cette dernière attitude ne fût dictée par des considérations tactiques. Il cherchait peut-être à m'amadouer afin de mieux m'abattre. J'étais, sans aucun doute, un adversaire gênant pour Sisené car sa petite fille s'était mésalliée en m'offrant son amour. Il n'avait apparemment aucune raison de m'aimer... Alors que faire ? Devais-je composer avec lui, tout en me méfiant d'un coup fourré ? Fallait-il continuer à l'ignorer, et même à le fuir ? Nitocris pouvait m'aider à trouver la solution. Je voulais y voir plus clair pour préserver l'avenir. Afin d'en savoir davantage, je résolus de la presser de questions :

— Es-tu certaine qu'il m'estime vraiment ? Dois-je croire, plutôt, qu'il joue la comédie, pour te faire plaisir ?

Ma bien-aimée me regarda en silence. Elle me conduisit jusqu'au pied de son lit.

— Je vais te parler de mon grand-père, dit-elle en s'allongeant.

Elle m'invita d'un geste à m'étendre à ses côtés, puis elle éteignit la dernière lampe à huile qui brûlait à son chevet. Dans l'obscurité totale, couchés sur le dos, sans que nos corps se touchent, nous poursuivîmes notre dialogue à mi-voix. Je n'eus pas à parler beaucoup, me contentant de l'écouter. Elle expliqua, avec une émotion contenue, pourquoi elle aimait tant Sisené. Pour bien comprendre toutes les raisons il fallait remonter le temps et connaître les conditions de sa naissance. Le Général avait quarante ans au mariage de sa fille (la tendre Ankh-sen-Pépi) avec Pépi le Vieux. Le pharaon, lui, avait soixante-douze ans. C'était cependant un alerte vieillard. Un an après ces épousailles, le belle Ankh-sen-Pépi décédait tragiquement en donnant le jour à Nitocris. Mais avant de mourir, elle avait confié à son père Siséné un secret accablant contre Mérenrê le Faible : le jeune fils de Pépi — il avait vingt-quatre ans à ce moment-là — l'avait violée. Pour la soumettre à ses caprices lubriques, il avait usé du chantage, menaçant de dévoiler les relations coupables que Siséné entretenait avec le pharaon, et dont il avait eu fortuitement connaissance. Comme elle résistait sans cesse à ses multiples agressions, il l'avait asservie par la terreur. Il l'avait battue, la prenant de force à plusieurs reprises. La mère de Nitocris était vraisemblablement morte à la suite de ces sévices en mettant au monde sa fille dont elle ne savait plus qui était le père.

Nitocris, privée d'affection maternelle, avait été tendrement élevée par son grand-père Siséné. Elle gardait un souvenir radieux de sa petite enfance auprès de cet homme bon et affectueux. La véritable histoire de sa naissance, elle ne l'avait apprise qu'à quinze ans, lorsqu'elle avait été contrainte d'épouser son demi-frère Mérenrê, selon la volonté du Vieux. Dans l'espoir qu'elle serait une reine heureuse, et par affection particulière pour le pharaon Pépi, Siséné s'était incliné devant cette décision. Il avait obtenu, cependant, que sa petite-fille soit nommée corégente du trône.

Et pendant des années, dans l'ombre du pouvoir, il avait monté auprès d'elle une garde vigilante, toujours prêt à intervenir contre tout ennemi, quel qu'il soit, y compris le roi lui-même. A l'avènement de Mérenrê le Faible il renforça sa surveillance, comme sa protection, car il haïssait le nouveau roi, et pour cause ! Il envisagea de le supprimer pour que sa chère Nitocris puisse régner en paix. C'est alors qu'apparut le scribe Nakht !

Siséné vit tout de suite d'un mauvais œil la tendre amitié liant la reine à son secrétaire. Ce qu'il craignait par-dessus tout, c'est que le moindre faux pas de son enfant chérie n'entraîne sa destitution de corégente et peut-être même une condamnation à mort par son royal époux. Dans les plans dressés par le général pour le bonheur de sa petite-fille, il fallait que Mérenrê disparaisse, bien avant que quiconque — y compris Nakht —

puisse briguer le cœur de Nitocris. La révolution survint à point pour l'aider à réaliser ses projets.

— Devineras-tu ce qu'a fait mon grand-père dans ces jours troublés ? demanda-t-elle.

— Je suppose que c'est lui qui a pendu Mérenrê ! dis-je après réflexion.

— C'est exact ! Tu vois clair ! Sisené était revenu secrètement du Delta et se cachait dans Memphis. Lorsque après l'émeute il a pu pénétrer dans la prison, il a trouvé le roi agonisant, la poitrine percée d'un coup de couteau.

J'eus une pensée immédiate pour ma mère. Néféroukaït avait l'intention de tuer Mérenrê, elle aussi. Le poignard était son arme favorite. Elle savait le manier.

— Au lieu de sauver mon époux blessé, ajouta Nitocris, mon grand-père l'a étranglé.

Nous restâmes un long moment sans parler ; le souvenir de ces heures pénibles nous accablait. Je m'obligeais à rester immobile pour respecter le mutisme de ma bien-aimée ; j'entendais sa respiration oppressée. Elle rompit la première ce silence pesant :

— Nakht ! dit-elle, j'ai besoin de savoir la vérité ! Ce n'est pas Mériptah qui a poignardé le pharaon et tu n'as pas fait momifier Mérenrê par ton père, comme tu l'as affirmé à Koptos en présence des princes.

— Pardonne-moi d'avoir menti, lui dis-je. C'était indispensable au moment où je l'ai fait. Mais à présent, je vais te dire ce que je sais.

Je fis d'abord le récit complet de la révolte des femmes, sans rien cacher du rôle de Néféroukaït. Puis je décrivis en détail mon incarcération, en compagnie du cadavre mutilé de Mérenrê. Je terminai mes révélations en disant :

— Quant à ton triste époux, j'ignore qui l'a châtré après sa mort, et ce qu'est devenue sa dépouille.

— Oublions tout cela ! fit-elle tout à coup en se couchant sur moi. Aimons-nous ! aime-moi ! Moi je t'aime, Nakhti !

Cette nuit-là nos corps s'étreignirent avec plus de frénésie que d'habitude.

DEUXIEME CHATIMENT

— C'est moi qui l'ai châtré ! s'écria la jeune fille avant de fondre en larmes.

Nous étions dans la chambre de la reine. Ida, interrogée par Nitocris venait de s'effondrer. Frappé de stupeur par cette révélation, je regardais, incrédule, la soubrette qui m'aimait tant. Elle était accroupie aux pieds de sa maîtresse, le corps secoué de sanglots. Comment cette gentille Ida avait-elle cédé à un tel emportement ? Malgré son aveu, lancé comme un défi, c'était à peine croyable. Quels tourments avait-elle subis de la part de cet homme pour se laisser aller à de telles extrémités ?

« Triste sire, ce Mérenrê ! » me dis-je tout bas, en constatant combien il était détesté. Un déferlement de vengeance l'avait emporté hors de ce monde : destitué par les conjurés, séquestré par Mériptah, poignardé par Néféroukaït, étranglé par Sisené, mutilé après sa mort par Ida. Quelle accumulation de haine contre ce pharaon sans grandeur !

— Et les poignets du roi, demandai-je à la femme de chambre, est-ce toi qui les as sectionnés ?

— Non ! dit-elle en relevant son visage pitoyable. Ce n'est pas moi. Je ne sais pas de quoi il s'agit.

— Je veux connaître les motifs de ta conduite, ordonna Nitocris. Parle en toute franchise : tu ne seras ni jugée ni punie si tu t'expliques clairement. Et surtout ne me cache rien par crainte de déplaire.

Rassurée par l'intervention de sa maîtresse, Ida réussit peu à peu à contrôler son émoi et ses larmes. Avec peine d'abord, puis de plus en plus fermement, elle nous raconta comment le pharaon Mérenrê lui avait imposé depuis assez longtemps ses dérèglements sexuels. Elle n'en avait jamais rien dit, car il était dans l'ordre de Maât qu'elle respecte le roi, quoi qu'il fasse. La honte aussi avait motivé son silence. Elle avait donc obéi, s'obligeant malgré son dégoût à ne rien révéler. Mais au fil des jours, la répulsion instinctive qu'elle éprouvait pour ces relations forcées engendra dans son cœur une hostilité féroce. Elle n'était pas dirigée contre la personne même de Mérenrê ; elle visait uniquement le phallus du pharaon, seul coupable à ses yeux.

Tandis que je m'étonnais, dans mon for intérieur, de cette surprenante cristallisation de sa haine, Ida en vint à l'explication de son geste. Ayant appris, confidentiellement, comme informatrice de Néféroukaït, que les femmes de Memphis allaient passer à l'attaque, elle avait résolu de trahir leur secret en prévenant Mériptah et ses compagnons. En agissant ainsi, elle comptait provoquer une fuite rapide des conjurés et de tous leurs serviteurs. Ses prévisions s'étant révélées exactes, elle était restée seule au palais. Munie d'un couteau de cuisine, elle s'apprêtait à descendre dans les cachots pour châtrer vif le roi prisonnier, lorsque l'émeute populaire, conduite par ma mère, l'avait obligée à se réfugier sur les terrasses. Quelque temps après, sa surprise avait été totale, en me découvrant, asphyxié, dans les appartements de la reine. Ma présence inattendue faisait effondrer son plan. Pour me sauver la vie, elle avait remis sa vengeance à plus tard.

Je comprenais, à présent, l'entêtement d'Ida à vouloir rester au palais, après m'avoir réconforté en soignant mon genou blessé. Ce que j'avais pris pour une sotte témérité, c'était une admirable ténacité.

— Tu m'as embrassé en promettant de venir me rejoindre chez Néféroukaït, lui dis-je tout ému, puis tu m'as laissé partir vers la Maison de Vie.

— Oui ! je voulais régler mon problème toute seule, dit-elle en baissant les yeux.

Nitocris coupa court à l'interrogatoire. Ce qu'elle avait appris suffisait à son information. Elle demanda à Ida de s'occuper du rangement des bijoux, pour bien montrer qu'elle lui gardait sa confiance. Lorsque la soubrette fut sortie, elle annonça :

— Aujourd'hui, je passe en revue les troupes qui doivent attaquer Memphis. Séparons-nous : il vaut mieux ne pas nous montrer ensemble !

— Ne puis-je te suivre de loin, demandai-je, et me mêler au peuple pour connaître son opinion ?

— Est-ce un prétexte pour me surveiller ? dit-elle en riant. Serais-tu jaloux du prince Idi ?

— Pas du tout ! Je sais que tu ne l'aimes pas. Mais je voudrais savoir ce que pensent les gens de la guerre civile qui se prépare.

— Bonne idée ! Fais comme tu l'entends !

A l'embarcadère de Chmounou, ce n'était plus une flottille qui s'apprêtait à appareiller, mais un important convoi militaire. Des douzaines de chalands de transport, rangés bord à bord, étaient en cours de chargement. Du matériel, des armes, des victuailles s'entassaient sur les ponts. Des caravanes de petits ânes en déversaient sans cesse sur les quais. Des soldats en tenue de combat s'affairaient de toutes parts. Jamais on n'avait vu une telle concentration de troupes. A l'évidence, le prince et le général avaient bien fait les choses : ils se préparaient à frapper fort.

Je pus me rendre compte, en prêtant l'oreille aux conversations, que le succès de la reconquête ne faisait aucun doute pour personne. Tous partaient confiants. La formidable puissance déployée les confortait dans cette idée : Memphis ne pourrait pas résister à une telle armée. Le combat était gagné d'avance.

Réjoui par mes constatations, je m'apprêtais à regagner mes appartements, lorsqu'une voile blanche accrocha mon regard. A l'horizon du nord, un bateau remontait le Nil. Venait-il de la capitale ? J'attendis, pour avoir le cœur net. Depuis quelque temps, c'était devenu chose rare, car Mériptah et sa clique de faux pharaons s'opposaient au départ des habitants de la Balance des Deux-Terres. Pourtant, sur les ordres de Nitocris, la Haute-Egypte avait continué à envoyer du blé par transport fluvial. Mais comme de moins en moins de navires étaient revenus vides à Chmounou ou à Koptos, plus personne ne voulait désormais convoyer des céréales. Le trafic avait donc pratiquement cessé dans les deux sens.

Les quais étaient si encombrés que le nouvel arrivant dut manœuvrer à plusieurs reprises avant de trouver un appontement. A son bord un homme me héla en agitant les bras :

— Nakht ! Scribe Nakht !

— Pas possible ! fis-je en le reconnaissant. Je te croyais à Koptos !

Sénedjem le devin mit pied à terre. Nous nous embrassâmes de bon cœur.

— J'étais effectivement à Koptos, dit-il. Mais le Grand Maître Shémaï étant parti, je n'avais plus aucune raison d'y rester. Je suis allé rejoindre... qui tu sais !

Trop de monde s'agitait autour de nous pour que nous pussions parler librement.

— Prends tes bagages ! dis-je. Je vais te loger dans le quartier de Nenki et d'Antef.

Chemin faisant, Sénedjem me donna des nouvelles de ma mère : elle était en excellente santé. Sa situation prospère, à la tête de l'atelier de tissage, et sa popularité dans les milieux ouvriers des faubourgs la plaçaient hors d'atteinte des pseudo-rois de la septième dynastie. Elle agrandissait sans cesse son cercle d'influence et se préoccupait surtout de lutter contre la faim et la misère.

— Connais-tu ses intentions vis-à-vis de Mériptah ? demandai-je.

— Qui connaît les intentions de Néféroukaït ? répondit-il en tendant les mains vers le ciel.

Sur cette réplique pertinente, nous échangeâmes un sourire. Il connaissait bien ma mère, et se gardait, malgré son métier de devin, de prédire quoi que ce soit à son sujet.

— Rencontreras-tu aujourd'hui la reine Nitocris ? Dois-je solliciter une audience ? questionnai-je en franchissant le seuil de la résidence.

Il ne répondit qu'après un léger temps d'hésitation :

— Non ! ce n'est pas la peine... Elle m'attend... Néféroukaït l'a prévenue de mon arrivée.

J'eus l'impression de recevoir un vase d'eau froide sur la tête. Quelle désagréable sensation d'être ignoré ou traité comme quantité négligeable ! J'avais beau avoir pris conscience de la complicité permanente de ces deux femmes, je me laissais toujours surprendre par leur comportement. Elles entretenaient un échange serré de correspondance et je ne savais jamais rien de leurs décisions. Comment communiquaient-elles ? Par le grand prêtre de Thot, comme me l'avait indiqué Sénedjem à Koptos ? Ou par quelqu'un d'autre ? C'était encore un secret de Néféroukaït !

Après avoir contacté l'intendant de la résidence, afin qu'il se préoccupe de loger le devin, je me retirai dans ma chambre.

En coup de vent, Nitocris pénétra dans mon appartement.

— Nenki est architecte, n'est-ce pas ? demanda-t-elle sans préambule.

— Oui ! il l'était à Memphis.

— Connaît-il à fond son métier ?

— Sa compétence est certaine.

— Pour garder un secret peut-on lui faire confiance ?

— Demande-le à Néféroukaït ! m'écriai-je furieux.

Surprise par ma mauvaise humeur, Nitocris fronça les sourcils.

— Que vient faire ta mère dans cette histoire ?

— Tu devrais le savoir ! Tout comme Ida, ou Sénedjem, Nenki est un de ses espions.

— Elle ne me l'a pas dit.

— Te cacherait-elle quelque chose dans ses lettres ?

Nitocris éclata de rire. Elle venait de comprendre tout d'un coup l'origine de mon emportement. La gorge déployée, cascadant de bon cœur, elle plissait ses yeux où perlait une larme de joie. Ma reine bien-aimée paraissait encore plus séduisante lorsqu'elle se réjouissait ainsi. Ce carillon de franche gaieté, tintant à mes oreilles, dissipa ma colère et me fit rire aussi.

— Ne sois pas fâché contre moi, Nakhti ! dit-elle en m'embrassant amoureusement. Nitocris t'aime de tout cœur et ne te cache rien mais la reine d'Egypte a des secrets d'Etat.

— Pour Sénedjem, lui dis-je, tu aurais pu me prévenir !

— J'aurais dû y penser, c'est vrai ! Je le reçois tout à l'heure, en présence de Shémaï. Il nous racontera ce qui se passe à

Memphis. Tu seras là, et tu noteras ses paroles. N'oublie pas qu'il faut écrire mon histoire pour la postérité !

— Et Nenki ? Que lui veux-tu ?

— Je vais avoir besoin d'un bon architecte, à Memphis. Je lui confierai des travaux importants à la nécropole de Saqqarah.

— Penserais-tu déjà à ta demeure d'éternité ?

— Peut-être ! dit-elle soudain rêveuse et presque absente. Mais je pense aussi à celle des autres.

Sénedjem le devin était bon orateur. Son langage précis et recherché laissait percer aux bons moments une émotion discrète. Son tableau des malheurs de Memphis nous troubla.

— Les gens vont et viennent sans travailler. Lorsqu'ils se rencontrent, ils se consultent, étonnés, et disent le plus souvent : qu'est-il donc arrivé à notre pays ? que signifient de tels excès ?... Ceux qui étaient pauvres sont à présent propriétaires d'inutiles richesses, alors que les nobles dames en sont réduites à mendier ou à se prostituer. Les paysans vont labourer leurs champs, munis de lances et de boucliers, car la campagne est affligée de bandes de pillards. Les voyageurs sont attaqués la nuit, et rançonnés. Les hommes se nourrissent d'herbe et boivent de l'eau : on ne trouve plus de fruits, de plantes, ni de volailles. Les magasins sont vides : on est privé de vêtements, de parfums, d'huile. Personne ne porte des habits de lin blanc. Les cœurs sont violents, le malheur se répand partout, et souvent le sang coule. Le doux et pacifique habitant de Kémi n'existe plus. Le crime est partout !

— L'Ordre et la Justice de Maât se sont effondrés à la Balance des Deux-Terres, déclara sentencieusement Shémaï dès que Sénedjem eut fini de parler.

— Te voilà bien pessimiste ! lança Nitocris.

— Rien ne sera plus comme avant, reprit le Grand Maître. Cette inexplicable folie collective qui s'est emparée de ce peuple marque certainement la fin de notre époque.

— Non, Shémaï ! Non, ne dis pas cela ! protesta Nitocris. Ce n'est qu'un changement superficiel. Depuis plus de cinq siècles, le Double Pays n'a cessé d'inventer, de créer, de bâtir.

Des forces de destruction, qui sommeillaient dans les consciences, se sont réveillées sous l'impulsion de vengeances personnelles ou d'ambitions démesurées de quelques apprentis sorciers. Ce n'est qu'un accident. Un sursaut de sauvegarde ne tardera pas à se produire. Le bon sens va revenir. Le savoir-faire n'est-il pas toujours présent ? Grâce à lui, savants, scribes, artistes, artisans, ouvriers et paysans reconstruiront bientôt le pays. L'espoir de vie éternelle et la momification pour tous développeront la spiritualité, comme le culte du Grand Osiris. Le pharaon que je suis a la mission de rétablir l'ordre. Que la déesse Maât m'en donne la force ! Les gens de Kémi, enfin retrouvés, feront le reste.

Je remerciai Thot, Dieu des Scribes, de m'avoir accordé le don d'écrire vite. Cette rapidité dans le maniement du calame me permit de noter presque mot pour mot cette ardente déclaration de ma reine bien aimée.

— Sénedjem, parle-nous des imposteurs ! demanda-t-elle d'un ton plus calme.

Le devin s'inclina et dit :

— Tout va mal au palais royal de Memphis. J'ai pu m'en rendre compte de plusieurs façons. D'une part, je suis allé au Carrefour de la Gazelle entendre les conversations des barbiers...

— Rien n'a vraiment changé ! dis-je en souriant.

— D'autre part, continua Sénedjem, j'ai pu m'introduire comme serviteur des cuisines à l'intérieur même de la résidence. Les infortunes des soixante-dix ont commencé avec la mort de Sébek-Aa. Personne ne lui ayant pardonné l'empoisonnement de Bébi, Mériptah a été le premier suspecté dès l'apparition des premiers signes d'intoxication. Ne tentait-il pas de supprimer tout le monde pour rester seul sur le trône ? Le décès du jeune bouvier a déclenché, le soir même, une bagarre à coups de poing entre adversaires et partisans du Grand Maître.

L'emploi de ce titre fit sursauter Shémaï. Il poussa un grognement de réprobation.

— C'est ainsi qu'on appelle Mériptah, à Memphis, reprit Sénedjem. Le lendemain de ce pugilat, ils étaient tous couchés, tordus par des maux de ventre, y compris le prêtre de Ptah, ce qui l'a mis hors de cause. Comme il restait encore bien des rancœurs inassouvies, il a suffi de peu pour déclencher à nouveau la dispute. Déjà, le choix des remplaçants de Nenki, de Bébi et de Sébek-Aa avait posé de graves problèmes. Mais, lors de l'intronisation quotidienne d'un nouveau pharaon, une crise d'épilepsie de Mériptah a servi de déclic.

— Elle est venue trop tard ! murmurai-je en pensant à celles qui l'avaient précédée plus discrètement.

— C'est un dégénéré ! s'écria Shémaï. Cette preuve est flagrante !

— Laissez parler Sénedjem ! ordonna Nitocris. Tout ceci est de la plus haute importance.

Le devin reprit son récit :

— Le prêtre de Ptah se relevant, les yeux encore égarés et la bave aux lèvres, n'a plus été qu'une incarnation de la discorde. Les uns n'ont voulu voir dans cet événement qu'une banale maladie, les autres y ont décelé, au contraire, une manifestation divine et le signe d'un dieu pour désigner le fondateur de la prochaine dynastie. Les coups, les horions et les bordées d'injures s'étant mis à pleuvoir, le Grand Maître de Memphis a fait appel aux gardes pour séparer les combattants. Depuis lors, ils se querellent chaque jour. La belle unité de la conspiration est rompue. Ils se suspectent mutuellement et se reprochent leur ambition ou leur pusillanimité.

— Ils se punissent entre eux ! Ce châtiment est pire que le premier, dit Nitocris en pouffant de rire. Ce n'est pourtant que le début de leurs ennuis.

Le soir même, lorsque nous fûmes tendrement enlacés dans son lit, elle me dit d'un ton badin :

— Je ne veux rien te cacher, Nakhti, car je n'apprécie pas tes mouvements d'humeur. J'ai une grande nouvelle à t'annoncer : nous embarquons, demain matin, avec toute l'armée. Et dans cinq jours au plus tard, nous dormirons ensemble, à Memphis.

TROISIEME CHATIMENT

Tout se déroula selon les plans de la reine. Le général Siséné encercla la capitale d'un cordon continu de mercenaires. Le prince Idi réussit à s'emparer du port, sans coup férir.

Mon premier souci, en débarquant à Memphis, fut d'essayer de rencontrer ma mère. Cependant je dus surseoir à cette envie : il était trop risqué de traverser la ville pour parvenir à la demeure de Néféroukaït. Par contre, le quartier où se trouvait l'habitation d'Ankhma-Hor tomba rapidement sous le contrôle de nos soldats. Je me précipitai dans la maison de mon père : elle était vide, entièrement saccagée par des pillards. Le cœur meurtri, je proposai à Nitocris de la meubler succinctement pour l'utiliser de façon provisoire. Elle refusa et m'expliqua avec beaucoup de douceur :

— A quoi bon bercer ta douleur, Nakhti ! Ton esprit est encore trop attaché à ces lieux. Ne t'enferme pas dans ces murs où tout te rappelle un bonheur disparu. Souviens-toi plutôt de ce poème que nous avons composé ensemble pour le harpiste : vivons le temps présent... faisons un jour heureux...

Elle avait raison ! Je me laissai convaincre sans peine.

— Demain, dit-elle, la Maison de Vie sera libérée. J'y ferai aménager un appartement pour nous deux. Ce sera mon lieu de commandement, jusqu'à la reconquête du palais royal.

En quelques jours l'avantage bascula de façon irréversible dans notre camp. Nitocris réussit, sans verser une seule goutte de sang, à reprendre le contrôle de la ville et des campagnes environnantes. Sa tactique fut simple : elle fit progresser sa puissante armée, sans combattre. Les soldats, au fur et à mesure de leur avance, se contentèrent de distribuer des vivres. Leur seul objectif était le rétablissement de la prospérité.

L'opulence arriva de Chmounou ! Le Grand Maître Shémaï — qui était resté là-bas — organisa l'envoi massif de nourriture. Les céréales, les volailles, les fruits et les légumes débarquèrent par chalands entiers dans la capitale. Des distributions quotidiennes de victuailles furent effectuées.

Inversement, le général Sisené reçut pour mission d'installer la disette dans le camp adverse. Le cordon de troupes qui, dès le débarquement, avait ceinturé toute la ville, fut concentré autour du palais royal. Il ne laissa rien filtrer dans un sens comme dans l'autre. L'étau se resserra autour de la septième dynastie.

Quant à Néféroukaït, elle avait disparu ! En vain, j'entrepris des recherches. Elle n'était ni à son atelier de tissage, ni à la Maison de Justice, ni nulle part ailleurs. Nenki, Antef, et Sénedjem le devin — l'homme qui aurait dû savoir — m'avaient secondé dans mes investigations. Même ses ouvrières ignoraient tout de l'endroit où elle se trouvait !

Je partis à la Cité des Morts, espérant l'y rencontrer. Peut-être surveillait-elle les opérations d'embaumement d'Ankhma-Hor et les travaux de finition de sa demeure d'éternité. Avec un serrement de cœur et presque autant d'émotion qu'à cette fameuse expédition nocturne où nous avions violé le sarcophage du Vieux, je pénétrai, tôt le matin, dans la nécropole. Un gardien m'indiqua mon chemin.

Le tombeau était situé au voisinage de ceux des anciens rois, non loin de la pyramide du pharaon Téti. Plus au sud, se découpait la masse imposante du monument de Djoser, construit par Imhotep. Ankhma-Hor avait hérité une tombe de son père, disparu sans momification lors d'une guerre en Nubie. Les parois étaient déjà décorées et chargées d'inscriptions, mais comme le médecin portait le même nom que l'auteur de ses jours, peu de modifications avaient été nécessaires pour le transfert de propriété. Elles étaient en cours d'exécution lorsque je pénétrai dans la première salle. Des graveurs et des peintres terminaient un bas-relief. Il représentait avec un grand souci de vérité des scènes chirurgicales pour célébrer le métier du défunt : circoncision, amputation d'un orteil. J'en fis compliment au chef décorateur. Sur le montant, à l'entrée de la chapelle, je pus lire ce double souhait :

Que le bien-être soit pour vous, ô mes ancêtres !
Que le bien-être soit pour vous, ô mes successeurs !

Il me parut inutile d'en déchiffrer davantage.

Ce généreux message que me laissait mon cher père me suffisait. Je le retrouvais tout entier dans ces vœux.

Je n'eus pas le courage de pénétrer jusqu'au bout du pavillon des embaumeurs. L'odeur fade des cadavres desséchés au natron, mêlée à celle de l'huile de cèdre, du térébinthe et de l'oliban me souleva le cœur. Je fis appeler le sacerdote chargé d'opérer sur le corps d'Ankhma-Hor. Il m'expliqua qu'il était en train d'achever le traitement à la résine avant d'entreprendre le délicat emmaillotage dans des bandelettes de lin. Je l'interrompis pour le questionner sur Néféroukaït. Il ne l'avait pas rencontrée depuis plusieurs jours. A son avis, elle ne se trouvait pas dans la nécropole de Saqqarah.

Dès mon retour à Memphis, je fis part de mes inquiétudes à Nitocris, à propos de cette subite disparition. Sa réponse me rassura et me stupéfia en même temps.

— Ne cherche plus, je sais où est ta mère !

Pour couper court à tout mécontentement de ma part, devant cette nouvelle cachotterie, elle ajouta :

— Elle est à Chmounou, et m'a promis de répondre à tes questions dès son retour.

— A toutes mes questions ?

— A toutes !

— Et que fait-elle à Chmounou ?

— Ce n'est pas à moi de te le dire !

Je compris qu'il serait impossible d'en savoir plus.

— Prends ton écritoire, et suis-moi ! commanda Nitocris.

— Je suis aux ordres du pharaon, fis-je d'un ton moqueur en m'inclinant.

Son rire cristallin remplit mon cœur de joie et de satisfaction.

— Allons travailler, mon amour ! dit-elle avant de déposer un baiser sur mes lèvres.

— Nous avons retrouvé la dépouille mortelle de Néferkarê-Pépi ! déclara le prince Idi en saluant Nitocris.

Dans la salle de réception provisoire, qu'elle avait fait aménager à la Maison de Vie de Memphis, c'était un va-et-vient incessant d'officiers ou d'informateurs. J'aurais aimé y rencontrer le général Sisené, mais il n'y venait jamais, se contentant d'entrer en relation avec sa petite-fille par messagers interposés. Idi de Koptos, en revanche, semblait mettre un point d'honneur à rendre personnellement visite à Nitocris. Il effectuait un compte rendu précis de la progression des troupes. Il s'était dépensé sans compter dans l'entreprise de reconquête. Son dévouement inconditionnel me semblait aussi suspect que son assiduité auprès de la reine, quoique, à la réflexion, il n'y eût rien d'anormal dans sa conduite. Plus vite Nitocris monterait sur le trône et plus vite il aurait des chances d'accéder au pouvoir. Tel devait être son raisonnement simpliste.

Je ne craignais plus le prince Idi. L'époque des admonitions semblait révolue. Il avait pris le parti de m'ignorer en me reléguant aux fonctions subalternes de petit scribouillard de la reine. Cette façon de faire me rendait service, tout en m'amusant. J'étais plus libre de mes mouvements, à l'ombre de ma bien-aimée.

— La momie de mon père est-elle intacte ? interrogea Nitocris après avoir félicité le prince.

— Il ne manque pas une bandelette, répondit-il fièrement. Nous l'avons découverte dans le temple de Ptah, à l'endroit précis que vous aviez indiqué.

Je souris, en baissant la tête. Idi aurait été furieux s'il avait su d'où venait l'information. Cette cachette, que j'avais jadis révélée au pharaon, j'en avais appris le lieu exact de la bouche même de Mériptah à l'époque où nous conspirions ensemble. J'avais rappelé son emplacement à la reine dès notre débarquement à Memphis. Elle avait alors donné des ordres pour récupérer le corps de Pépi le Vieux le plus vite possible. Son souhait était de le ramener solennellement dans sa pyramide à la Cité des Morts.

— Ainsi, dit-elle, tes soldats occupent toute la ville, puisqu'ils ont pénétré dans le sanctuaire.

— Il reste encore le quartier des forgerons et celui des Cabires. Ces gens-là résistent et veulent la guerre.

— Il ne faut pas de combats entre habitants de Kémi ! ordonna la reine. Evite les effusions de sang ! Progresse lentement, maison par maison, s'il le faut ; et surtout parlemente ! Tu dois les convaincre d'abandonner leurs faux rois.

— C'est difficile !

— Je sais ! Nous sommes les plus forts. Soyons donc magnanimes. Que tes soldats se protègent si on leur porte des coups, mais qu'ils n'attaquent pas pour massacrer la foule !

— Dois-je offrir de la nourriture en échange d'une reddition ?

— Bien sûr ! c'est un moyen efficace, à condition d'exiger la remise des armes et la soumission immédiate à mon autorité.

Quel pharaon, ma reine ! Elle en imposait au prince de Koptos. Il l'écoutait, en serviteur attentif. Il était subjugué ! Comme moi !

— Va, prince ! dit-elle. Tu agis noblement. Je saurai m'en souvenir. Va ! Dispose une garde permanente autour de la momie de mon père en attendant qu'il soit possible de la conduire dans sa maison d'éternité.

Lorsque Idi se fut retiré, je questionnai Nitocris sur l'autre dépouille mortelle : celle du pharaon Mérenrê. J'appris ainsi comment ma mère l'avait prise en charge après m'avoir libéré de prison. Elle avait fait transporter le corps chez les embaumeurs. Les mutilations étant celles d'un soldat ramené d'un champ de bataille, nul ne s'était étonné de le voir dans cet état.

— Sais-tu qui a tranché ses poignets ?

— C'est moi !

Sidéré, j'entendis Nitocris m'expliquer qu'elle avait accompli cet acte sans aucune haine, mais pour laisser croire qu'il s'agissait d'un cadavre de combattant. Avant que j'aie pu esquisser la moindre réaction elle ajouta :

— La violence de Néféroukaït s'est arrêtée au seuil du royaume d'Osiris. Elle a respecté le roi mort.

— C'est elle qui l'a poignardé, tout de même, dis-je en récupérant rapidement mes esprits.

— Je sais ! Mais je refuse de la juger ! Je ne retiens que sa pieuse conduite envers le défunt.

Tout était loin d'être clair dans les explications de Nitocris. Comment était-elle arrivée dans la prison ? Un long passage de son existence m'échappait. Qu'avait-elle fait en quittant le palais royal, déguisée sur mes conseils, et presque défigurée selon sa volonté ? Elle ne s'était pas réfugiée chez Ankhma-Hor.

— Non ! dit-elle en souriant. Je suis allée chez Néféroukaït.

— Tu la connaissais donc ?

— Oui ! Elle était grande dame de cour autrefois et vivait au palais. Rassure-toi, Nakhti ! je ne veux rien te cacher.

Nitocris raconta en détail comment elle s'était enfuie, à travers la ville, jusqu'à l'atelier de tissage. En somme, au lieu de s'abriter chez mon père, elle avait demandé asile à ma mère. Là, elle avait rencontré le général Siséné revenant à l'improviste de l'opération militaire du Delta.

— Ainsi Néféroukaït et Siséné...

— Sont bons amis depuis longtemps, et pas plus ! coupa Nitocris.

Après cette mise au point nette et précise, elle reprit ses explications. Son grand-père lui ayant avoué qu'il avait étranglé le pharaon, elle était revenue à ses risques et périls à la prison, pour essayer de ramener le corps de Mérenrê. Elle avait vite réalisé qu'elle n'y parviendrait jamais toute seule. Que faire ? Personne n'était là pour l'aider. Dans une décision subite, constatant qu'il était châtré, elle avait tranché les poignets pour en faire un cadavre de soldat, mort sur le champ de bataille. Et moi, pendant ce temps-là, je dormais sur un tas de guenilles, dans ma chambre saccagée.

— Alors, ma mère m'a menti lorsqu'elle m'a annoncé que tu étais à Koptos ! dis-je.

— Pas du tout ! Elle me croyait déjà sur le navire en partance pour la Haute-Egypte.

— Quel navire ? Seul le vaisseau royal était au port et Iqéri le borgne le maintenait hors des quais !

Nitocris m'expliqua qu'elle s'était enfuie, tout simplement, avec l'aide de Néféroukaït, en s'embarquant sur le bateau de guerre de Siséné, ancré avant Memphis à la rive du fleuve. Elle avait remonté le Nil jusqu'à Koptos. Comme je m'étonnais qu'elle ne se soit pas arrêtée à Chmounou avec son grand-père, ma bien-aimée fronça les sourcils.

— Réfléchis bien, Nakhti ! Il m'était impossible de faire autrement. Je suis allée là-bas pour défendre mon trône. Je devais m'imposer en Haute-Egypte pour empêcher Shémaï de faire sécession.

— Le Grand Maître est resté dans le droit chemin, dis-je d'un air narquois. Je le crois aussi ambitieux que légitimiste. Son fils lui ressemble d'ailleurs !

— Bien vu ! dit-elle en souriant. Nous en profiterons pleinement tous les deux.

Elle tendit ses mains vers moi. Je les couvris de baisers.

Pour la seconde fois le prince Idi demanda audience. Il entra en tenue de combat : bardé et casqué de cuir, poignard à la ceinture. Derrière lui, deux soldats nubiens attachés à sa garde traînaient un loqueteux. L'homme, hirsute, mal rasé, couvert de crasse, avait des cheveux blancs. Il portait un pagne rapiécé et trop court, laissant voir ses genoux à la peau violacée. Tous se prosternèrent aux pieds de la reine.

— Il cherchait à s'enfuir du palais royal, déclara Idi. C'est un serviteur du prêtre de Ptah et de ses imposteurs. Lorsque mes hommes l'ont capturé, il a déclaré qu'il connaissait la reine, qu'il voulait être jugé par elle et qu'il avait des choses importantes à lui dévoiler.

— Qui es-tu ? demanda Nitocris.

Le vieillard bafouilla quelques mots en roulant de grands yeux effrayés.

— Réponds correctement aux questions de la reine ! cria Idi en lançant une bourrade dans les côtes du prisonnier.

— Arrête ! intervint Nitocris. Cet homme a peur ; ce n'est pas en le malmenant que nous obtiendrons une explication. Qu'il soit confié à mes femmes de chambre, tout en le maintenant sous surveillance armée ! Qu'il soit lavé, rasé et habillé proprement ! Qu'on lui donne à manger et à boire avant de l'amener à nouveau devant moi ! Et surtout, qu'on ne le brutalise pas !

Idi baissa la tête. Il devait ressentir la désagréable impression d'être désavoué et paraissait vexé. La reine s'en aperçut soudain.

— Je te félicite, prince Idi, dit-elle d'une voix radoucie. Il fallait me présenter ce serviteur au plus vite et tu l'as bien compris. Grâce à ton initiative je vais savoir ce qui se passe actuellement dans la résidence.

Idi releva le menton, rouge de contentement. Oublieux du blâme manifeste qu'elle lui avait d'abord infligé, il ne retenait que le dernier compliment.

— J'ai une autre bonne nouvelle pour vous, Majesté ! annonça-t-il d'un ton assuré. Les Cabires viennent de se rendre.

Il s'engagea alors dans de longues explications sur la manœuvre des troupes et leur jonction progressive avec celles de Siséné. Sur un plan pratique, le seul îlot encore aux mains des soixante-dix était le palais royal. D'après ses calculs, deux mille mercenaires nubiens, encadrés par des officiers compétents, suffiraient à le ceinturer en attendant l'assaut final.

J'étais resté assis par terre, jambes croisées, un rouleau de papyrus sur mes genoux, comme tout bon secrétaire.

— Prends note, scribe Nakht ! commanda Nitocris.

Elle ajouta, aussitôt, à l'intention d'Idi :

— Ce que je vais déclarer fait partie de l'histoire de mon règne. Je veux que ce discours, aussi bien que tous mes faits et gestes, soit conservé dans les Maisons de Vie. Note donc, scribe Nakht, comme tu l'as fait jusqu'à présent ! Note ceci pour la postérité !

D'une voix claire et sûre, elle dicta :

« *Aujourd'hui, trentième jour du douzième mois, le pharaon Nitocris, protégé des déesses Vautour et Cobra et Maître des Deux-Terres, proclame : pendant les cinq jours épagomènes qui clôturent l'année, les fêtes religieuses se dérouleront à Memphis selon la tradition !*

Les rois Néferkarê-Pépi et Mérenrê, justifiés devant Osiris, seront conduits ensuite dans leur demeure d'éternité. Les cérémonies débuteront le premier jour de l'an, lorsque l'étoile Sothis apparaissant à l'horizon marquera le retour de la saison Akhet et de la crue bienfaisante du Nil.

Pendant tout ce temps-là, les imposteurs qui prétendent représen-

ter la septième dynastie resteront assiégés dans la résidence royale, sous le contrôle d'Idi, prince de Koptos. Ils attendront le jugement des dieux ! »

Idi parut se contenter d'être cité dans le décret. Pour ma part, je fus inquiet après avoir entendu la sentence : la reine m'avait déjà dit qu'elle se chargeait à elle seule de détruire la septième dynastie. Mais comment allait-elle s'y prendre ? Manifestement, elle retardait le jour de l'attaque décisive. Pourquoi ? Désirait-elle les tourmenter encore et leur faire subir de nouveaux châtiments ?

Lorsque Idi se fut retiré, je posai les questions qui me brûlaient les lèvres :

— Que veux-tu faire des conjurés, Nitocris ? Comment vas-tu les punir à présent ?

Elle rit, sans me donner de réponse. Le vieux serviteur, capturé par les soldats, vint se prosterner devant elle. Lavé, rasé, et bien vêtu, il était devenu un autre homme après son passage entre les mains des servantes.

— Relève-toi ! ordonna la reine. Je t'ai reconnu. Tu t'appelles Djef. Tu étais jardinier du roi lorsque j'étais petite et tu me donnais des fleurs pour décorer ma chambre.

Une étincelle de joie brilla dans les yeux du vieillard.

— Parle, Djef ! je t'écoute !

— Ils m'ont battu, maîtresse, dit-il d'une voix chevrotante. Ils m'ont obligé à nettoyer leurs excréments, comme si j'étais un simple d'esprit.

— Qui porte la couronne aujourd'hui ?

— Personne ! Ils y sont tous passés ! Aucun ne veut recommencer. Et le prêtre de Ptah reste Grand Maître. Il n'y a plus de pharaon !

— Pourquoi t'es-tu enfui du palais alors que les autres serviteurs y sont restés ?

— Tout le monde tremble là-dedans ! Mériptah plus que les autres. Il a tué tous ceux qui ont voulu s'échapper. Moi, je ne peux pas supporter leurs fientes malodorantes. J'ai risqué la mort pour m'enfuir.

— Qu'est-ce qui les angoisse ainsi ? interrogea Nitocris.

Le vieux poussa un profond soupir. Hésitant sur chaque phrase, il dit d'une voix de plus en plus forte :

— Ils ont peur des soldats du prince... Ils ont peur de toi... Ils ont peur d'eux-mêmes... Ils ont... Ils ont peur de la mort !

Nitocris se leva et s'avança vers moi, triomphante.

— Ne m'as-tu pas demandé, Nakhti, quel serait leur troisième châtiment ?

QUATRIEME CHATIMENT

Les gens de Memphis célébrèrent, dans le calme et la paix retrouvés, les fêtes religieuses de fin d'année. Comme d'habitude les cinq dernières journées n'entrant pas dans la répartition des douze mois furent consacrées aux dieux.

Puis, à la date fixée par l'étoile Sothis, la puissance d'Hâpy se manifesta à nouveau : les eaux recommencèrent à monter. Mû par sa force inexorable, le Nil se mit à grossir, quittant son lit pour envahir la plaine et repoussant la rive jusqu'au plateau de Saqqarah.

Au premier jour de l'an, début de l'inondation, les habitants de la Balance des Deux-Terres se rassemblèrent en masse pour assister, sur convocation de la reine, à la sépulture de leurs souverains.

Le regroupement s'effectua sur les quais, à l'heure où le soleil est au zénith. Nitocris donna elle-même le signal en tendant solennellement son sceptre vers l'ouest. Elle était habillée en pharaon, coiffée du pschent blanc et rouge, symbole de son pouvoir sur le Double Pays. Assise sur son trône d'ébène et d'or, elle demeurait impassible, selon la tradition. En tête du cortège, deux barques richement décorées, semblables à celle du Dieu Rê dans son périple céleste, transportaient les momies de Néferkarê-Pépi et de Mérenrê.

J'avais pris place, avec mes amis Nenki, Antef et Sénedjem, dans une des innombrables embarcations anonymes qui accompagnaient celles des rois défunts.

— J'ai déjà fait ce trajet avec toi, le Vieux et Mériptah, dit Nenki en me regardant avec insistance. Mais c'était en sens inverse et par nuit noire.

Antef et Sénedjem, à qui nous avions depuis longtemps

raconté notre expédition mouvementée dans la nécropole, hochèrent la tête.

— Bébi est mort, Sébek-Aa aussi, fis-je tristement.

— Et les autres ? demanda Nenki. Que vont-ils devenir, assiégés dans la résidence, sans espoir d'évasion ?

— Je n'en sais rien, Nenki. Ce n'est pas moi qui décide, c'est la reine !

Antef et Sénedjem ramaient en silence. Le grandiose spectacle des centaines de bateaux traversant le fleuve pour suivre les barques funéraires semblait les captiver bien plus que notre conversation.

— Pourquoi fait-elle durer le siège ? reprit l'architecte en se penchant vers moi.

— Ça, je crois le savoir ! dis-je tout bas. Elle veut châtier le prêtre de Ptah et nos anciens compagnons. Elle leur a infligé trois punitions : la maladie, la discorde et la peur.

— Que peut-elle ajouter à présent ?

— La faim ! C'est le quatrième châtiment. Elle me l'a annoncé ce matin. En interrogeant Djef, le vieux jardinier, elle a évalué les réserves de nourriture des conjurés. Tout doit être épuisé à ce jour. Ils n'ont plus rien à manger. Ils vont mourir d'inanition.

Nous restâmes longuement sans parler. Derrière le bateau où Nitocris trônait, entourée de ses domestiques, je repérai celui d'Idi. C'était le navire de guerre amené de Koptos à bord duquel il nous avait accueillis après le dramatique naufrage du vaisseau royal.

— Quelle erreur ! fis-je en le voyant. Son tirant d'eau est trop important. Il aura beaucoup de mal à atteindre les berges de Saqqarah aujourd'hui.

— En attendant trois jours de plus il y parviendra certainement, dit Sénedjem le devin. L'inondation promet d'être importante d'après ce que j'ai lu dans les astres.

— Comment se fait-il que le prince de Koptos soit dans le cortège funèbre ? demanda Antef. Il aurait dû rester à Memphis pour surveiller les prisonniers de la résidence.

— C'est Sisené qui a pris le commandement à sa place, expliquai-je, car Idi représente la Haute-Egypte aux funérailles. Je me demande aussi si le vieux général n'a pas peur de me rencontrer.

Sénedjem qui paraissait vraiment bien informé me fournit une explication :

— Pas du tout ! Sisené est resté dans la capitale pour accueillir Néféroukaït et Shémaï qui arrivent demain.

— Merci de m'apporter des nouvelles de ma mère ! dis-je, assez vexé. Elle m'en donne si peu !

Nous restâmes à nouveau silencieux. En approchant de la Cité des Morts, les officiants du cortège des rois défunts entonnèrent un hymne de louange au Nil *qui a créé tout bon produit, qui emplit les magasins, élargit les greniers et donne des biens aux malheureux.*

— La reine va-t-elle les laisser mourir de faim ? demanda Nenki en pensant au triste sort des compagnons. Pourquoi n'interviens-tu pas auprès d'elle ? Scribe Nakht, use de ton influence pour leur épargner cette agonie !

— Je ne peux rien pour eux, dis-je, tête basse. Elle ne leur pardonnera jamais le mal qu'ils ont fait à notre pays.

— Passeront-ils en jugement ? questionna Sénedjem.

— Je n'en sais rien.

— Et qui donc pourrait les juger ? intervint Antef.

— Nitocris a parlé des dieux.

Ils me regardèrent, interloqués. Ils ne s'attendaient absolument pas à ce genre de réponse. Devant l'intérêt manifesté par mes amis pour le sort des conjurés, je décidai d'exposer mon point de vue sur l'ensemble des événements, depuis le début de la révolte.

Dans un premier temps, avant que l'émeute n'éclate à Memphis, tout était possible, à condition de lutter sans faiblesse contre les maîtres abusifs, et de savoir mettre en place certains moyens de pression sur le pouvoir. Habilement conduite, la conjuration aurait pu obtenir gain de cause. La reine elle-même l'aurait soutenue dans cette action pour affaiblir les féodaux. Avec son appui bienveillant, n'avais-je pas réussi à convaincre le pharaon Mérenrê d'octroyer à son peuple le droit à l'éternité ?

Dans un second temps, la révolte populaire et le saccage de la ville avaient tout remis en cause. Et pourtant, il restait encore une chance de succès. Nos compagnons n'avaient pas su la saisir. Devant un trône vide, il aurait fallu gouverner, faire régner au plus vite l'ordre de Justice et de Vérité, rétablir les conditions du retour de la reine. Au lieu de cela, égarés par l'ambition démesurée de Mériptah, ils s'étaient livrés à l'infâme comédie de la septième dynastie ; soixante-dix pharaons de pacotille se succédant tous les jours, en soixante-dix jours. Pendant ce temps le désordre et la misère avaient progressé.

— On ne se moque pas impunément d'une fille de Rê, dis-je en pesant bien mes mots. Je connais le tempérament de Nitocris, sa force de caractère, mais aussi son ressentiment : elle ne leur fera pas grâce. Cependant, si elle en appelle aux dieux — et j'ignore comment elle va s'y prendre — c'est par esprit d'équité, car elle estime ne pas pouvoir juger toute seule un tel crime.

Bien avant d'accoster, nous vîmes les pyramides de Saqqarah se détacher sur l'horizon de l'ouest. Beaucoup plus que les palais de la capitale, ces demeures d'éternité symbolisaient la grandeur de notre peuple. Nenki l'architecte exprima, spontanément, l'émoi que nous ressentions :

— J'ai beau les connaître, elles m'impressionnent toujours.

— Avec de tels monuments, ajouta Antef le sculpteur, la survie divine de nos rois est assurée.

— Crois-tu ? dis-je en souriant. Malgré l'empilement considérable de blocs de pierre ces sépultures ne sont pas inviolables. N'avons-nous pas réussi à ouvrir celle de Néferkarê-Pépi avec l'aide du valeureux architecte Nenki ici présent ?

Sénedjem interrompit notre conversation en attirant notre attention vers les barques funéraires :

— Voyez ! elles touchent la berge, et le débarquement va commencer.

— Restons près de la rive, dis-je. Nous serons mieux placés pour suivre la cérémonie.

Devant nous, de part et d'autre d'un grand portail ouvert au centre d'une vaste terrasse, deux rampes d'accès en granit rose dessinaient un triangle à large base sur une façade de calcaire poli. Ce temple bas de Pépi s'étirait sur cent coudées environ, parallèlement à la rive. Plus loin derrière, bâtis sur le plateau et reliés à lui par une galerie couverte, le temple haut, la pyramide royale et celles des trois reines du Vieux se découpaient sur fond de ciel, hors de portée de toute inondation.

— Regarde ! s'exclama Nenki. On distingue très bien le portillon de service. C'est par là que Mériptah nous a conduits dans le sanctuaire !

— Tremblerons-nous à nouveau devant les cinq statues de cuivre rouge ? lançai-je pour le taquiner.

— Toi, peut-être, si tu accompagnes la reine pendant les cérémonies, répondit-il. Mais moi je ne tiens pas à dépasser le parvis cette fois-ci.

Le cortège funèbre s'était scindé en deux files, empruntant à droite et à gauche les plans inclinés conduisant à l'entrée principale. En tête de chacune des processions, un prêtre-sem, psalmodiant des litanies, ouvrait la marche. Un autre, un peu en retrait, aspergeait le sol d'eau lustrale. Derrière eux, venait une longue suite de porteurs d'offrandes chargés de vin, de bière, de pains, de gâteaux, de légumes, de fruits, de cuissots d'antilopes et de têtes de veaux.

— L'abondance est de retour ! commenta Sénedjem en hochant la tête. Shémaï a bien travaillé.

— Les prêtres sont nombreux pour la cérémonie, dit Nenki. Ce sont de gros mangeurs ! Nitocris veut s'attirer leur bienveillance !

— Tiens ! je ne vois pas de mobilier funéraire, fit remarquer Antef.

Aucun homme ne transportait de richesses : ni coffres, ni vases, ni objets d'art. Je connaissais la raison de cette entorse au protocole funéraire : la reine avait jugé inconvenant, en cette période difficile, d'accumuler à nouveau des trésors dans le sanctuaire du Vieux. Il avait été suffisamment garni dès la première sépulture pour satisfaire à la fois les besoins de Pépi et de Mérenrê dans l'au-delà.

Les momies reposaient sur des traîneaux à catafalque, attelés à quatre bœufs blancs. En les regardant s'élever, de chaque côté du temple, accompagnées l'une comme l'autre d'un imposant bataillon de pleureuses aux seins nus, je me demandai ce qu'allait décider Nitocris. Choisirait-elle de suivre la dépouille mortelle de son père ou celle de son époux ? Je la vis quitter son trône et mettre pied à terre à mi-distance des deux itinéraires funèbres.

Le prince Idi, par contre, n'avait pas encore atteint la rive. J'avais vu juste : son bateau raclait le fond. Avait-il fait preuve d'assez d'habileté pour rester volontairement à la traîne, en s'évitant ainsi un choix trop difficile ?

Quoi qu'il en soit l'ensemble de la cérémonie laissait une impression de froide formalité, dépourvue d'émotion, malgré la gravité officielle et le faste solennel que les prêtres de Memphis avaient essayé de lui donner.

— Incroyable ! s'écria tout à coup Nenki. Admirez ce chef-d'œuvre architectural au centre de la muraille de granit !

Une porte, invisible jusque-là, venait de s'ouvrir dans le mur de soutènement du temple, juste en face du bateau de la reine. Elle devait donner sur un escalier intérieur permettant d'accéder à la partie haute du sanctuaire sans emprunter les rampes d'accès latérales. Nitocris s'avança, et disparut dans l'embrasure tandis que le battant de pierre, se refermant derrière elle, effaçait aussitôt toute trace de son passage.

Interloqués par cette disparition subite, nous nous regardâmes tous les quatre, les yeux écarquillés. Le premier instant de surprise passé, je m'exclamai :

— Superbe ! le dilemme n'existe plus !

J'ajoutai quelques commentaires enthousiastes à l'intention de mes amis. La reine avait organisé le déroulement des funérailles. Elle connaissait parfaitement les lieux et avait su en tirer parti. N'acceptant d'accompagner aucun des deux défunts, en tant que fille ou épouse, elle avait décidé de les précéder par cette voie dérobée. Nitocris pouvait les accueillir alors en souveraine, au grand portail d'entrée, point de convergence des deux processions. Devant le peuple et le clergé de Memphis réunis, elle agissait ainsi en pharaon tout-puissant, affirmant sa légitimité sur le trône du Double Pays.

Les barques populaires accostant toutes à la fois nous obligèrent à mettre pied à terre dans la cohue.

— Nous sommes trop nombreux, dit Sénedjem. L'accès au temple sera difficile.

— Restons ici ! proposai-je. Les cérémonies dureront quelques jours. Nous aurons bien le temps, demain, d'y assister en curieux.

Et comme mes compagnons s'étonnaient de devoir rester plusieurs journées dans la nécropole, je les conduisis vers une extrémité du quai où des chalands de transport venaient de s'ancrer. Des soldats s'affairaient à débarquer du matériel et des vivres.

— Nitocris a donné l'ordre de dresser des tentes et d'installer une résidence provisoire auprès de la pyramide de Pépi, expliquai-je. Vous logerez dans la mienne. Quant à toi, cher Nenki, tiens-toi prêt à comparaître devant la reine. Elle a besoin, m'a-t-elle dit, de tes talents de constructeur.

A la nuit tombée je rejoignis ma bien-aimée.

— Nenki connaît bien son métier, dit Nitocris. J'ai parcouru le temple bas, avec lui, pour qu'il vérifie, en ma présence, le bon fonctionnement des mécanismes.

— S'agit-il de cette porte dérobée, s'ouvrant au ras des quais ? demandai-je.

Elle se mit à rire et vint appuyer sa tête contre mon épaule. Nous étions couchés, côte à côte, sur le lit d'apparat dressé dans une chambre de toile sur le plateau de Saqqarah.

— Surprenant, n'est-ce pas ? fit-elle en riant encore. Ce temple est plein de secrets. Mon père Pépi a toujours adoré ce genre de constructions et son architecte Mérirê-Mériptah-Ankh excellait à les mettre au point.

Par association d'idées, en l'entendant citer le nom compliqué du constructeur, je me remémorai Mériptah et les conjurés, torturés par la famine dans le palais royal. Les paroles de Nenki résonnèrent à nouveau à mes oreilles : « Pourquoi n'uses-tu pas de ton influence pour leur épargner cette agonie ? »

— Et pourquoi pas ? fis-je tout haut en clôturant mes réflexions.

— Que dis-tu là, Nakhti ?

— Je pense aux dérisoires souverains de la septième dynastie.

Puis, emporté par cette manie oratoire dont j'étais coutumier, je partis dans une longue plaidoirie en faveur de mes compagnons. Ils semblaient gravement fautifs, certes, et méritaient une sanction exemplaire. Mais, s'ils avaient enlevé Mérenrê, nul ne pouvait les considérer comme coupables de sa mort. Bien sûr, c'était un crime impardonnable d'avoir séquestré le pharaon en prenant sa place pour gouverner. Et pourtant ils n'étaient pas directement les auteurs de l'insurrection populaire et du saccage de Memphis. N'était-ce pas exagéré de leur faire endosser l'entière responsabilité des événements ?

— Accuserais-tu ta mère, pour mieux les excuser ? m'interrompit sèchement Nitocris en s'asseyant sur le bord du lit.

Elle paraissait assez irritée de mes paroles.

— Loin de moi cette idée, dis-je en m'installant auprès d'elle. Je sais que les ouvrières de Néféroukaït ont déclenché une émeute en voulant venger l'une d'entre elles, une nommée Ritha. La colère populaire les a dépassées. Nul ne pouvait prévoir un tel déferlement de violence. Les coupables, les vrais, je les connais ! Ce sont ceux qui pendant des années ont accablé le peuple et l'ont exaspéré au point d'aboutir en quelques heures à de tels excès.

Nitocris se leva. Elle prit la lampe de chevet pour allumer d'autres mèches et éclairer la tente. Son visage était grave. Elle était concentrée, repliée sur elle-même et réfléchissait.

— Parlons bas ! dit-elle soudain à mi-voix. On doit nous entendre à cent pas. Peux-tu écrire, immédiatement, sous ma dictée ?

Je pris mon écritoire, un rouleau de papyrus, et accroupi à ses pieds, jambes croisées, je murmurai avec un sourire :

— Ô mon amour, ma reine bien-aimée, ton serviteur t'écoute !

CINQUIEME CHATIMENT

— C'est le prêtre de Ptah qui a lu la lettre !

— A haute voix ?

— Oui ! les autres écoutaient, en cercle, autour de lui.

— Qu'ont-ils dit ?

— Ils sont restés silencieux pour la plupart, prostrés... honteux... accablés par la faim... prêts à tout accepter. Certains ont murmuré : « Elle a raison !... » et d'autres : « Nous n'avons plus rien à perdre !... »

— Et celui qui se dit Grand Maître de Memphis ?

— Celui-là a déclaré après sa lecture : « J'accepte, au nom des soixante-dix, cette proposition. »

Cette proposition ! J'étais resté pantois, la veille au soir, en l'entendant ! Avant de prendre ma bien-aimée dans mes bras, pour lui prouver mon amour, j'avais écrit, sous sa dictée, un incroyable ultimatum aux conjurés. Ce texte m'ayant impressionné, j'en connaissais encore tous les détails, par cœur :

« *Décret de Nitocris, pour les insurgés de Memphis : Ma Majesté constate la fin de la septième dynastie. Il faut, à présent, assurer la continuité dans l'ordre de Maât, Déesse de Justice et de Vérité. Sensible à l'opinion des gens de Kémi, manifestée par leur révolte, Ma Majesté veut choisir son époux et corégent parmi les soixante-dix. De mon union avec cet élu, naîtra un authentique fils de Rê, qui sera aussi fils du peuple. Afin d'effectuer publiquement son choix, Ma Majesté vous convoque au repas qu'elle offre dans le temple bas de la pyramide. Sortez de la résidence sans crainte ; vous serez escortés et protégés par mes soldats.* »

Comme j'avais manifesté des réticences à écrire des mots pareils, elle avait profité de notre intimité pour me couvrir de baisers en jurant qu'elle n'aimait que moi. Cette lettre impensable relevait, disait-elle, de la seule raison d'Etat. Puis, elle m'avait demandé de rédiger quelques explications pour le général Sisené afin qu'il conduise les conjurés sains et saufs jusqu'à la nécropole, pour les enfermer dans la pyramide de Pépi.

Maintenant, alors que le jour venait à peine de se lever, elle était en train d'interroger en ma présence l'officier Kaâper (celui qui, à Koptos, avait reçu l'ordre de m'entraîner dans le désert, et dont elle avait fait son garde du corps). Ce vaillant militaire, digne de confiance, avait été chargé de faire parvenir la missive à Mériptah. Il avait habilement accompli sa mission et répondait aux questions de la reine avec assurance et précision.

— Ainsi les imposteurs acceptent mes propositions, reprit Nitocris. Où sont-ils à cette heure ?

— Les soixante-dix m'ont suivi lorsque je suis sorti du palais. Les soldats de Sisené les ont encerclés aussitôt...

— Ont-ils tenté de fuir ?

— Absolument pas ! Ils étaient abattus et soumis. Nous les avons conduits au port et embarqués sans contrainte. La lune luisait encore lorsque nous avons mis pied à terre, sur la rive de Saqqarah.

— Ils sont déjà là ! s'exclama Nitocris. Les as-tu enfermés dans la salle souterraine ?

— Oui ! par la porte du quai et l'escalier de granit. Tout est verrouillé.

— Bien, Kaâper ! Ont-ils à manger ?

— A volonté ! Mais seulement du pain et du poisson séché, comme tu l'as ordonné.

— Très bien ! dit Nitocris en souriant. Nous allons les laisser souffrir de la soif. Ce sera leur nouveau châtiment.

Ma plaidoirie en faveur de mes anciens compagnons n'avait pas servi à grand-chose. La reine n'en faisait qu'à sa tête et se vengeait avec obstination. Certes, ils n'allaient pas mourir de faim, mais le sort qu'elle proposait en échange n'était guère plus enviable. Je me tus, cependant : il eût été maladroit d'intervenir en présence de Kaâper. J'attendis que Nitocris le congédie.

— Va ! ordonna-t-elle à l'officier, va chercher de ma part le prince de Koptos ! Qu'il quitte son navire planté stupidement dans le limon du Nil et qu'il vienne me rendre visite au plus vite ici même. J'ai un service à lui demander.

Quand Kaâper fut sorti, elle se tourna vivement vers moi. Je n'eus pas le temps de placer un mot.

— Nakhti chéri, dit-elle, envoie-moi Ida et les soubrettes pour qu'elles s'occupent de ma toilette. Puis attends-moi sur le quai, devant le temple, au niveau de cette porte dérobée qui va s'ouvrir pour toi.

Intrigué par la fin de sa phrase, j'étais sur le point de demander des explications lorsque, posant le bout des doigts sur mes lèvres, elle dit :

— Sois gentil ! je dois me préparer rapidement ! Le prince Idi ne tardera pas beaucoup, après avoir reçu mon appel.

Je sortis de la tente de la reine, perplexe et presque ulcéré contre elle et contre moi-même. J'avais la désagréable impression de n'être qu'un jouet entre ses mains. Pourtant, elle m'aimait, j'en étais absolument sûr. Pourquoi donc se conduisait-elle ainsi ? Etait-ce en raison de sa double personnalité, à la fois femme et pharaon ? Peut-être n'avais-je su séduire que la femme, alors qu'elle disposait de moi à sa guise en tant que pharaon ? Tout compte fait, n'étais-je pas, selon son expression, victime de la raison d'Etat ? Dans cette course effrénée à la succession de Mérenrê, elle paraissait choisir le prince Idi, pour mieux ridiculiser Mériptah et les autres.

Après avoir prévenu les femmes de chambre, je me dirigeai vers mon habitation de toile. Sénedjem le devin m'attendait à l'entrée.

— Te voilà bien soucieux, scribe Nakht, dit-il en me saluant.

— Et pour cause ! fis-je en lui rendant son salut. Les soixante-dix ont été enfermés cette nuit dans le temple de Pépi et la reine veut épouser l'un d'eux.

J'aurais dû garder ce secret pour moi, mais la sourde colère qui me rongeait le cœur venait de me pousser à la pire des maladresses.

— Il faut donc que je me dépêche de venger ma sœur, la pauvre Ritha, en tuant son meurtrier, déclara-t-il avec une étrange lueur dans ses prunelles.

Je compris aussitôt ma bévue. Sénedjem semblait prêt à tout

pour abattre Mériptah. J'essayai de le raisonner, non pas pour épargner cet affreux prêtre de Ptah que j'abhorrais, mais pour éviter que le devin ne s'attire les foudres de Nitocris en interposant intempestivement sa propre vengeance entre la reine et ses victimes. J'eus beau discuter, je ne pus le convaincre. Antef et Nenki, attirés par nos éclats de voix, vinrent appuyer mon argumentation après avoir pris connaissance des raisons de notre débat. Rien n'y fit. Sénedjem conserva son inébranlable détermination.

— Fais comme tu voudras ! m'écriai-je, désemparé. Ne compte pas sur moi pour plaider ta cause lorsque tu seras arrêté par les gardes du corps.

Je descendis à grands pas vers les quais pour ne pas manquer mon mystérieux rendez-vous avec Nitocris.

Dans le mur de granit la porte s'ouvrit toute seule. Vêtue en pharaon, coiffée de la Double Couronne, elle m'attendait debout dans la pénombre du temple. A sa droite, éclairé par des lampes à huile, un escalier montait vers l'étage. A sa gauche, un autre, plus obscur, descendait vers le sous-sol. Sous mes pieds, une grille de bronze masquait un large puits vertical. Le battant se referma dans mon dos. Mes yeux mirent un moment avant de s'habituer au changement de luminosité. J'étais inquiet et content à la fois, troublé de pénétrer dans la demeure d'éternité de Pépi au risque d'y retrouver de mauvais souvenirs, et rassuré cependant par la présence de la reine.

— Nakht, les temps sont venus, déclara-t-elle d'une voix plus grave qu'à l'accoutumée. L'incertitude te ronge, j'en ai conscience, mais fais-moi confiance, tu ne seras pas déçu.

Je ne répondis pas. Elle gravit les premières marches. Je la suivis, le cœur battant. Le grand portail d'entrée donnant sur la terrasse était fermé : des fentes régulièrement espacées au plafond éclairaient d'une lumière irréelle l'immense salle à colonnes du temple de Néferkarê-Pépi. Nous venions de déboucher dans le sanctuaire après avoir franchi une courte dénivellation et parcouru un étroit couloir. Il planait un silence impressionnant. Nous étions seuls.

— Regarde ! fit Nitocris à voix basse en montrant du doigt le carrelage, au milieu de la pièce.

Sur trente pas de long environ, et une dizaine de large, s'ouvrait un immense trou rectangulaire. On avait dû enlever récemment les dalles qui le recouvraient, car elles étaient encore empilées de part et d'autre de l'ouverture ainsi que les poutres de bois qui avaient servi à les soutenir.

— Nenki a su lire les plans, murmura-t-elle à mon oreille. Approchons-nous sans bruit !

Nous fîmes quelques pas en avant. L'excavation était bordée d'une étroite margelle, comme un bassin ou une piscine. Elle ne semblait pas très profonde : une hauteur et demie d'homme tout au plus. En l'examinant avec plus d'attention, je m'aperçus qu'il en était tout autrement. Ce que j'avais pris pour le sol de cette espèce de citerne n'était en réalité qu'une grille constituée d'étroites poutres de granit, alignées côte à côte et séparées les unes des autres d'une bonne largeur de main. Au-dessous c'était encore le vide, et comme la lumière pénétrait mal dans cette profondeur, je ne pouvais pas voir le fond.

— Ils sont là, chuchota-t-elle en se serrant contre moi. Ils ont tellement mangé dès leur arrivée qu'ils se sont endormis.

Je la regardai, médusé, essayant de deviner ses pensées ou ses sentiments. Son sang-froid m'effrayait.

— Le Nil va les juger, dit-elle en comprenant mon trouble. Ce n'est pas moi qui déciderai de leur sort. C'est la puissance d'Hâpy commandée par les dieux.

— L'inondation ? Tu vas les noyer comme des animaux malfaisants ? demandai-je.

— Pas moi ! répondit-elle, les dieux ! Et voici comment : la porte du mur de granit restera ouverte dès ce soir. Si le Nil le souhaite, il montera plus haut que le quai et l'eau pénétrera dans la salle souterraine par le puits placé à l'entrée. Elle se remplira au moins jusqu'à la grille de pierre, et probablement au-dessus. Mais si le Nil en décide autrement la crue sera plus basse ; l'eau ne franchira pas l'embarcadère. Ils seront épargnés.

— Tu pourrais les sauver aussi en n'ouvrant pas la porte ! dis-je.

— Et qui les jugerait ? Il faut que justice soit rendue ! Ceux qui ont usurpé le trône dans une infâme parodie de pouvoir ont offensé non seulement les fils de Rê qui ont régné depuis des siècles, mais aussi le Grand Dieu lui-même. Qui donc, mieux que Rê en personne, peut décider de punir l'affront ou de pardonner ? Moi, Nitocris, sa fille, je suis fière de pouvoir offrir cette alternative à mon géniteur céleste.

Je ne savais plus que dire. Je la dévorais des yeux. Dans son exaltation elle avait levé les bras au ciel vers la voûte percée de lucarnes où les rayons du soleil venaient tout à coup de pénétrer. Elle irradiait de lumière. Son divin père cautionnait ses paroles.

Je tombai à ses pieds. J'embrassai ses genoux en balbutiant :

— Nitocris, ô ma reine ! pardonne mon indignité ! Fille de Rê ! je t'aime !... je t'aime !... je t'aime !...

Elle se mit à rire, de ce rire cristallin que j'adorais et qui faisait vibrer mon corps comme mon cœur.

— Tu n'es pas indigne de moi, mon amour ! relève-toi, relève la tête, car tu es aussi de la lignée des fils du Soleil ! Apprends ceci de ma bouche, Nakhti : ta mère, Néféroukaït est de sang royal !

Je me prosternai jusqu'à terre, le front dans la poussière pour m'humilier devant elle. Il m'était impossible de croire à ces paroles. Elle souhaitait sans doute me donner une irréfutable preuve d'amour en me hissant ainsi à son divin niveau.

— Ecoute-moi, Nakhti ! reprit-elle. Demain Néféroukaït sera de retour de Koptos. Elle te confirmera elle-même son origine : sa mère — une aïeule que tu n'as jamais connue — était la sœur de Néferkarê-Pépi. Nakhti ! Nous sommes cousins !

Je me relevai, hébété. Je comprenais difficilement ce que Nitocris venait de me révéler. Mes jambes chancelaient comme celles d'un homme soûl. J'étais ivre d'en savoir trop, en trop peu de temps. Mon impossible amour se métamorphosait en un éclair : nous étions de même filiation, elle et moi. Entre nous, évanoui par enchantement, il ne subsistait plus aucun obstacle.

Elle me regardait, figée dans un demi-sourire un peu tendre, presque anxieuse avant de prendre connaissance de ma réaction.

— Que Rê, Père des Dieux et Seigneur des hommes, nous bénisse ! dis-je en reprenant rapidement conscience.

Elle se précipita dans mes bras.

Au fond de leur trou, les soixante-dix conjurés, réveillés par le son de nos voix et les rais de lumière qui commençaient à illuminer leur prison, se mirent à s'agiter et à grogner.

— Viens ! dit Nitocris. Partons d'ici ! Nous reviendrons plus tard.

Elle me conduisit vers l'entrée de la galerie couverte. Ce couloir obscur, long de plus de mille pas, était jalonné de rares lampes à huile accrochées à la paroi. Nous le remontâmes, enlacés, jusqu'au portillon de service. A partir de là, je connaissais les lieux. Je les revis avec émotion. Il ne restait plus rien de la profanation insensée conduite par Mériptah, à laquelle j'avais participé. Les blocs ayant servi à murer le passage avaient été enlevés et toutes traces de dégradation soigneusement effacées.

Nous poursuivîmes notre chemin jusqu'à la cour intérieure au sol d'albâtre. Comme elle était à ciel ouvert le passage brutal de la pénombre au grand jour nous fit cligner des yeux. Le carrelage, irréellement blanc, scintillait dans la lumière. Nitocris m'amena sur la dalle centrale. Elle était gravée d'un scarabée, signe du soleil levant.

— Les prêtres du sanctuaire vivent un peu plus loin dit-elle ; ils ne viennent jamais ici.

— Je sais ! Ils sont dans la zone sacrée, au-delà des cinq statues de cuivre rouge de Pépi.

— N'y allons pas ! Ne rentrons pas dans ce lieu saint !

— Pourquoi ? fis-je surpris. Les fils de Rê n'en ont-ils pas le droit ?

Elle mit ses bras autour de mon cou pour baiser mes lèvres avec passion.

— Pas pour faire ce que nous allons faire, Nakhti ! Ce serait sacrilège, même pour des pharaons !

En descendant vers le temple bas, nous entendîmes soudain des cris et des jurons. Un étonnant charivari montait du trou des conjurés. Nous pressâmes le pas pour nous rendre compte, au plus tôt, des raisons de ce tapage. Parvenus dans la grande salle à colonnes, nous nous arrêtâmes, côte à côte, debout sur le bord de la fosse. Le soleil au zénith l'éclairant directement, il était possible d'en distinguer tous les détails jusqu'au fond.

Avec peine, tant leurs visages étaient amaigris, je reconnus la plupart de mes anciens compagnons. Ils se démenaient de façon désordonnée, en proie à une vive colère. Dès qu'ils nous aperçurent au-dessus de leurs têtes ils tendirent leurs poings vers nous en hurlant :

— Assassins ! assassins !

Je cherchai en vain le prêtre de Ptah. Je ne le vis pas.

— Fais-les taire, dit Nitocris.

Je frappai dans mes mains, en criant de toutes mes forces :

— Ecoutez-moi ! Je suis le scribe Nakht !

L'effet fut immédiat. Un impressionnant silence succéda brutalement au vacarme.

— Où est Mériptah ? demandai-je en baissant le ton.

Dans un angle, une voix rauque que je connaissais bien me répondit :

— Je suis ici ! Mes amis soignent ma jambe blessée. Dès qu'ils auront fini le pansement, ils m'amèneront au centre de cette pièce, afin que je puisse bien voir ta gueule de faux jeton.

Je frémis sous l'insulte. Il n'avait rien perdu de son agressivité. Sentant monter ma colère, Nitocris prit ma main et me conseilla tout bas de me maîtriser pour mieux amorcer le dialogue.

— Qui t'a frappé ? demandai-je posément. Personne ici n'a reçu l'ordre de le faire.

— Surveille mieux tes gens, scribe Nakht, ou apprends-leur à bien viser. J'ai reçu une flèche dans la cuisse.

Je compris l'origine de cet attentat. Sénedjem le devin avait assouvi sa vengeance. En parlant à mi-voix je donnai rapidement l'explication à Nitocris. D'un simple geste elle me fit comprendre que cela n'avait pas d'importance.

Nous regardâmes à nouveau vers le bas. La grille qui nous séparait des soixante-dix était pour nous le plancher, et pour eux le plafond. Cela donnait à cette salle souterraine un étrange aspect de cage aux fauves. De plus, comme nous surplombions leurs corps, nous n'apercevions d'eux que les sommets des crânes, les épaules, quelquefois leurs figures, lorsqu'ils levaient la tête. Ils transportèrent Mériptah au centre de la fosse, l'ex-Grand Maître de Memphis nous dévisageait d'un air insolent.

— Pharaon Nitocris ! Je vois ton sexe ! lança-t-il méchamment.

Tous les autres ricanèrent et tournèrent vers nous leurs visages émaciés. Imperturbable, elle resta campée, sans bouger d'un pouce.

— Viens ici, si tu l'oses, ajouta-t-il sur le même ton. Tu as soixante-dix mâles à essayer !

— Pourquoi insultes-tu la reine ? demandai-je en contenant difficilement mon exaspération.

— Tu le sais bien, scribe Nakht, toi qui as écrit sa lettre. Ce n'est pas un repas qu'elle a offert à la septième dynastie : c'est la soif !

Il tendait les mains vers nous, en haletant de rage et de douleur. Sur sa cuisse, le pansement, fait de lambeaux de pagnes, était devenu rouge vif. La blessure devait être grave. Mériptah se vidait de son sang.

— Reine d'Egypte, tu as menti ! hurla-t-il dans un sursaut de hargne. Tu ne prendras aucun des soixante-dix pour époux !

Je sentis Nitocris se raidir.

— Grand Maître de Memphis, m'entends-tu ? lança-t-elle d'un ton autoritaire.

Mériptah se souleva sur les coudes, stupéfait de s'entendre nommer par ce titre usurpé.

— Je t'écoute ! répondit-il d'une voix affaiblie.

— Tu vas mourir, mais ce n'est pas Ma Majesté qui te tue. C'est la haine que tu as engendrée. Sénedjem, fils d'Abédou t'a transpercé d'une flèche pour venger Ritha. Grand Maître de Memphis, m'entends-tu ? répéta-t-elle en haussant le ton.

— Pourquoi ?... pourquoi m'appelles-tu... ainsi ? balbutia Mériptah à bout de forces.

— N'est-ce pas le titre qui t'a conduit à ta perte ? Garde-le, tu l'as bien mérité ! Mais apprends au moins ceci, avant de rendre l'âme : une reine d'Egypte ne ment jamais ! Ecoute bien, imposteur ! J'ai choisi mon époux et corégent parmi les soixante-dix : c'est le scribe Nakht que tu peux voir, ici, à mes côtés. Il est fils du peuple comme toi, fils de Rê comme moi, et nous nous aimons, ne t'en déplaise ! Grand Maître de Memphis, m'entends-tu ? cria-t-elle une troisième fois.

Elle n'obtint pas de réponse. Mériptah était mort.

— Que Rê, le Grand Dieu, vous juge et décide de votre sort ! lança-t-elle en reculant de quelques pas.

Je jetai un dernier regard au fond de la fosse : terrorisés, les compagnons s'étaient accroupis en silence autour de la dépouille sanglante du prêtre de Ptah.

— Partons, Nakhti ! murmura Nitocris. Il reste à tester maintenant la loyauté d'Idi. Ne le faisons pas trop attendre.

Nous prîmes le couloir et l'escalier pour revenir sur le quai. A quelques encablures du bord, le bateau du prince de Koptos flottait librement, dégagé par la montée du fleuve.

La crue du Nil continuait. L'eau commençait à recouvrir l'embarcadère.

SIXIEME CHATIMENT

Quand je la vis entrer sous la tente de Nitocris, je n'eus plus aucun doute sur la noblesse de ses origines.

De mes premiers contacts avec elle, j'avais gardé une impression superbe, que ma mémoire avait peut-être embellie au fil des jours. Avais-je fantasmé sur son incomparable beauté ? Eh bien, non ! dans le plein épanouissement de sa maturité, Néféroukaït était encore plus belle que l'image idéale gravée dans mon souvenir.

J'aurais souhaité, par contre, plus de chaleur dans nos retrouvailles. Mais sa maîtrise, sa retenue, sa dignité, étaient celles d'une Grande Dame de Kémi.

— Je suis heureuse de te revoir, cher Nakht, dit-elle en m'embrassant.

Moi, j'aurais préféré la couvrir de baisers, pleurer sur son épaule, ou me blottir dans ses bras. Ma mère n'était pas ainsi. Si j'avais été un enfant, cela m'aurait certainement fait souffrir. Comme j'avais quitté depuis longtemps cet âge où la tendresse est nécessaire, je n'éprouvai finalement qu'un petit pincement secret, au fond du cœur.

— Je suis plus heureux encore de te retrouver, Néférou ! Pourquoi as-tu tant tardé à me rencontrer ? demandai-je aussitôt.

— Déjà des reproches ! s'exclama-t-elle. Ingrat ! apprends donc que j'ai quitté Memphis dans ton intérêt. Je suis allée travailler pour toi.

— Pour moi, à Koptos ?

— Oui ! à Koptos ! Et je veux profiter de ce tête-à-tête pour t'expliquer mon attitude. Tout à l'heure, quand nous serons en compagnie de la reine et des princes, il sera moins aisé de parler librement.

Elle s'installa sur le divan, puis me fit asseoir à côté d'elle. Elle tenait, sans aucun doute, à préciser les raisons de son voyage en Haute-Egypte. J'appris d'abord, avec stupeur, qu'elle aimait le Grand Maître. Il avait vingt ans de plus qu'elle. Malgré cet écart d'âge, il s'était traîné à ses pieds alors qu'elle sortait à peine de l'adolescence.

— Ce fut mon premier amour ! fit-elle, en riant. Mais là n'est pas le sujet.

Elle rayonnait pourtant de bonheur, en disant cela.

Ayant appris que Shémaï l'aimait encore — grâce aux indiscrétions rassemblées par son réseau d'indicateurs —, elle n'avait pas hésité à quitter Memphis pour le rencontrer à Koptos.

Je l'interrompis. Un détail important s'imposait :

— Sait-il que je suis ton fils ?

— Bien sûr ! Il l'a toujours su ! C'est même la seule raison de son extrême indulgence à ton égard.

Je n'étais pas entièrement d'accord avec cette façon de voir. A plusieurs reprises, le Grand Maître m'avait traité sans sévérité excessive, en tenant compte surtout de l'attitude de la reine et de la protection qu'elle m'accordait. Par tous les moyens Shémaï avait tenté de m'écarter, sans jamais mettre mon existence en péril, il est vrai ! J'étais pourtant le principal obstacle à ses ambitions puisqu'il connaissait mes origines. N'avait-il pas rêvé d'épouser Nitocris pour devenir pharaon ?

— C'est exact ! dit-elle. Il a caressé ce rêve quelque temps. Puis il s'est aperçu qu'elle était folle de toi et qu'il n'avait aucune chance d'y parvenir, pas plus que le prince Idi d'ailleurs.

Ma mère ne disait qu'une partie de la vérité. Elle oubliait un peu vite l'attitude dominatrice de Shémaï et d'Idi : ils avaient abusé de leur richesse et de leur puissance militaire !

Pour ma part, j'avais encore en tête les menaces des nègres de Pount et la tentative de rapt de l'officier Kaâper.

— Ils auraient pu te supprimer dès ton arrivée à Koptos, insista-t-elle. S'ils ne l'ont pas fait, c'est parce que tu étais mon fils.

— Je veux bien l'admettre, dis-je. Donne-moi toutefois les vraies raisons de ton départ !

En se récriant contre mon manque de patience ou de tact, Néféroukaït m'expliqua pourquoi la reine l'avait envoyée en mission auprès de Shémaï. Nitocris, dès qu'elle avait eu la certitude de reconquérir entièrement la capitale, s'était montrée soucieuse de parfaire sa victoire. Il fallait négocier l'avenir du Double Pays avec le très puissant prince de Haute-Egypte. Ma mère, en raison de ses liens affectueux avec le Grand Maître, représentait la plénipotentiaire idéale aux yeux de Nitocris.

— Elle a vu clair, dit-elle avec un sourire complice. Il est plus facile de discuter dans un lit que sur une chaise.

J'en convins. Elle m'apprit alors, sans aucune fausse pudeur, comment elle avait obtenu du Grand Maître une série de concessions inespérées : le retrait des troupes d'Idi, l'engagement par écrit de ne jamais envisager de sécession, la contribution substantielle des provinces du sud au trésor royal, et la reconnaissance solennelle du pharaon Nitocris par tous les gouverneurs.

Comme je m'étonnais de ce brillant résultat, elle reprit :

— Ce n'est pas tout, Nakhti ! J'ai obtenu pour toi que tu sois accepté comme époux de Nitocris et corégent du trône, en échange de...

— En échange de ton corps ! coupai-je en me levant brusquement. Te serais-tu vendue pour moi ?

— Ne sois pas sot ! s'exclama-t-elle. Essaie plutôt de comprendre ! Toi qui es en train de vivre intensément ton amour, ne peux-tu pas imaginer que je puisse aimer moi aussi ? J'étais partie en ambassadrice pour aider la reine. J'envisageais, je le concède, d'utiliser mes moyens de séduction. Mais je suis tombée dans mon propre piège. Shémaï et moi, nous nous aimons comme à vingt ans. Nous avons décidé de vivre heureux ensemble. Il va transmettre tous ses pouvoirs au prince Idi en échange de la certitude de voir son fils nommé Grand Maître pour la vie.

— Qu'en pense la reine ?

— Elle est d'accord ! Et toi ?

Et moi ?... Moi, je ne savais plus rien ! Je ne pensais plus rien ! Une seule chose me semblait primordiale : la disparition de tout obstacle entre Nitocris... et moi ! Quant au reste :

m'épouserait-elle ? ou serais-je corégent ? Cela m'était indifférent.

— Eh bien ! fit-elle, pourquoi ne réponds-tu pas ?

— Je m'en moque ! Ce qui m'intéresse davantage, c'est de savoir pourquoi tu m'as abandonné, lorsque j'étais enfant, sans jamais essayer de me revoir.

Elle me regarda longuement en silence avant de déclarer :

— Je vais souffrir en racontant cette douloureuse histoire. Mais je te dois la vérité. J'ai promis de tout dire : je parlerai.

Elle n'eut pas le loisir d'en ajouter plus. Nitocris venait de soulever la tenture, accompagnée de Shémaï.

— J'ai faim ! dit la reine. J'ai donné l'ordre de servir ici, et je vous convie à ma table.

Je fis un signe de tête, pour saluer le Grand Maître, tout en déplorant dans mon for intérieur cette arrivée intempestive.

— Idi ne sera pas avec nous, ajouta Nitocris. Nous venons d'avoir avec lui un long entretien. Il repart sur le fleuve pour organiser le repli des troupes hors de Memphis. Son vaisseau flotte bien à présent.

— L'inondation est belle, dit Shémaï. Le niveau de l'eau est monté très haut cette année. C'est une promesse de prospérité.

Mon cœur frémit à la pensée des conjurés nageant désespérément dans la salle souterraine, s'accrochant dans un dernier sursaut à la grille de pierre, aspirant avec horreur leur ultime bouffée d'air avant de disparaître à jamais sous la surface du bassin rempli par le débordement du Nil.

— Pour coordonner les tâches et faire naître l'abondance, je viens de nommer le prince Idi Grand Maître de Haute-Egypte.

— Tu n'as plus rien, Shémaï ! dit Néféroukaït en riant.

Il la prit par la taille. J'eus soudain l'impression qu'il avait rajeuni. Il déposa un baiser sur son épaule et lança d'un ton enjoué :

— Plus rien ? Je tiens entre mes mains tout l'or du monde !

Puis, s'adressant directement à moi, il ajouta :

— Ta mère t'a expliqué, je suppose ?

L'occasion était inespérée. Je la saisis sans hésitation.

— Non ! pas tout ! Certes, ce que je viens de voir et d'entendre ne m'étonne nullement, Néférou m'avait averti.

Mais j'étais sur le point d'en savoir davantage lorsque vous êtes entrés sous cette tente.

Me tournant vers Néféroukaït, je demandai :

— Accepterais-tu de raconter en leur présence pourquoi tu as abandonné ton fils et ton époux ?

— Oui ! j'accepte ! dit-elle, en relevant le menton dans un geste de défi. Lorsque tu connaîtras mes raisons, Nakhti, tu regretteras d'avoir laissé transparaître une certaine agressivité à mon égard.

Tandis que nous discutions, les serviteurs avaient mis en place les divans, les coussins, les tables basses chargées de victuailles, de fruits et de boissons.

— Installons-nous, dit Nitocris. Ecoutons Néférou, tout en mangeant.

— Donnez-moi à boire ! demanda-t-elle. Cela me donnera du courage.

Elle avala d'un trait un gobelet de vin.

— Plus personne ne sait mon histoire, aujourd'hui. Vous êtes obligés de croire, sur parole, ce que je vais vous dire. Je partageais mon secret avec trois hommes. Ils sont morts, et nul ne peut désormais témoigner de la véracité de mon récit.

— Une fille de Rê ne ment jamais, dit Nitocris.

— Je suis fille de Rê, en effet, par ma mère, sœur du pharaon Pépi. J'ai grandi à la cour, insouciante et adulée jusqu'à l'âge de quinze ans. A ce moment-là j'ai découvert l'amour avec Shémaï. Si j'avais accepté de l'épouser j'aurais mené une vie heureuse. Seulement voilà, j'étais volage. Ce fut la source de mes malheurs. Le fils héritier du roi, qu'on surnommait déjà Mérenrê le Faible, m'avait à plusieurs reprises attirée dans ses appartements. A chaque fois, il se faisait plus pressant et j'étais prête à lui céder, lorsque éclata le scandale du viol d'Ankh-sen-Pépi. En réalité peu de gens à la cour apprirent que Mérenrê avait violé la jeune épouse de son père. Pour ma part, j'étais trop haut placée dans la famille royale pour ne pas être informée de ce triste événement. Je refusai désormais de rencontrer le Faible. Il me faisait horreur ! Un soir cependant, après une fête donnée par Pépi le Vieux en l'honneur de son ami Sisené, Mérenrê réussit à m'entraîner dans sa chambre. J'avais beaucoup bu, j'étais ivre ; il réussit à abuser de moi. Mais tandis que je m'endormais, indifférente, il dut se passer en lui quelque chose d'extraordinaire. Fou de désir pour mon corps, il décida de ne plus jamais s'en priver. Il me transporta, inconsciente, dans une petite pièce obscure, m'attacha sur un lit, me bâillonna, pour me retenir prisonnière à sa merci.

— Je suis peut-être son fils ! m'exclamai-je bouleversé.

— Attends, Nakhti ! attends ! reprit ma mère au bord des larmes. Il faut que j'aille jusqu'au bout.

Shémaï servit à nouveau un gobelet de vin à Néféroukaït. Elle reprit son récit.

— Aussi incroyable que cela puisse paraître, Mérenrê le Faible réussit à me tenir claustrée dans ce réduit à l'insu de tout le monde. On me crut morte, noyée dans le fleuve, emportée par un crocodile... Il me violait chaque soir, avant de s'endormir, après m'avoir fait manger et boire de force. Mon supplice a duré sept mois. Entendez-vous ? sept mois !

Vaincue par l'émotion de cet atroce souvenir, Néféroukaït laissa échapper quelques sanglots. Shémaï passa un bras autour de ses épaules, essayant ainsi de la consoler. Je baissai la tête, regrettant presque de l'avoir obligée à parler.

— Néférou, pardonne-moi, dis-je en m'agenouillant devant elle et en posant ma tête sur ses genoux.

— Je continue, Nakhti, reprit-elle en se ressaisissant. Dans mon malheur j'ai eu finalement beaucoup de chance. Mérenrê devenait de plus en plus violent et m'infligeait d'abominables sévices. Un soir où il avait bu plus que de raison, j'ai cru qu'il allait me tuer en me rouant de coups. Le lendemain, en rentrant fortuitement dans sa chambre — ce qu'il ne faisait jamais d'habitude — Pépi le Vieux le trouva ivre mort, cuvant son vin, affalé sur le sol. C'est alors qu'il me découvrit, dans le réduit où j'étais séquestrée, la porte étant restée entrouverte. J'étais sauvée ! Pour éviter un nouveau scandale, il alla chercher son médecin Ankhma-Hor. Tous deux me libérèrent de mes liens. Ils me couvrirent car j'étais nue, et me transportèrent dans l'appartement du roi. Mais que faire de moi ? J'étais prostrée, dans un état de choc qui m'empêchait de vivre normalement et de plus j'étais enceinte. Je peux vous le dire à présent, je n'ai jamais été la femme d'Ankhma-Hor. Cet être admirable, à la générosité exceptionnelle, m'a prise en charge. Il m'a emmenée dans sa maison. Il m'a soignée. Grâce à lui, je suis peu à peu redevenue normale, après avoir accouché de mon fils Nakht et l'avoir allaité pendant trois ans dans le respect des coutumes. Aux yeux de tous, j'étais l'épouse adorée du médecin. Pépi le Vieux pouvait régner en paix.

— Ankhma-Hor restera toujours mon père, murmurai-je.

— Oui, Nakhti, cet homme de cœur est digne de toute notre estime et de tout notre amour. C'est pour cela que j'ai pris en charge sa sépulture et sa demeure d'éternité.

— Mais pourquoi l'as-tu quitté, Néférou ?

— Pourquoi ? par honte de mon indignité devant sa grandeur d'âme, et par désir incoercible de me venger de Mérenrê. Je ne voulais surtout pas compromettre Ankhma-Hor. Pour agir seule je décidai de disparaître et d'attendre dans l'ombre une opportunité. Je vous ai abandonnés tous deux, désespérée. Je suis partie de la maison, déguisée en ouvrière, pour aller vivre dans les faubourgs, seule, perdue au milieu du peuple de Memphis.

— Lorsqu'on a soi-même vécu une telle détresse on sait accueillir les fugitives, déclara Nitocris avec un beau sourire à l'intention de Néféroukaït.

— Je ne vous dirai rien de cette existence anonyme où pendant de longues années j'ai rongé mon frein en ruminant ma vengeance. Je t'ai vu grandir, Nakhti, je t'ai croisé dans les rues, et tu ne me connaissais pas. Puis un jour Mérenrê devint roi. Je revis aussitôt Shémaï qui me croyait morte. Je mis ma disparition sur le compte d'une brouille entre Ankhma-Hor et moi. Je fis, précisément à ce moment-là, la rencontre de ma cousine Nitocris. Et j'appris avec satisfaction qu'elle avait le scribe Nakht pour secrétaire.

— Quelle joie pour moi, dit la reine, en découvrant que celui que j'aimais était ton fils !

— Pourquoi ne m'as-tu rien dit ? demandai-je.

— Néférou s'y est opposée, répondit Nitocris.

— Pour quelle raison ?

— Je voulais ma vengeance, reprit ma mère. J'avais mis en place mon réseau de renseignements avec Ritha, Ida, Nenki, Sénedjem, et beaucoup d'autres. Je savais que tu faisais partie des conjurés et que tu désirais devenir leur chef. Ta démarche allait dans le même sens que la mienne, mais il fallait qu'elle reste secrète pour réussir. D'autre part, avec mon équipe de femmes, j'avais acquis une certaine puissance. Mon but était de tuer Mérenrê et de placer sur le trône son fils Néferkaou-Hor.

Néféroukaït se leva et annonça triomphalement :

— Car tu t'appelles Néferkaou-Hor ! Et tu es incontestablement le fils du pharaon Mérenrê !

Je sentis la main de Nitocris se crisper sur la mienne.

— C'est un beau nom, dit-elle en me regardant amoureusement. Mais moi, je t'appellerai toujours Nakhti.

— J'ai pris alors la décision de déclencher l'insurrection, reprit Néférou. Elle est allée plus loin que je ne l'aurais souhaité. J'ai été dépassée par les événements. Mériptah en a profité pour installer la septième dynastie.

— Pourquoi ne m'as-tu pas dit qui j'étais, en m'envoyant à Koptos ?

— J'ai failli le faire, répondit-elle. Au dernier moment, j'ai préféré compter sur ton talent et sur celui de Nitocris pour redresser la situation, plutôt que sur ton titre. Je savais, de toute façon, après avoir poignardé Mérenrê le Faible, que j'avais posé le problème de sa succession.

Je regardai Nitocris. Allait-elle raconter à ma mère comment était mort Mérenrê ? l'étranglement par Sisené en particulier ? Elle n'en fit rien. Après tant de souffrances, à quoi bon frustrer Néférou de l'apaisement de sa vengeance ?

— Pourquoi n'as-tu rien tenté contre Mériptah et les pseudo-pharaons, lorsque nous étions à Koptos ?

— N'y avait-il pas assez de misère et de malheur à Memphis ?

— Pourquoi...

Elle m'interrompit d'un geste et dit avec un sourire qui me parut enfin maternel :

— « Pourquoi ? » c'était ton mot favori, Nakhti, lorsque tu avais trois ans. Et Ankhma-Hor me disait : « cet enfant, Néférou, est avide d'apprendre ». Tu as gardé ce travers, et tu interroges sans cesse, sur toutes choses.

— Restons-en là ! déclara soudain Nitocris. Nous en savons suffisamment et nous ne voulons plus t'importuner.

— Pas du tout ! dit Néféroukaït. A moi de questionner si tu le permets.

— Je t'écoute.

— Que vas-tu faire des soixante-dix imposteurs ?

Elle ne savait rien de leur sort. J'en fus étonné. Elle n'avait même pas rencontré Sénedjem, qui aurait pu l'informer. Et tout compte fait c'était bon signe : elle avait dominé les angoisses du temps passé, pour se lancer, à corps perdu, dans son bonheur présent.

Nitocris répondit solennellement :

— Rê, le Grand Dieu a jugé la septième dynastie. Il a ordonné au Nil de l'exterminer. Justice est faite !

Puis elle me prit par la taille et chuchota à mon oreille :

— Viens avec moi, Nakhti chéri, je leur réserve encore un dernier châtiment.

SEPTIEME CHATIMENT

Nous entrâmes dans le sanctuaire par le portillon de service. Elle me prit par la main pour me conduire jusqu'à la cour intérieure dallée d'albâtre où nous avions fait l'amour en plein soleil, avant d'aller parler aux conjurés.

— Allons rendre compte à Pépi, me dit-elle. Nous sommes ses successeurs dans la lignée de Rê.

Nous montâmes les quelques marches pour franchir le seuil du temple sacré. Les cinq statues de cuivre rouge, colossales images du pharaon Néferkarê, nous regardaient dans la pénombre. Leurs prunelles quasi vivantes semblaient nous accorder, sous leurs lourdes paupières, un regard bienveillant.

Je me souvins de l'indescriptible panique qui s'était emparée des conjurés à cet endroit. Et je ne pus m'empêcher de sourire.

— Elles sont belles ! dit Nitocris en se méprenant sur mon attitude.

— Elles ont fait peur aux profanateurs ! expliquai-je en riant franchement.

Nitocris tira sur mon bras.

— Avançons ! allons voir Pépi !

Nous suivîmes les couloirs faiblement éclairés jusqu'à la petite pièce carrée, où nous contournâmes la colonne surmontée du signe de la stabilité pour atteindre la salle voûtée au cœur du sanctuaire. Quelques prêtres funéraires étaient là ; ils se prosternèrent sur notre passage, puis nous suivirent jusqu'à la cour latérale du temple. Parvenue à cet endroit, Nitocris les congédia.

Dans la petite chapelle accolée au gigantesque monument, s'ouvrait la descenderie conduisant aux salles du sarcophage. Je détachai mes mains de celles de Nitocris, pour lui montrer mes paumes, bien à plat.

— Elles se sont écorchées pour déblayer ce passage et creuser jusqu'au fond, sur les conseils de Nenki.

Elle baisa mes lèvres, en se suspendant à mon cou.

— Voleur d'éternité ! dit-elle.

Nous descendîmes la galerie qui s'enfonçait sous la pyramide. Après avoir franchi l'antichambre nous atteignîmes la crypte aux murs gravés.

— Ils sont toujours là, les hiéroglyphes sacrés, dis-je à Nitocris. Je les ai retranscrits en totalité pour les donner au peuple de Kémi.

— Tu avais ma bénédiction, ne l'oublie pas ! ajouta-t-elle sans sourciller.

Adossé au mur du fond, le caveau de granit rouge était fermé. Le vieux pharaon reposait à nouveau en paix. Nitocris prit une lampe à huile, accrochée au mur, et l'approcha de la paroi. Elle lut à haute voix : *Osiris Néferkarê-Pépi ! prends pour toi ceux qui se sont révoltés contre toi !*

En faisant de cette formule un stupide prétexte, Mériptah avait justifié le viol du sarcophage et l'enlèvement de la momie.

— Etrange prescience ! dit gravement Nitocris. Pépi retient désormais avec lui ceux qui s'étaient révoltés contre lui.

Je sentis soudain vibrer son corps. Elle semblait la proie d'une bizarre exaltation. Ce lieu n'exerçait-il pas sur elle une influence magique ?

— Tu n'avais jamais lu cette phrase ? demandai-je.

— Absolument pas ! c'est Pépi lui-même, et lui seul, qui a transmis aux prêtres les textes gravés ici.

— Pourquoi as-tu conduit les conjurés dans ce complexe funéraire ?

— Pour les faire juger par le Nil, uniquement.

Nous restâmes un moment silencieux, troublés par l'atmosphère étouffante de la crypte.

— Viens ! dit-elle soudain, sortons d'ici. Il faut agir à présent !

Elle partit en courant. Je fus tout surpris de sa vélocité. Je n'avais certes aucun mal à la suivre, mais elle maintenait une course régulière. Nous remontâmes la galerie ; nous franchîmes ensuite le sanctuaire, au grand étonnement des prêtres funéraires ; nous saluâmes d'un geste les cinq statues de cuivre ;

nous traversâmes le dallage d'albâtre pour nous engager dans la longue galerie couverte qui conduisait au temple bas.

Arrivés au bout du parcours nous fîmes halte, tout essoufflés, sur le bord de la salle souterraine. C'était maintenant un bassin. L'eau affleurait la margelle. On ne distinguait plus la grille de pierre à quelques coudées en dessous, et le fond restait invisible en raison de la profondeur. Il ne demeurait aucune trace des soixante-dix conjurés.

— Voici le lac sacré de Pépi ! déclara Nitocris en tendant les mains au-dessus de la surface. Pour leur couronnement les anciens pharaons couraient autour des murailles. Nous avons renouvelé ce rite pour nous seuls. Et nous nous sommes arrêtés au bord des eaux du Nil.

Ses yeux brillaient intensément. Elle semblait brûler d'un feu intérieur, d'une passion divine.

— Prends ceci ! dit-elle en montrant du doigt un lourd marteau de bronze posé au sol.

Je pris l'outil par le manche, et je m'approchai d'elle.

— Frappe sur cette stèle ! cria-t-elle en me conduisant sur le petit côté du bassin où l'on avait dressé une étroite pierre plate de cinq coudées de haut.

Je pus lire avec stupéfaction la liste des soixante-dix rois de la septième dynastie. Mériptah l'avait fait graver, au jour le jour, tout le long de leur règne.

— Frappe ! répéta Nitocris. Que les débris tombent à l'eau ! Rien ne doit subsister de ces maudits, et surtout pas leurs noms. Les générations futures ne sauront rien de ces usurpateurs, sauf ce que tu raconteras un jour, en écrivant mon histoire.

Elle s'était déshabillée, lançant ses vêtements en tous sens, et, splendidement nue, marchait autour du bassin.

— Que fais-tu ?

— Je vais me baigner dans le lac sacré de Pépi !

Je me mis à cogner comme un fou sur la stèle de pierre et je ne m'arrêtai que lorsqu'elle fut réduite en menus morceaux. Elle plongea à ce moment-là.

— Viens ! dit-elle en émergeant au centre. Viens avec moi. Maintenant, tu échappes à l'interdiction des dieux.

Je fermai les yeux. Le souvenir du lac sacré de Ptah, dans la nuit du Khamsîn soulevait tout mon être. Je plongeai à mon tour, pour la rejoindre en quelques brasses.

— C'est bon, l'eau du Nil, dit-elle en m'embrassant. Te souviens-tu de notre naufrage, mon amour ?

En sortant du bassin je la pris dans mes bras pour une fougueuse étreinte. Nous roulâmes sur le dallage et du bout de nos pieds nous lançâmes dans l'eau les débris de la stèle.

— A propos, dis-je en la couvrant de baisers, ce dernier châtiment que tu veux leur infliger, n'est-ce pas le mépris ?

Elle éclata de rire, et dans les dernières notes de cristal de sa voix, j'entendis ces quelques mots :

— Pire encore, car il est éternel : c'est l'oubli !

Table

Première partie

LES SEPT NOCTURNES

Deuxième partie

LES SEPT JOURNEES

Troisième partie

LES SEPT ADMONITIONS

Quatrième partie
LES SEPT CHATIMENTS

La composition de ce livre
a été effectuée par Bussière à Saint-Amand,
l'impression et le brochage ont été effectués
sur presse CAMERON
dans les ateliers de la S.E.P.C. à Saint-Amand-Montrond (Cher)
pour les Éditions Albin Michel

Achevé d'imprimer : mars 1985
N° d'édition : 8764.
N° d'impression : 557-344
Dépôt légal : mars 1985

Imprimé en France